나태주의 행복수업

나태주의
행복수업

김지수 지음

열림원

오늘 지수는 행복을 배웠습니다

그냥 살아도 괜찮습니다

창밖엔 벚나무 가지가 늘어져 있습니다. 희고 커다란 목련도 얼굴을 벙긋이 열어 보이네요. 겨우내 스산하게 엉켜 있던 잿빛 나무 덩굴은 물감 짜내듯 온몸으로 노란 물을 쭉쭉 뽑아냅니다.

때가 되면 꽃나무 아래 자리 하나 펴는 것, 그게 인생의 전부라고, 꽃들은 속삭입니다.

그렇게 지금 이 순간 도시의 살찐 꽃나무를 보고 있자니, 그 위로 지난 봄, 공주 '풀꽃문학관'에서 만난 앉은뱅이 꽃들이 겹쳐 떠오릅니다.

붓꽃, 뱀딸기 꽃, 하얀 할미꽃, 물망초, 꽃마리, 안개꽃……

키 작은 정원사가 돌보는 꽃들은 그 연약함으로 더욱 기세등 등했습니다. 특히 봄맞이꽃은 하루 종일 사시나무 떨듯 떨고 있어 신기했습니다.

"선생님, 얘는 왜 이렇게 드드드드 떨고 있어요?" 제가 물었습니다.

농모를 쓴 나태주 선생이 말했습니다.

"약하니까. 그냥 있는 게 떠는 거예요. 그런데 평소엔 안 떨 다가 자세히 쳐다보면 떨기 시작한다는 생각이 들어."

"가여워라. 꼭 나 같다. 자세히 보면 다른 인간들도 다들 엄 청 떨고 있을까요?"

"그럼요. 생명체가 다 떨림이니까. 떨면서 나아가는 거예요."

『나태주의 행복수업』에 오신 독자 여러분 환영합니다. 저 는 어느 비 오는 봄, 나무 냄새 물씬 풍기는 공주의 풀꽃문학 관 앞에서 물웅덩이를 피해 폴짝폴짝 걸어오는 나태주 선생 을 처음 만났습니다. 그때 예감했어요. 아, 내 인생이 좀 더 맑 아질 수 있겠구나. 그 이후 또 한번의 봄을 맞을 때까지 가르 침과 존재가 일치하는 이 참된 어른과 공주 곳곳을 여행하며 많은 것을 배웠습니다. 자신을 진정으로 사랑하는 법, 부자처럼 돈 쓰는 법, 잘 포기하는 법, 결핍보다 사랑과 선망에 집중하는 법, 헌신이 행복이 되는 비밀에 대해. 집으로 돌아오는 기차 안에서, 저는 제가 매우 희귀한 선물을 받고 있다고 느꼈습니다.

돌이켜 보면 이 책은 '함께 떨자'고 손 내밀어준 나태주 선생의 부지런한 사랑 덕에 세상에 나왔습니다. '너무 잘하려고 애쓰다 지친' 서울 여자 지수가 공주의 키 작은 정원사 태주를 만나 일어서는, 봄 한철 보살핌의 기록이지요. 저의 전작인 『이어령의 마지막 수업』이 죽어가는 스승이 어둠의 사선에서 나눠준 '밤의 전리품'이라면 『나태주의 행복수업』은 뜨는 해를 바라보며 매일 다시 출발선에 서야 하는 사람들에게 건네는 '아침의 편지'입니다.

하루하루 널을 뛰며 사는 당신과 나를 위해, 우리 시대 가장 촉촉한 어른이 목이 터져라 외치는 '응원의 노래'라고나 할까요.

'안 예뻐도 예쁜 너'라고.
비참한 가운데 명랑한 게 인생이라고.
그냥 살아도 괜찮다고.

시든 풀잎 같던 저는 그렇게 나태주의 응원가를 받아먹고 가만가만 피어났습니다.

'예쁨'이라는 단어에 통증을 느끼던 어린 날의 지수를, 태어난 것을 부끄러워했던 한 청년을, 결핍 범벅일 나와 당신을, 어쩌면 모두의 마음에도 도사리고 있던 끈질긴 '자기 모멸'의 감정을, 태주는 그 빈틈없는 다정으로 쫓아냅니다.

그리하여 이 책은 겉으로 보면 번아웃된 도시인이 노시인의 안내로 행복에 이르는 여정을 담은 인터뷰 대화록이지만, 들어가보면 시와 꽃과 밤과 밥이 수북한 풀꽃도시 공주의 곳곳을 찾아 먹고 쉬는 싱싱한 제철 여행기이기도 합니다. 사랑에 속고 돈에 우는, 서툰 어른의 참회를 담은 순진한 동화이자, 갈피마다 흐드러지는 시꽃을 만날 수 있는 시 해설서라고도 할 수 있습니다.

어쩌다 이다지도 '기이한' 책이 탄생했는지 저도 잘 모르겠습니다. 굳이 연유를 묻는다면 '당신 혼자 떨지 말라'는 미친 오지랖 같은 건지도 모르겠어요. 태주의 마음밭에 지수가 내는 슬픔의 물길을, 지수의 마음숲에 태주가 터주는 시의 샛길을 따라 걷다 보면, 여러분도 사는 게 좀 덜 외롭지 않을까 싶어서요. 그 길에 윤동주의 「새로운 길」이 펼쳐지고, 나태주의

「풀꽃」이 피어나고, 서정주의 「국화 옆에서」가 지나가고, 이형기의 「낙화」가 떨어지고, 이어령의 '한밤의 까마귀'도 날아갑니다.

시간적으로 『이어령의 마지막 수업』 이후에 나온 책이라, 간간이 '느낌의 어른'인 나태주에 '생각의 어른'인 이어령이 반사되는 선명한 데자뷔의 순간도 느껴질 겁니다.

쓰는 동안 '얼마나 정직할 수 있을까'를 생각했습니다. '그대는 결핍이 아닌 더 많은 사랑이 필요할 뿐이었다'는 나태주 선생의 말이 큰 위로가 됐습니다. 그 말이 여러분께도 가닿기를 바랍니다.

어느덧 4월입니다. 밤하늘에 높이 뜬 별만큼 아침 강물에 흐르는 물별이 아름다운 계절이지요.

윤슬.

습기와 윤기가 우리의 본모습이며, 본모습을 드러낼 때마다 강해진다는 것을 알려준 세상의 모든 약자들에게 감사합니다. 함께 공주에 가서 좋아하는 누룽지를 먹고 온 소년과의 밤 인사로 마지막 안부를 전합니다.

"엄마, 우리는 하루하루 행복하게 잘 보내고 있어?"

"음…… 그런 것 같아. 너는 어때?"
"나도. 우주만큼, 누룽지만큼 행복해. 잘 자."

묻지 못하는 안부, 그 너머의 안부까지 다들 안녕하시길.

2024년 4월의 눈부신 새벽에.

김지수

차
례

서문_ 그냥 살아도 괜찮습니다   6

Lesson **1**_____**비참을 알고도 명랑하게**   17

가장 예쁜 봄이 오고 있다 / 가만히 서투르게 / 순한 시의 물길 /
이렇게 정다운 너 하나 나 하나는 / 고통 없는 웃음이 어디 있겠
어요 / 흔들려야 안 무너져요 / 저녁이라도 편히 보내야 하잖아요
/ 남한테 잘하는 것, 오직 그게 남는 거예요 / 아름다움의 끝은 항
상 '나'가 아닌 '너'

Lesson **2**_____**나는 왜 이다지도 작은가**   57

후회해도 괜찮다 / 그 초록을 보려면 거리를 지켜야 해요 / 함께
뛰어든 운명 / '내가 떠난 세상'을 그려보세요? / 선생님, 우정이
뭘까요? / 그걸로 충분한 사랑이었다 / 가을이다, 부디 아프지 마
라…… / 우리는 예쁘지 않아도 예쁜 사람이 돼야 해요

Lesson **3**_____ **어른의 사랑은 어떤 얼굴로 오는가**   93

모든 너는 배려를 원합니다 / 가로등 불 꺼지듯, 죽음도 그렇지 않을까요? / 좋은 시에는 습기가 있고 반짝임이 있답니다 / 여든의 사랑은······ 부지런한 사랑이에요 / 시도 인생도 모이스처가 중요해 / 지수도 살면서 숱하게 전쟁을 겪었다 / 마음속에 꽃이 없었기 때문입니다 / 미워하지 마, 또 볼 사람이니까

Lesson **4**_____ **결핍의 얼굴들**   129

이름처럼 예쁘게 피어날 거야 / 그런데 슬픔은 좀 미뤄둡시다 / 창작은 밥을 칼로 찌르는 것 / 결핍과 기쁨을 감각하는 게 중요합니다 / 함지박에 곡식 쌓이듯 / 선생님, 마음이 무엇인가요? / 고난이 시비를 걸거들랑, 무조건 반대로 하세요

Lesson **5**_____ **또 와, 자주 와, 틈만 나면 와!**   **161**

울다가 웃다가 그리고 끝났다 / 매사 주저앉으면 젊어도 노인이지 / 돈을 주고도 왜 물리셨어요? / 네 인생은 여기서 망했다, 그러니 스톱해라 / 가지 말라는데 가고 싶은 길이 있다 / 나는 약하다, 나는 모른다, 그래도 괜찮다 / 옛사람인 태주는 계속 새 옷을 입고 새로 태어난다 / 오늘 하루도 이렇게 잘 죽어서 잘 살았다

Lesson **6**_____ **그냥, 살면 돼요**   **195**

복수초야, 깽깽이풀아, 다녀올게 / 태주와 함께 '이어령길'을 걸으며 / 기죽지 말고 살아봐, 꽃 피워봐, 참 좋아 / 회복의 시작은 약해지는 걸 인정하는 것이거든 / 외로워 마라, 틀려도 된다 / 사랑하는 마음을 아끼며 삽니다 / 너무 멀리까지는 가지 말아라, 사랑아 / 지식은 누구를 위해 낳는 걸까요? / 나는 그 굶주림을 선용했어요 / 그냥, 살면 돼요

Lesson 7 ____ 삶에 작은 역경을 초대하고   243

생명체가 다 떨림이니까 / 떨림이 곧 삶이잖아요 / 봄맞이꽃처럼 / 사
랑하려면 피해줘야 한대요 / 물어보세요, 마음을. 아직도 너한테 내가
필요하니? / 우리는 계속 서투른 존재예요 / 좋은 일에 우세요, 꽃 보고
울고 구름 보고 우세요 / 애쓰지는 말라던 태주와 억지로 하라는 태주

Lesson 8 ____ 내가 세상에 나와 꼭 해야 할 일은
           '억지로라도 행복하기'   285

키 작은 정원사 / 오늘은 태주와 만나기로 한 마지막 날 / 오늘이 마지
막 시간인데, 답을 찾았어요? / 나는 고물 장사예요 / 돈이 예뻐질 때 /
어떤 삶을 동경하셨어요? / 시가 아니면 밥으로도, 밥이 아니면 돈으로
도 / 서울로 가서도 너무 잘하려고 애쓰지 마세요

1

비참을 알고도 명랑하게

'그것도 내 인생이다. 감옥 생활을 해도 내 인생이다.
소나기에 흠뻑 젖고 되는 거 하나 없는 날도, 그날이 내 날이다.
그날을 보듬어줘야 다음 날이 더 나아지지 않겠는가……'
그가 휘파람 불듯 말을 이었다.
"산다는 건…… 말이지요. 매우 비참한 가운데 명랑한 거예요."

가장 예쁜 봄이 오고 있다

시인 나태주의 말년은 극진한 사랑과 인정으로 매일이 구름 속의 산책처럼 보였다. 전국 각지에서 많은 사람들이 공주의 풀꽃문학관으로 나비처럼 찾아들었고, 큰 출판사 사장들은 어디선가 찾은 원고 뭉치를 들고 와서 그에게 계약서를 내밀었다. 그가 쓴 시도 그가 쓴 추천사도 '나태주'의 얼굴을 달고 마르지 않는 샘물처럼 서점가로 흘러들었다. 태권도 발차기를 하는 젊은 트로트 가수와 함께 나태주의 이름을 부를 때마다 사람들의 입가는 화사해졌다.

초등학생 아이도 중학생 아이도 나태주의 시를 외웠지만, 노인과 평론가들은 나태주의 시를 몰랐다. 젊은이들은 나태주의 시를 동요처럼 부르고 랩처럼 읊었다. 그의 언어는 새털처럼 가벼워, 평론가들이 작업 도구로 쓰는 복잡하고 무거운 엔진을 달지 않고도 공기 중으로 사뿐사뿐 날아다녔다.

자세히 보아야
예쁘다

오래 보아야
사랑스럽다

너도 그렇다.

—나태주, 「풀꽃」

어딘가 네가 모르는 곳에
보이지 않는 풀잎처럼 숨 쉬고 있는
나 한 사람으로 하여 세상은
다시 한 번 고요한 저녁이 온다

가을이다, 부디 아프지 마라.

　　— 나태주, 「멀리서 빈다」에서

　어여쁜 말은 민들레 홀씨처럼 사방에 퍼졌다. 사람들은 그를 '풀꽃시인'이라고 불렀다. 시인을 꿈꾸었지만 스무 살 넘어 시 한 편 못 쓰고 바쁘게 살던 지수는, 어느 날 지쳐서 축 처진 어깨를 끌고 태주가 있는 공주로 떠났다. 정신의 아버지처럼 따르던 스승을 잃은 뒤였고, 극심한 번아웃으로 다니던 직장도 놓은 후였다.

　공주는커녕 무수리도 못 되는 지수를 그가 공주로 대접해줄까. 공주는 어머니 뱃속 같은 분지라는데, 태중 같은 아늑한 곳에서 그는 또 어떤 꽃밭, 어떤 풀밭을 가꾸고 있을까.

　태주가 머무는 풀꽃문학관은 전통 깊은 공주사대부고와 세무서 사이에 끼어 있었다. 위용이 남다른 두 거인 사이에 끼인 채, 검은색의 낡은 목재 건물은 봉황산 밑에 새초롬했다.

　풀꽃문학관은 전국에서 가장 밝고 작은 응급실이어서 그는 지치고 힘든 사람들을 금세 알아보았다.

　'좋아요! 좋아요!' 디지털 아멘으로 유지되는 서울, 너무 똑똑해서 똑같아지는 파워풀한 포식자의 도시에서 힘주고 버텨온 지수는 적당히 힘을 뺀 공주의 느슨한 공기에 당황했다. 골목골목 눈 닿는 곳마다 꽃과 시가 쌓여 수북했다. '꽃을 보듯 너를 본다'가 이 도시의 캐치프레이즈가 된 듯 서점 주인도, 사진관 주인도, 찻집 주인도 서로에게 사근사근했다.

태주가 지수를 처음 데리고 간 곳은 카페 '루치아의 뜰'이었다. 루치아의 뜰로 앞장설 때 태주는 마치 세상에서 가장 달콤한 사탕 가게로 안내하는 아이 같았다. 언뜻 보면 바퀴 달린 신발을 신고 구르는 것 같기도 했다.

이 은은한 공기의 주인을 고요라 할까, 공손이라 할까. 남자는 여자를 섬기고, 여자는 꽃을 섬기고, 꽃은 고양이를 섬기는…… 그것이 이곳의 보이지 않는 질서고 위계였다.

지수가 신기한 듯 물었다.

"공주의 남자들은 어쩜 이리 여성에게 다감한가요?"

"출신이 부마잖아요. 공주의 남자니까…… 하하. 여자를 공주로 모시고 살 운명인 거죠. 왜냐하면 여성이 편안해야 도시가 예쁘고 반듯합니다."

"선생님도 공주를 모시고 사세요?"

"그럼요. 우리 집사람 김성예를 모시고 살죠. 김성예는 밤에 일어나 오줌 누러 가다가 내가 글 쓰고 있는 걸 보면, 깜짝 놀라 혼을 냅니다. '너, 죽을래?' 그러면 나는 죽지 않고 아침에 다시 일어나서 집사람한테 돈을 줘요."

"돈을요?"

돈이라는 말에 지수의 귀가 쫑긋해졌다.

"내 소원은 김성예에게 매일 돈 주는 거예요. 내가 그 사람한테 해줄 게 없어요. 돈 주는 것밖에는."

"얼마나요?"

"5천 원이든, 1만 원이든 줘요. 우리 집사람이 돈이 좀 있어요. 제법 있죠. 나는 돈이 없어. 그런데 내 아내는 돈을 잘 몰라요. 그래서 내가 관리를 해줍니다. 돈의 주인은 아내인데, 나는 아내의 돈을 받아서 다시 아내에게 주는 거예요. 웃기죠? 왜냐면 나는 돈에서 해방되고 싶어요. 그래서 모이면 다 남에게 흘려보냅니다. 그 덕에 먹고 싶은 것, 갖고 싶은 옷, 좋은 옷, 좋은 차…… 웬만한 것에서는 다 해방이 됐어요."

꽃은 알아도 돈은 모를 것 같았던 풀꽃시인은 이후로도 자주 돈 얘기를 꺼냈다. 돈에 밝아야 꽃이 썩지 않았으므로.

"그런데 딱 하나 해방이 안 되는 게 있었어요."

"그게 뭐죠?"

그가 모자를 만지며 장난스럽게 말했다.

"사랑!"

"사랑……?"

"연모의 마음, 호기심의 마음, 여성을 아끼는 마음, 처음 본 마음이지요."

태주에게 사랑은 '처음 본 너'와 같은 말이었다.

"처음 본 듯 봐야 예쁘게 보입니다. 처음 본 것처럼 봐야, 사랑의 시를 쓸 수 있어요. 이 봄도 그렇지 않아요? 저기 산봉우리를 보세요! 끄트머리 나무 얼굴이 살짝 부었죠? 얼마나 귀여워요. 내 일생에 처음 보는 봄이에요."

"봄은…… 80년째 보셨잖아요? 그래도 여전히 설렌……다고요?"

"그럼요. 작년 봄은 이미 지나간 봄이고 내년 봄은 아직 안 온 봄이니, 나하고 관계없어요. 지금 오는 봄이 내 봄이에요. 그대와 같이 맞이한 첫 봄이죠. 산등성이가 저렇게 부풀어 오르는 모양을, 그 봄을 우리가 처음 보고 있잖아요. 여지껏 만나본 봄 중에, 가장 예쁜 봄이 오고 있어요."

서울에도 공주에도 봄이 오고 있었다.

가만히 서투르게

'어여삐 여기는 마음'은 허공 중에도 깃들어 있는지 공주엔 유독 해가 부드럽고 길었다. 태주는 오리가 헤엄치는 제민천을 지날 때면, 유치원 가방을 멘 어린아이 같은 표정으로 멈춰 서곤 했다. 살면서 걱정이라는 걸 해보지 않은 사람처럼. '여성을 아끼는 마음'이라는 것도 듣다 보면 봄을 기다리거나 제민천에 사는 수달을 걱정하는 마음 같은 거였다.

지수는 그의 이런 꾸밈없고 정직한 모습이 좋았다. 그리운 마음을 안고 서투른 자리에 있는 것, 그게 시인의 모습이라고 태주는 생각했다.

가만히 애틋하게.
산문은 내가 쓰는 거지만, 시는 시가 나를 쓰는 거라고.

두 사람이 머리에 기와를 얹은 한옥 카페 '눈썹달'로 들어가 앉자마자 통창으로 늦은 오후의 해가 쏟아져 들어왔다. 냅킨에 인쇄된 자전거를 탄 수달 모양의 일러스트가 어딘가 태주와 닮아 보였다.

"창 하나를 사이에 두고

　　　창밖에서 네가 우는 것이냐.

　　　창 안에서 내가 우는 것이냐.

　　내가 이 집에 와서 쓴 시예요. 제목이 「첫눈」. 난 여기 오면 늘 첫눈이 올 것만 같아요. 이곳 '눈썹달'하고 저 건너 카페 '루치아의 뜰' 두 곳에서 나는 시의 영감을 많이 받아요."

　　"공간에 예민하시군요!"

　　"예민하죠. 하나의 공간, 그리고 그곳에서 나를 맞아주는 사람이 정말 중요해요. '눈썹달'도 '루치아의 뜰'도 다 부부가 운영하고 있어요. 남편들이 교수 출신, 대령 출신인데 매우 겸손하고 부인을 깍듯하게 모십니다."

　　"공주의 남자들이 다 함부로 하지 않아서 이 도시가 점점 더 예뻐지는 것 같습니다."

　　"공주 사람들만의 특징이 있어요. 이곳 사람들은 어떤 상황이라도 판을 확 깨지 않아요. 무슨 말인가 하면, 서로 어긋나고 맞지 않아도 관계를 깨버리지 않지요. 경상도 사람들, 전라도 사람들은 아니죠. 뭔가 나랑 안 맞고 평형이 어긋난다 싶으면, 완전히 깨버려요. 충청도 사람들은 어정쩡한 대로, 찌그러지고 금이 간 상태로 그냥 둬요. 냅두는 거지. 미워도 여전히 만나서 웃고 안 그런 척…… 그게 공주랍니다. 나는 공주의 그런 점들이 좋았어요."

충청도 출신인 이어령 선생도 비슷한 말을 했었다.

'냅두라. 냅두면 김치가 묵은지가 되고 콩이 된장이 된다.'

수선 떨지 않고 지그시 상대에게 맞춰주려는 배려, 나보다 '너'가 많아서 편안할 수 있다는 게 신기했다. 그 많은 '너들'을 어떻게 자기 안에 품을 수 있을까…… 타인 안에서 완전한 '나'를 찾겠다고 으르렁대다 숱하게 넘어졌던 지수는, 이 도시에서 평안의 답을 찾고 싶었다.

'공주의 마음'을 지그시 품은 상태로 태주에게 물었다.

"선생님은 스스로 충분히 공주의 남자가 됐다고 느끼세요?"

"(미소 지으며) 그럴까요? 사실 나는 중간이 없어요. 시인은 조울증 환자입니다. 중간을 잘 맞추는 사람은 기자를 하거나 학자를 하겠지요. 나는 20~30 혹은 80~90의 감정을 왔다 갔다 하는 사람입니다. 그런 역동을 시로 풀 뿐이죠. 그런 나를 공주가 지그시 품어주는 거죠.

이어령 선생님은 충청도 사람이지만 반 이상은 또 대도시 서울 사람이었어요. 이어령 선생이 마지막으로 낸 시집을 내가 읽어보았습니다. 『헌팅턴비치에 가면 네가 있을까』. 먼저 하늘로 보낸 딸과의 추억이 있는 곳이니 그분은 헌팅턴비치가 그리움에 사무쳤을 거예요. 하지만 나라면 제목을 그렇게 짓지 않았을 거예요."

"공주의 남자는 어떻게 제목을 짓습니까?"

"'네가 있을까' 혹은 '너를 만날 수 있을까'라고 했을 겁니다."

"그래요? 저는 '헌팅턴비치'라는 고유명사에 강한 끌림을 느꼈는데요."

"그럴지도 모르죠. 하지만 나는 그렇게 안 했을 거예요. 이어령 선생은 지적인 분이세요. 생각의 거장이죠. 그런데 고유명사가 들어가면 특수성이 커져요. 나의 슬픔은 구체화되지만, 보통의 독자들에겐 문턱이 높아지죠. 헌팅턴비치가 낯설어서 고개를 갸우뚱할 거예요. 특수성이 강해질수록 지식이 요구됩니다. 멀리 나아가려면 특수성을 보편성으로 내려앉혀야 해요. 지식보다는 감정이 멀리 갑니다. '네가 있을까' 혹은 '너를 만날 수 있을까'로 하면, 사람들은 상상해요. 저마다의 장소, 저마다의 이야기를."

너와 나 사이에 어떤 높은 장애물도 놓지 않는 것, 어쩌면 그것이 풀꽃 도시가 서로를 잇는 소통의 방식이었다.

순한 시의 물길

이제까지 지수는 시가 '나의 것'이라고 생각했다. 돌아보면 자신의 슬픔을 달래고 자신의 울분을 풀기 위해 시가 필요했다. 그런데 그 마음을 품는 순간, 시가 감쪽같이 사라졌고 지금껏 얼굴을 드러내지 않고 있었다. 태주의 경험대로라면 내가 시를 쓰는 것이 아니라, 시가 나를 쓰는 것이니, 애초에 시는 '나의 것'이 아니라 '너의 것'이었다는 이야기.

지수가 물었다.

"선생님은 항상 너를 생각하세요? 너의 눈높이를?"

"그럼요. 너무 높이 올라가도 너무 깊이 내려가도 안 돼요. 접근할 수 있는 만큼만 표현해요. 그 눈높이를 가장 잘 맞춘 사람이 윤동주, 김소월입니다. 잘난 척 거룩한 척하면 큰일나요. 다 도망가버려. 허허."

태주의 시는 시인들이 높이 평가하지 않는다고 했다. "'저런 것도 시냐?' 대놓고 말하고 싶을 거예요. '저 촌놈은 초등학교 교사만 오래 했고, 이론적인 공부도 덜 됐고, 본성이 철이 덜 들었어' 하는 거지. 그런 거 일절 따지지 않아요. 나는 불한당이거든. 불한당은 땀을 안 흘리는 사람이라는 뜻이에요. 독한 놈이지. 하하."

불한당 나태주가 크게 웃음을 터뜨리는 모습을, 지수는 땀 흘리며 바라보았다.

'저런 것이 시가 되는 이유'는 바로 못나고 모난 '저런 것들'에 대한 태주의 애틋한 마음 때문이었다. 하찮은 '저런 것들' 중 하나인 나를 한없이 어여삐 보는 눈길 때문이다. 타인을 향한 가장 심오한 마음인 '친절'이 그의 생활에 소금 간처럼 배어 있었다.

태주가 말을 이었다.

"한국인들은 김소월과 윤동주의 시를 사랑합니다. 특히 윤동주 시는 심심하다 싶은 것도 많은데, 그 밍밍한 시를 사람들이 더 좋아합니다. 대표적인 시가 「새로운 길」이에요."

낭랑한 목소리로 그가 시를 읊었다.

"내를 건너서 숲으로
고개를 넘어서 마을로

어제도 가고 오늘도 갈
나의 길 새로운 길

민들레가 피고 까치가 날고
아가씨가 지나고 바람이 일고

나의 길은 언제나 새로운 길
오늘도…… 내일도……

내를 건너 숲으로
고개를 넘어서 마을로"

시를 읊을 때나 풍금을 칠 때 그는 가볍게 흥분한다. 떨림
의 입자는 공기 중에 퍼져 살갗에 와닿는다. 물고기의 지느러
미나 어린아이의 목젖 같은 감촉으로.

"참 좋네요. 내를 건너 숲으로 고개를 넘어서 마을로……."
"뻔한 얘기예요. 그 뻔한 얘기가 뻔해서 마음을 울리고 뻔
해서 오래 남는 거예요. 그런데 박목월 선생님 시 「윤사월閏四
月」은 느낌이 조금 달라요.

송홧가루 날리는
외딴 봉우리

윤사월 해 길다

꾀꼬리 울면

산지기 외딴집

눈먼 처녀사

문설주에 귀 대이고

엿듣고 있다

참 좋지요? 정말 좋아요. 그런데 사람들한테는 쉽게 전달
이 안 돼요. 특수한 쪽으로 끝까지 올라갔거든.

시인들이 좋다고 환호하는 시 중에 박용래 시인의 「저녁
눈」이라는 시가 있어요.

늦은 저녁때 오는 눈발은 말집 호롱불 밑에 붐비다

늦은 저녁때 오는 눈발은 조랑말 발굽 밑에 붐비다

늦은 저녁때 오는 눈발은 여물 써는 소리에 붐비다

늦은 저녁때 오는 눈발은 변두리 빈터만 다니며 붐비다.

　사람들은 이게 무슨 소리지…… 갸웃해요. 시 앞에서 머뭇
거리는 사람들을 보다가 나는 결심했어요. 문학을 잘 아는 사
람보다 문학을 잘 모르는 사람을 위해서 쓰자. 보통 사람들을
위해서 시를 쓰자."
　태주는 고매한 시어로 높은 건축물을 짓지 않고, 보통의 청
년들이 SNS 저잣거리에서 쓰는 말을 곱게 접어 순하고 정직
한 시로 내놓았다. 그의 시는 품이 넓고 그늘이 시원해, 잦은
좌절에 식은땀을 흘리는 젊은이들이 쉬기에 좋았다.
　하지만 지수는 여전히 고급스럽게 도드라지는 글을 쓰고
싶다는 욕망을 버리지 못했다. 이를테면 고유명사의 구체성
을 적재적소에 드러내서 얼마간 잘난 체할 수 있는 글. 재주
를 자랑하는 글. 태주처럼 남들 다 아는 뻔한 이야기, 남들 다
아는 보통명사를 쓰면, 밥과 국을 내놓는 백반집 주인 대하듯
누가 표 나게 칭찬이나 해줄까, 싶었다.
　"이해해요. 틀린 건 없어요. 일반명사라는 건 너도 알고 나
도 알아서 오해가 없는 거예요. 고유명사는 나만 알거나 일부
사람만 아는 거죠. 다만 일반명사가 각자의 고유명사로 다시
태어나는 게, 나는 바람직하다고 보는 거예요. 풀꽃, 공주……

이런 명사를 방해 없이 공유하고 그 안에 새겨진 물길로 개인의 목마름을 채우면 좋겠다는 거죠. 그러면 열 사람한테 댈 물길을 백만 사람한테 댈 수 있잖아요."

"물길이요?"

"물길이죠. 다들 목마르니까. 다들 반짝이는 것에 목마르고 촉촉한 것에 굶주려 있죠. 그래서 내 생각은 10캐럿짜리 다이아몬드를 자랑하는 것보다 큐빅 만들어서 나눠 갖고 함께 반짝이면 좋겠다는 거예요. 내 것이 특별하다, 이것만 훌륭하다…… 그런 건 이제 시대가 인정하지 않습니다. 이순신, 안중근 같은 영웅은 이제 더는 힘들어요. 보통의 마음으로 심금을 울리면 대중이 영웅을 만듭니다. 여전히 시의 영웅은 김소월, 윤동주예요. 특히 윤동주는 그 서투름, 정직함, 보편성 때문에 계속 퍼져나갈 거예요. 윤동주야말로 영원한 아이돌이니까."

이렇게 정다운 너 하나 나 하나는

윤동주의 이름을 발음할 때마다, 나태주의 목소리는 더 또렷해지고 동공은 투명해졌다. 눈동자의 조리개는 앞에 있는 지수가 아니라 다른 존재를 향해 활짝 열린 듯했다. 눈가에

머금은 웃음, 입에 머금은 차향이 공기 중에 살포시 풀어졌
다. 상대를 바라보는 것이 아니라 저 멀리 딴 곳을 응시하는
것 같은 태주를 앞에 두고 지수 또한 간간이 중학교 2학년 시
절로 마실을 나갔다.

새벽에 깨어 사라져가는 별을 보며 김광섭의 시 「저녁에」
를 읽던 시절.

　이렇게 정다운

　너 하나 나 하나는

　어디서 무엇이 되어

　다시 만나랴

구절마다 새겨진 애틋함, 헤어짐, 기약 없는 재회의 신비가
가슴뼈의 건반을 눌러대서 새벽 거리를 집시처럼 배회하던
시절. 누구나 그런 시절이 있지 않은가. 그로부터 수십 년의
세월이 흐른 어느 오후, 아무런 연고도 없는 공주에서 태주와
'눈썹달'에 마주 앉아 해를 쬐며 정처 없는 시간을 보내고 있
다. 태주는 과음하는 편이었다. 술이 아닌 차를 차음해서 목
소리가 맑고 청아했다.

"윤동주를 떠올리면 나는 예수님 생각이 나요. 윤동주는 당시에 정당한 죄목도 없이 감옥에서 죽었어요. 우리 대신 대속물, 속죄양 같은 죽임을 당한 거예요. 그래서 사람들은 미안함을 느껴요. '우리 대신 죽었구나. 우리 대신 부끄러워했구나. 미안하다, 윤동주.' 부끄러워진 윤동주한테 우리가 부끄러워지는 거예요."

"부끄러움을 아는 것은 창피함과 다르지요?"

"다르지요. 부끄러운 건 자기한테 부끄러운 거예요. 아무도 보지 않아도 자기가 못나고 부족한 것을 깨닫고 참회하는 거죠. 창피한 건 남의 눈에 비친 내 모습이 처참하게 느껴지는 겁니다. 쪽팔린다는 말은 좀 더 원초적이에요. 나도 남도 다 알아차리면 낯이 뜨거워지고 화끈거려서 당장 그 자리를 뜨고 싶죠."

"쉬운데 정확한 말이네요."

"쉬운 말이 좋잖아요. 나는 산문을 쓸 때도 내 옆에 있는 예쁜 여성이 알아들을까를 생각해요. 그 여자가 모른다고 하면 돌아가서 다시 궁리를 해서 옵니다. 예쁜 여성이 누굴까요? 결국 나예요. 내 마음속에 있는 또 하나의 나죠. 사람들이, 특히 남자들이 굉장히 어리석어요. 자기 마음속에 꽃이 없으면 꽃이 예쁜 줄 몰라요. 예쁜 걸 보는 사람은 자기 안에 예쁜 사람이 있는 거예요. 그걸 플라톤이 이데아라고 했지요.

자기 마음속에 있는 또 하나의 상.

그걸 알아야 해요. 사람은 자기를 거스를 수 없어요. 고통
이든 기쁨이든 그 원인은 밖이 아니라 내 안에 있습니다."

고통 없는 웃음이 어디 있겠어요

하지만 학교라는 계급 사회에 첫발을 디뎠을 때부터 지수
는 '예쁨'이라는 말에 통증을 느꼈다. 그건 정성스럽게 보살
핌을 받은 아이에게 느껴지는 빛이었다. 정갈하게 묶은 머리,
좋은 냄새가 나는 옷, 알차게 담긴 도시락 반찬…… 자신과는
다른 세상에서 온 듯한 어여쁜 아이들은 타인의 주목과 칭송
을 받는 게 자연스러웠다. 커트 머리에 추리닝 바지를 입고,
김칫국물 흐르는 책가방을 메고 다니던 지수는 음지 식물처
럼 잎사귀를 움츠리고 멀리서 그 모습을 지켜보았다. 그들과
자신 사이에 건널 수 없는 경계선이 쳐져 있는 것만 같았다.
종종 태어난 것 자체가 부끄러웠다.

성인이 되어 턱시도 재킷에 트레이닝 팬츠를 입고 패션계
사람들과 거만하게 웃으며 청담동 거리를 활보했다. 개중엔
지수를 선망의 눈초리로 바라보는 사람도 있었지만, 여전히

그 안의 '예쁨받지 못한 어린아이'는 겁먹은 눈동자를 굴리며 주변을 탐색하느라 바빴다.

'예쁜 사람들'에게도 또 다른 난관이 있었다. 예쁨은 추종과 애완의 욕구를 자극했고, 그들은 타인의 시선에 갇혀 '예쁘지 않으면 버림받을까 봐' 불안해했다.

지수는 약간의 혼돈을 담고 물어보았다.

"선생님, 선생님 눈에는 모든 사람이 다 예쁜가요?"

"아니요."

"아니라고요?"

"네. 안 예쁜데 예쁜 애도 있어요."

"안 예쁜데 예쁜 애라니요?"

"슬쩍 보면 안 예쁜데, 자세히 보면 그 예쁨이 보이죠. 사실은 안 예쁘니까 멈춰서 자세히 봐서라도 예쁨을 찾으려는 거예요."

"그럼 반대로 예쁜데 안 예쁜 애도 있나요?"

"있죠. 높은 사람일수록 그런 사람이 많아요. 언뜻 보면 예쁜데, 자세히 보면 안 예뻐. 화려해도 빛이 안 나. 하하. 그런데 가만 보면 '자세히 봐야 예쁘다'라는 말은 매우 실례되는 말이에요. '안 예쁘다'는 말이거든. 시인의 가치, 시의 묘미가 거기 있어요. 역설의 미학입니다. 밤에 왜 불을 켜요? 어두우니까. 겨울에 난로는 왜 틀어요? 추우니까. 코로나 때 왜 나태주 시집이 팔렸어요? 절망적이고 우울하니까. 나태주가 철없이 훅 내뱉는 말, 판단하지 않는 말에 많이들 위로받았다고 해요. 그걸 어려운 말로 뭐라고 하는 줄 알아요?"

"뭐라고 하죠? 어려운 말로?"

"카타르시스! 하하. 개그맨 같죠?"

"아! 카타르시스…… 저도 나이 들면 선생님처럼 남을 좀 웃길 수 있을까요?"

"그런데 나이 들어서 웃기는 게 아니라 은혜를 받아야 웃길 수 있어요. 힘을 빼야 웃길 수 있죠. 고통 없는 웃음이 어디 있겠어요? 인생의 고통을 미리 알면 답을 내리려 하겠죠. 그런데 미리 알고 살면 그보다 큰 형벌은 없을 거예요. 군대를 두 번 똑같이 가면 죽습니다. 형 대신 군대 다녀온 아우를, 본인 영장 받았으니 다시 가라고 하면 죽어요. 연애도 여러 번 실패하면 결혼 안 하려고 해요. 뭣 모를 때 하는 거죠. 미리 잘하려고 하지 마세요.

인생은 본질이 서투른 거예요. 서투른 걸 편안하게, 담담하게 받는 거죠. 서로를 서투르게 봐줘야 웃길 틈이 생깁니다. 유재석이 사회 보는 〈유 퀴즈 온 더 블럭〉 같은 프로그램에 나가도 나는 대본 없이 촬영해요. 큐시트를 줘도 안 받아. 왜?

서투른 데 생명이 있거든요."

지수가 입술을 깨물었다. '대본을 미리 받아서 답을 적고 전부 외워야 안심이 되는 나 같은 사람은 그래서 사는 게 늘 숙제 같았구나. 오늘 숙제를 끝내고 일어나면 내일 더 많은 숙제가 쌓여 있었구나. 매번 투덜거려도 그 숙제를 내는 사람이 나라는 걸 알기에 원망할 사람조차 없었구나.'

태주가 지수를 지그시 바라보았다.

"완벽주의의 숲에서 빠져나오려면 '서투른 걸' 받아들여야 해요. 〈유퀴즈〉에 나온 다른 사람들 보니까 땀을 뻘뻘 흘리는 분들도 많더구만. 마음속으로 미리 써둔 과거의 답안지를 돌리는 중이에요."

"딱 제 모습이네요. 저는 대중 앞에 서면 늘 머리가 하얘져요."

"나를 믿어봐요. 즉석에서 새롭게 돌리면 훨씬 싱싱해요. 오답을 낼 수도 있습니다. NG 자체도 연기예요. 실수 자체도 그냥 인생입니다. 불행 그 자체를 손들어 환영할 건 아니지만, 불행한 사고나 '이불킥' 하고 싶은 실수는 반드시 그 뒤에 더 좋은 걸 가져다 줍니다. 사기당하고 헛돈 쓴 것 같아도 항상 보상이 뒤따르죠."

태주가 잠시 숨을 골랐다.

"아내는 내가 죽을병에 걸려서 병원에 있었던 6개월을 인생에서 지워버리고 싶다고 해요. 왜 아니겠어요. 울면서 나 몰래 장례식장 알아보러 다녔으니…… 그런데 난 또 다르게 생각해요. 그것도 내 인생이다. 감옥 생활을 해도 내 인생이다. 소나기에 흠뻑 젖고 되는 거 하나 없는 날도, 그날이 내 날이다. 그날을 보듬어줘야 다음 날이 더 나아지지 않겠는가……."

그가 휘파람 불듯 말을 이었다.

"산다는 건…… 말이지요. 매우 비참한 가운데 명랑한 거예요."

순간 사위가 고요해졌다. 눈썹달 카페 안에 앉아 있는 모든 사람이 눈썹을 내리깔고 우리 이야기를 엿듣는 것만 같았다.

"비참 가운데…… 명랑이라……."

"이쯤에서 윤동주 시인의 「호주머니」라는 시를 들려줄게요.

　　넣을 것 없어
　　걱정이던
　　호주머니는

　　겨울만 되면
　　주먹 두 개 갑북갑북.

어때요? 말도 안 되는 소리죠? 추운날 빈 주머니로 거리를 헤매고 다니면 얼마나 비참합니까. 그런데 제 주먹으로 빈 주머니를 채우면서 신이 나서 '갑북갑북'이라고 해요. 비참할수록 명랑해져야 해요. 알고 보면 「새로운 길」도 '어제도 가고 오늘도 갈, 뻔한 길'이에요. 그런데 그걸 새롭다고 해요. 비참을 알고도 뻔뻔하게, 명랑하게…… 그게 우리를 울려요. 지식과 생각을 앞세워 말하는 게 능사가 아닙니다. 대학교수들 말하는 거 들어보면, 갖고 있는 지식을 리뷰해서 최상의 답을 만들어 내요. 나는 애초에 최상의 답을 갖고 있지 않아요. 그래서 겁 없이 아무거나 막 던질 수 있어요."

흔들려야 안 무너져요

풀꽃문학관을 채우는 것은 시와 꽃만이 아니었다. 멀리서 찾아온 손님들을 위해 태주는 풍금을 치고 노래를 불러준다.

봄의 교향악이 울려 퍼지는 청라 언덕 위에 백합 필 적에~

엄마야 누나야 강변 살자, 들에는 반짝이는 금모래빛~

사람들은 가만히 눈을 감고 태주의 몸에 실려 운반되는 높고 울창한 소년의 소리에 귀 기울였다. 맑고 청아한 노래를 듣고 있으면 지수의 시간도 순식간에 플래시백 되곤 했다. 시골 친척 집에서 더부살이하던 열두 살 시절이나, 열에 들떠 기숙사 장미 정원을 배회하던 열일곱 살 시절 그 어딘가로. 태주의 풍금 소리는 슬프지만 안전한 어딘가로 우리를 데려다 놓고, 쉬게 한다.

"풍금 치고 노래하면, 힘 안 드세요?"

"힘 안 들어요. 그거 알까 모르겠네. 사람 목소리에서 정기 같은 게 나와요. 그래서 옛날에 시골에서 할아버지들이 개 쫓는 소리를 크게 내면 동네 사람들이 그랬어요. '저 늙은이 오래 살겠다.' 맞는 말이었어요. 동네에서 오래 사는 사람들은 다 목청이 크고 늙어서도 쩌렁쩌렁했지. 그래서 목청은 자기 상태를 점검하는 바로미터예요."

처음에는 찾아온 방문객들을 위해서 노래를 불렀다고 했다. 겉으로는 남을 위해 부르는 거지만, 그 덕이 태주 자신에게로 오더라고.

"그게 참 신기한 느낌이에요. 남을 위해서 하는 것이 곧 나를 위해서 하는 거예요. 그걸로 인해서 내가 기쁨을 얻고 만족감이 몰려와요. 내가 나를 '괜찮은 사람'으로 인정하게 되죠."

기쁘게 신음하듯 말을 이었다.

"시도 그래요. 한때 우리는 세상에 발길질하고 주먹질하고 눈 흘기고 불평하는 시를 썼어요. 그런 시를 좋다고 했어요. 대신 화를 내주는 시를 읽으며 카타르시스를 느꼈어요. 분노하는 마음으로 세상을 성큼성큼 걸어갔어요. 지금은 아니야. 요즘엔 어린아이도 안에 화가 가득 차 있어요. 욕구는 과장돼 있고 진짜 마음은 억압돼 있어서 그래요. 순한 마음이 하대받으니까 마음속에 다 불이 난 거예요. 그 불을 어찌지 못하고 다 쩔쩔매요.

'내 속에 불 좀 질러줘' 했던 사람들이 '불 좀 꺼주세요' 그래요."

지수가 한숨을 쉬었다.

"불 좀 꺼주세요…… 딱 제 마음이네요. 뜨거운 불도 환한 불도 이제는 버거워요. 군데군데 촛불 정도만 밝히고 살 수 있으면 좋겠어요."

"다들 소진돼서 그래요. 그동안 파이팅을 하려고 나를 너무 불 지르고 불태워서 그래요. 80년대에 유명한 시가 있어요. 김지하의 「타는 목마름으로」. 다들 화가 나서 목이 말랐지요. 앵그리 맨Angry man으로는 오래 살 수 없어요. 헝그리 맨Hungry man으로 사세요.

시인이 별 게 아닙니다. 목마른 사람들에게 물 한 잔을 주는 거죠. 나태주의 시가 훌륭해서 팔리는 게 아닙니다. 한 잔의 물 같아서 팔리는 거죠."

영혼의 갈증으로 목말라 하는 사람은 어른만이 아니라고 했다.

"중학생도, 초등학생도 시를 원해요."

초등학생 시절, 중학생 시절, 영혼이 배고플 때 마셔둔 시 몇 편이 배꼽 아래 남아, 지수도 그 뱃심으로 지금껏 살아왔다.

배고플 때 시를 먹은 덕에 내 편이 없는 것 같은 헛헛함 속에서도 불가사의한 뱃심이 자랐다. 추위에 떨고 사람 앞에서 떨었지만, 그 떨림이 일으키는 지진과 진동으로 기진맥진한 순간들을 거치며 조금씩 단단해졌다. 태주도 그런 '떨림'의 유전자를 갖고 있을까.

"선생님도 자주 떠세요?"

"그럼요. 나도 자주 떱니다. 아주 사시나무 떨듯이 떨어요."

"하지만 선생님은 대중 앞에서 전혀 떨지 않는 것처럼 보입니다. 쇼맨십은 제가 정말 부러워하는 재능이거든요."

그 말은 진심이었다. 쇼맨십이 있다면, 누구든 좀 더 반짝이는 삶을 살 수 있지 않을까.

그가 왕년의 교장 선생님 같은 정겨운 얼굴로 씨익 웃었다.

"쇼맨십이라는 게 별 게 아니에요. 안 떠는 게 쇼맨십이 아니라 떨면서 그 떨리는 마음을 이용하는 거죠. 처음엔 나도 떨지 않으려고 안간힘을 썼어요. 그러면 안 되는 거였어. 버스를 탈 때 급커브를 돌잖아요. 그때 손잡이를 잡고 안 휘어지려고 뻣뻣하게 있으면 허리 부러져요. 63빌딩이나 한강 다리도 바람 불면 흔들려요. 무거운 거 지나가면 휘청, 한다고. 왜? 안 흔들리면 무너지거든. 흔들려야 안 무너져요. 떨리면 떨리는 그대로 가야 합니다."

"바들바들 떨면서…… 내가 떠는구나…… 그렇게요?"

온몸이 수축되는 기분을 느끼며 지수가 물었다.

"오그라드는 대로 두세요. 그러면 오히려 떨리지 않아. 그런데 그걸 자꾸 막으면 머리가 하얘지지. 떨리는 나를 자연스럽게 받아들여야 합니다. 서투른 나를 자연스럽게. 떨리는 게 못난 게 아니에요. 본질이지."

그 말이 진동이 되어 마음을 두드렸다. 빛이 입자인 동시에 파동이듯, 우주의 본질 또한 떨림이라고 물리학자 김상욱 박사도 말했었다. 그렇게 넓게 멀리 떨면서 나아가는 것이 공명이라고. 그렇게 말도 글도 빛도 몸도 떨면서 나아가는 것이다. 좋은 말, 좋은 문장, 좋은 풍경 앞에서 몸을 떠는 것은 모든 인간의 원초적 반응이라는 말에 지수는 안도했다.

저녁이라도 편히 보내야 하잖아요

"떨리면 실수도 하고 NG도 내요. 질병이 있어야 회복도 있고 전환도 있죠. 그 과정을 편안하게 받아들이면 늘 다른 세상이 열렸어요. 그래서 나는 오히려 제일 듣기 싫어하는 말이 생뚱맞고 나태하기 이를 데 없는 '건강하시죠?' 이런 유의 인사예요. 건강하냐니…… 정말 떨떠름한 인사법이 아닌가요?"

세상에 안 아픈 사람이 어디 있느냐고 태주가 소리 높여 반문했다.

"더 끔찍한 말이 있어. '사모님도 건강하시죠?' 나는 그 말을 들으면 도망가고 싶어요."

"난감하네요. 그럼, 평소에 인사를 어떻게 하면 좋습니까?"

"그저 '평안하신가요?'라고 물으면 좋지 않겠어요? 나는 그 인사를 아버지와 얘기하다 생각했어요."

99세 된 나태주의 아버지는 80세 된 아들을 볼 때마다 물었다.

"아들아, 요즘 너는 건강하냐?"

마흔 살이 되면서부터 '죽을 것을 염려했던' 그의 아버지는 50년간 더 생명이 이어지는 과정을 조마조마한 마음으로 흘려보냈다. 본마음은 더 살고 싶은 것이기에, 아버지는 늙어가는 아들의 건강을 자신의 잣대로 견주어 노심초사했다. 차마 '네. 아버지도 건강하시죠?' '복받'할 수 없어 아들은 송구한 눈으로 '아버지, 마음은 좀 편안하세요?'라고 돌려 물었다. 알고 보니 그게 결국 교황이 전하던 평화의 안부였다.

"관계가 편안한 게 가장 좋아요. 나와 내 주변과의 관계를 살펴야죠. 자연과의 관계, 이웃과의 관계, 의식주와의 관계, 나와의 관계…… 이런 게 큰 문제가 없으면 되지 않겠어요? 그런데 나는 아버지께 해드릴 게 용돈 드리는 것밖에 없었어요."

미안한 얼굴로 그가 말을 이었다.

"나는 아버지한테 돈 빚을 많이 졌어요."

불쑥불쑥 태주는 돈 얘기를 꺼냈고, 돈 얘기를 꺼낼 때마다 지수는 귀가 솔깃해졌다.

"중고등학교 다닐 때 나는 꼭 아침에 돈을 달라고 했어요. 어머니가 아버지한테 '쟤, 돈 달라고 그러는데?' 하면 아버지는 한탄을 하셨어요. '저녁에 달라고 해야 빌려다 놓을 거 아니냐!'"

가방 들고 뻘쭘하게 있으면, 태주의 아버지는 돈 있을 법한 사람들을 찾아서 사정을 해서 빌려다 주셨다.

'담부터는 저녁에 얘기하라'는 아버지 말을 듣지 않고, 어린 태주는 늘 아침에 돈 얘기를 꺼냈다. 집에 돈 없는 거 뻔히 아는데, 괜히 밤부터 아침까지 불안해하며 볶이는 게 싫었던 것이다.

"저녁이라도 편히 보내야 하잖아요. 안 그래요?"

그 이치를 깨쳤더라면 지수도 보충 수업비를 달라고 했다가, 밤새도록 아버지의 한숨 소리를 들으며 가슴을 졸일 일도 없었을 텐데.

"나름의 전략이었군요!"

"전략이었죠. 나는 매우 전략적인 사람이에요. 가난한 사람은 그렇게 해서라도 저녁에 맘을 편안히 해두어야 합니다. 반면 공부할 땐 불편하도록 꼼수를 썼어요. 밤에 공부할 게 많은데 졸리면 물을 많이 먹었죠. 자기 전에 물 많이 먹으면 오줌 마려워서 중간에 깨거든. 지금도 나는 밤에 오줌을 누면 바로 눕지 않고 책을 봐요. 책을 본 김에 또 글을 쓰죠. 돈빚 글빚을 그렇게 전략적으로 갚아나갔어요."

태주가 하는 돈 얘기는 돈 냄새가 나지 않고 눈물 냄새가 났다.

"첫 시집도 아버지한테 빚내서 내셨지요?"

"그랬죠. 16만 원을 빌려서 첫 시집을 냈어요. 쌀 열 가마니 값을…… 아버지는 또 농협에서 농자금으로 빌렸을 거예요. 그 돈을 내가 월부로 다 갚았어요. 교육대학원 논문 쓸 때도 그 비슷한 일이 있었어요. 1988년, 마흔 살 중반이었는데 논문을 내려면 150만 원이 필요했어요. 청양 사는 누이동생에게 전화를 했는데 차마 돈 얘기가 안 나오더라고. 매제를 바꿔달라고 해서 쓸데없는 소리만 한참 지껄였어요.

'날씨 좋지?' '사업은 잘 되시나?'

세월이 지난 후 그날 얘길 했더니 '잘 하셨어요. 그때 나 돈 없어서 힘들었슈.' 그러더라고. 에그…… 징그러워. 얼마나 징그럽나. 돈은 그렇게 소름 끼치게 징그러운 거예요. 그래서 내 주머니 돈은 빨리 써서 없애는 게 좋아."

수중에 없어서 문제지, 돈은 생기는 족족 써서 없애야 한다는 말에 지수는 크게 고개를 주억거렸다. 돈이든 곡식이든 흘려보내지 않고 내 창고에 쌓아두면 썩을 뿐이다. 살아보니 평생 남에게 앓는 소리 안 하고 깔끔하게 사는 것보다, 부탁하고 갚고, 떼어먹히고 한턱 쓰며 사는 삶이 더 이야깃거리가 풍성했다.

"남의 돈을 떼먹은 적은 없으세요?"

반쯤 벌린 그의 입에 멋쩍은 미소가 떠올랐다.

"있었어요. 열아홉 살 때 봉황서림 주인한테 차비 빌려서 쓰고는 안 갚았어요. 가장 큰 빚쟁이는 이충배였어요. 이충배는 월남전에 같이 갔던 군 동기예요. 한국 들어가는 내게 어

머니께 전해달라고 냉장고를 살 수 있는 표를 주더군요. 그
친구에게 100달러를 빌렸는데 못 갚았어요. 그 뒤로 몇 번 날
찾아와서 만났는데, 그때마다 돈 얘기를 안 하더라고."

남한테 잘하는 것, 오직 그게 남는 거예요

"돈 받으러 와서 돈 얘기를 안 하다니…… 왜 그랬을까
요?"

"모르죠. 그게 마음에 빚이 됐어요. 정년 퇴임할 때 받은 돈
중에서 100만 원을 수표로 바꿔서 이충배에게 보냈어요. '69
년도에 빌린 100달러를 이제야 100만 원으로 갚는다. 다음에
나를 만나거든 받았다고도 하지 말아라.' 배달 증명으로 보냈
어. 수표와 편지를. 그 뒤에 몇 번 만났지만, 약속대로 우리는
일절 돈 얘기를 꺼내지 않았어요."

100달러가 100만 원이 될 때까지 이어진 두 사람의 시간을
지수는 가만히 헤아려보았다. 젊은 나이에 객지에서 돈을 빌
려준 마음, 받으러 찾아온 마음, 침묵한 마음, 기다린 마음, 늙
어서 갚아낸 마음, 끝끝내 모른 체해준 그 두 마음…… 숫자
가 흉기가 되어 서로의 모서리를 찌르지 않도록, 최대한 둥글
게 둥글게 공 굴렸을 태주와 충배의 마음을.

"나는 알았던 것 같아요. 돈이 많든 돈이 없든, 털어 내야 편안하다는 걸."

자신은 알고 보면 정신적 쾌락주의자라고 했다.

"내가 왜 자꾸 개그 욕심을 내는지 알아요? 하하. 유쾌해야 하거든. 우린 유쾌하기 위해 사는 거예요. 공자의 가르침을 쓴 『논어』에 제일 중심으로 등장하는 단어도 열락입니다. 시도 열락을 주지 않으면 끝이죠. 학이시습學而時習도 유붕자원방래有朋自遠方來도 다 목적은 기쁨이죠. 공부도 우정도 중심은 즐겁게 노는 겁니다. 어울리는 기쁨, 진리를 깨닫는 기쁨. 그것 말고는 없어요.

그런데 그 끝을 또 파고 들어가면 만나는 게 충서예요. '충忠'은 자기 일에 충실한 거고, '서恕'는 남한테 잘하는 거죠. 2400년 전에 옛날 스승 공자가 한 소리가 그겁니다. 내 일에 최선을 다하고, 남는 건, 남한테 잘해라. 그것밖에 없어요. 내 일에 최선을 다하는 것, 남한테 잘하는 것, 오직 그게 남는 거예요."

공자가 말한 충서는 그리스 철학자 아리스토텔레스가 말한 유다이모니아eudaimonia와 같은 개념이었다. '내가 잘하는 것으로 최선을 다해 남을 도와라. 그것이 행복'이라고 아리스토텔레스는 설파했다. 공자는 기원전 551년 중국 춘추시대 말기에 태어나 가르쳤고 아리스토텔레스는 기원전 384년 마케도니아 왕국에서 태어나 가르쳤다. 기원전에 맺힌 지혜의 이슬방울을 받아 마신 듯 태주는 열락을 느끼는 표정을 지었다.

"신기하죠? 정점에 이른 이들은 다 한 점에서 만난다는 게…… 동서양의 정신사를 지배하는 두 명의 스승은 만나지 않았어도 만난 거예요. 그뿐 아닙니다. 기원전 470년경 태어난 소크라테스도 기원전 480년 즈음에 죽은 부처도 죽음에 관해서는 놀랍도록 비슷했어요. 부처는 신도가 끓여준 버섯죽을 먹고 독살당했다고 알려졌어요. 알고도 먹었다고 하죠. 소크라테스도 독배를 달게 마셨습니다. 육체의 죽음에 담대했던 사람들입니다."

"선생님, 저는 죽음의 스승인 이어령 선생을 보낸 이후로, 아침마다 죽음의 얼굴을 생각합니다. 시간이라는 포식자 앞에서 나의 육체는 나의 정신은 어떻게 사그라들까……?"

"나는 말이죠……." 그가 심상하게 말했다.

"그때도 시를 생각해요."

"…… 죽음의 시를요?"

"글쎄요. 쇠락의 시 혹은 종결의 시라고 하는 게 더 맞겠네요. 끝을 이야기하는 유명한 시가 있어요.

가야 할 때가 언제인가를

분명히 알고 가는 이의

뒷모습은 얼마나 아름다운가.

이형기의 「낙화」라는 시예요. 처음부터 찬란하지요. 첫 문장이 이 시의 '금잔'이에요. 추사 김정희 선생이 제주도에 핀 작은 수선화를 보고 '금잔옥대金盞玉臺'라고 처음 불렀어요. 하얀 옥대가 금잔을 받치고 선 모양이라고.

가만히 관찰해보면 인생도 한 송이 수선화와 같아요. 누구나 자기 인생에 금잔의 시간이 있고, 금잔을 떠받치는 옥대의 시간도 필요한 법이지요. 이어지는 다음 구절은 다 금잔을 받치는 옥대예요.

봄 한철

격정을 인내한

나의 사랑은 지고 있다.

분분한 낙화…

난 인생도 그렇다고 생각해요. 무엇이 내 인생의 금잔인지 모르지만, 그 금잔은 늦게 올수록 좋습니다."

아름다움의 끝은 항상 '나'가 아닌 '너'

제민천에서 기울기 시작한 늦은 오후의 빛은 금빛이라기보다는 붉은 사과빛에 가까웠다. 그들의 찻잔은 여러 번 채워지고 비워졌다. 태주야말로, 뒤늦게 금잔을 누리는 사람이라고 많은 사람들은 그를 부러워했다. 보통 사람이라면 '내가 지금 금잔을 살고 있는 것인지, 옥대를 살고 있는 것인지' 그때를 어떻게 분별할 것인가. 때론 옥대를 오르는 개미이거나, 벌레 먹어 찢어진 꽃 이파리라고…… 느낄 때도 많을 것이다. 그러나 해 질 녘 노을처럼 멀리서 보면 금잔의 시간은 누구나 공평하게 받는 선물이다. 태주에게 늦게 금잔을 받아 마시는 기분이 어떤지를 물었다.

"게임판에서도 막판에 돈 따는 사람이 최고지 않나요? 하하. 마지막까지 잘 통과해야 합니다. 잘 살아야 하는 거죠. 동네에서 '저 양반 잘 죽었다' 소리 들으면 헛산 거예요.

'안됐다. 저 노인. 더 살면서 나 밥 좀 더 사 주지.' '저분 더 오래 살았으면, 지금보단 이웃끼리 덜 싸울 텐데.'

그런 사람들을 보면 적군에게도 아군에게도 다 인정받은

사람들이에요. 이순신, 안중근, 윤동주…… 그분들이 다 끝의 아름다움으로 존경받는 분들이잖아요."

아름다움의 끝, 그 끝은 항상 '나'가 아닌 '너'를 머금고 있다고 했다. 가야 할 때가 언제인가를 분명히 알고 가는 이의 뒷모습은, 그렇게 '너를 향한 염려' '너를 위한 준비'로 아름다워지는 거라고.

지수는 가만히 태주의 금잔 「풀꽃」을 읊어보았다.

자세히 보아야
예쁘다

오래 보아야
사랑스럽다

너도 그렇다.

이토록 간결하고 단순한데 읊을수록 지겹지 않고 깊어지는 신비는 어디서 오는 것인가.

2

나는 왜 이다지도 작은가

바다로 가지 않아도 된다는 그의 말이
강물 위에 낚싯대처럼 드리워졌다.
"타인의 마음이 계속 내 안으로 흘러 들어와요.
그렇게 저수지에 이는 잔물결만으로 나는 충분합니다."
바다로 나아가지 않아도 태주는 세상의 파도를 타고 있었다.
커다란 흐름과 고요한 잔물결이 스파크를 일으키면
'시대의 언어'가 탄생한다.

후회해도 괜찮다

　매주 월요일 공주로 가는 길은 지수에게 편안한 루틴이 되었다. 직장을 그만둔 뒤로 그는 자유인이 되었고, 그토록 그립고 두려웠던 자유와 함께 '작은 여행'이 시작되었다. 감사한 일이었다. 해 뜨기 전에 일어나 졸린 눈을 비비고 물을 마시고 한 움큼의 영양제를 밥처럼 씹어 먹고 전철을 타고 회사로 달려 나가던 28년 동안의 삶. 그게 좋아서가 아니라, 그렇지 않은 삶을 상상할 수 없었기에 기를 쓰고 지냈던 시간들.
　돌아보면 28년이 아니라, 전 생애를 '남들처럼' 살기 위해,

트랙에 올라서서 떨어지지 않기 위해 사력을 다했다.

바이러스의 시간이 지난 후 '대퇴사'는 하나의 물결이 되어 이곳저곳에서 출렁거렸다. 많은 사람들이 직장을 떠나거나 떠날 마음을 먹었다. 어차피 인생은 계획대로 되지 않고 미래는 예측불허이기에 유한한 인생, 남은 시간을 '사축 인간'으로 보내는 대신 또 다른 선택지를 찾는 쪽에 주사위를 던졌다.

후회.

특별히 후회라는 단어가 돌멩이로 채운 우물처럼 가슴을 짓눌렀다. 나 자신의 결정에 후회하지 않을 자신이 있나? 뼈저린 후회로 시간을 되돌려 놓고 싶을 때, 미래의 나는 현재의 나를 미워하지 않을 자신이 있나? 용서할 수 있겠나? 그렇게 시간을 뒤섞는 인간만의 내러티브 능력이 오랜 시간 사람들의 발목을 잡았다. 때마침 『후회의 재발견』(한국경제신문, 2022)이라는 책을 쓴 사려 깊은 미래학자 다니엘 핑크가 인터뷰이로 나타난 것은 행운이었다.

지수가 물었다.

"후회란 무엇인가?"

"후회는 삶을 바로잡고 싶어 하는 건강하고 본질적인 충동이다. 후회는 생계보다는 삶에 대해, 나 자신의 진실에 관해

묻는 출발점이다."

"전 세계 2만여 명의 사람들이 당신에게 후회에 대해 털어놓았다지? 사람들은 주로 어떤 것을 후회했나?"

"수많은 후회가 있었으나 하지 않은 행동에 대한 후회가 절대적이었다. 이미 한 행동은 바로잡거나 해석을 달리할 수 있다. '그 사람과 결혼한 건 후회하지만, 적어도 예쁜 두 아이를 얻었지' 같은 식으로. 무행동에 대한 후회는 다른 선택지가 없다. 나이 들수록 회한은 커진다."

"내게 무엇을 조언하고 싶은가?"

"후회를 최소화하려 들지 말고 최적화하라. 두려워서 결정을 미루지 말라. 실행하지 못한 것, 옳은 일을 하지 못한 것, 아끼는 사람에게 손 내밀지 못한 것을 후회하지 않도록 노력해라. 하루라도 빨리 깨닫길 바란다. 인생은 얼마간의 후회를 쌓는 일이라는 걸."

후회가 나쁜 것이 아니며, 대부분의 사람들이 후회하고 산다는 현자의 대답은 크게 위로가 되었다. 무엇보다 후회는 생계보다는 삶에 대해, 나 자신의 진실에 대해 묻는 출발점이 된다는 말에 지수는 정신이 번쩍 들었다. 더 이상 생계가, 운명이 저만치 앞서서 내 멱살을 쥐고 끌고 가도록 둘 수는 없었다. 이제는 잡아서 얼굴을 보고 싶었다. 자신의 인생을.

'후회해도 괜찮아'로 마음의 방향을 바꾸자, 배짱 있고 마음 넉넉한 친구와 같이 걷는 기분이 들었다.

아직은 자유롭게 살아가는 게 서툰 지수를 태주는 엉뚱하지만 특별한 친구라고 불렀다. 기차역 레일 위에 세워진 '공주'라는 푯말은 노랑과 파랑이 어우러져 어여뻤고, 북풍에서 동풍으로 느릿느릿 이동하는 바람이 뺨에 닿아 부드러웠다. 무엇보다 역을 지나치지 않고 제때 내렸다는 사실에 안도했다(한 시간 반은 짧은 시간이라 책이나 스마트폰에 정신줄을 놓다가는 다음 역에 내려 혼비백산할 수도 있다).

택시를 타고 공주 시내로 들어가는 길엔 이런저런 생각을 했다.

'돌아가는 길에 공주 밤을 사 갈까?' '밤을 넣은 막걸리는 맛있을까?'

이토록 아무런 대비 없이 누군가를 만나는 것, 한나절 동안 먹고 마시고 정처 없는 대화를 나눈다는 것, 그 사람이 나태주라는 것. 그것만으로 행복감이 차올랐다.

풀꽃문학관은 변함없이 작고 옹골차고 나무 냄새가 가득한 채로 그 자리에 있었다. 흰 담벼락 밑으로 담쟁이가 연초록 꼬리를 드리웠고, 담 아래로 고양이가 한가롭게 기지개를 켰다.

선생은 풀꽃문학관의 풍금이 있는 방으로 나를 들일 때마다 살짝 허둥댔다. 내가 묻히고 온 서울의 주파수가 그의 몸에 닿아 저릿거리는 것만 같았다.

해가 좋으니 운암리로 가자며, 차에 올라탔다. 그의 곁에서 조용히 움직이며 온갖 사무를 처리하는 Y의 흰색 프라이드 승용차였다. 우리는 뒷좌석에 나란히 앉아 두런두런 이야기를 나눴다. 차창 밖으로 펼쳐진 논밭이 평화로웠다.

"선생님…… 선생님은 인생에서 후회되는 일, 없으세요?"

"글쎄…… 어릴 땐 은행원이나 돼서 돈이나 벌었으면 좋겠다 싶었어요. 어쨌든 선생을 해서 봉급 따박따박 받고 살았으니 고맙죠. 아버지는 내가 돈을 모아 농사지을 논을 사 주길 바라셨는데…… 논은커녕 우리 식구 먹고살 돈도 궁했어요. 나는 허랑방탕하게 살았어도 시를 썼고, 무언가를 바꾸지 않고 오래 썼고, 집을 떠나 산 적도 별로 없었어요."

후회는 했던 일, 혹은 하지 않았던 일에 대한 괴로움. 시간을 되돌려서라도 바로잡고 싶어 하는 마음이다. 부지런히 현재를 사는 태주에게는 어울리지 않는 단어일지도 몰랐다.

"집을 떠난 적은 없으셨어요?"

"없어요. 공주에서만 살았어. 부산에 가서 밤 12시가 되어도 나는 집으로 돌아와요. 초등학교 선생도 끝까지 했고, 시만 계속 쓴 것도 나쁘지 않았죠. 한 여자와도 오래 살았어요. 한 여자와 한 남자가 웃으면서 사이좋게 지내면 그 자체로 아름다운 거 아니겠어요. (침묵하다) 가슴 아픈 이야기지만 '후회'에 관해서라면 아버지가 내 삶에 반면교사가 되어주었어요."

그 초록을 보려면 거리를 지켜야 해요

"후회의 반면교사라니⋯⋯요?"

"돌아보면 내 아버지는 먹기 위해 살았어요. 명절 때 생신 때 잘 드시기 위해 사셨지. 그게 나쁜 건 아니에요. 다만 나는 그런 아버지의 아들이기 때문에 먹기 위해 살고 싶지 않았어요. 지인들 중에 보면 말을 함부로 하다가도 술 사 주면 입이 깨끗해지는 사람이 있어요. 완전히 싹 달라지지. 문학하는 위세 있는 사람들 중에도 그런 사람들이 있어요. 먹기 위해 사는 사람들⋯⋯ 불쌍한 사람들이야."

살기 위해 먹는 사람은 절대 먹는 것 가지고 다른 사람에게 짓눌리지 않는다고 했다.

"나는 아버지를 보며 슬프게 깨쳤어요. 아버지가 '아들아, 먹기 위해 살자, 제발 잘 먹고 우리도 논 좀 많이 가지고 살아

보자'고 할 때마다 '아버지, 왜 먹기 위해 살아요? 살기 위해 먹는 겁니다' 하면서 아버지를 괴롭게 해드렸어요."

시인답게 노인답게 태주는 적당히 모순적인 사람이었다. 살기 위해 먹는다지만, 그는 늘 어디에 가서 무엇을 먹을까를 생각하는 데 공을 들였다. 자신은 조금 먹으면서, 지수를 좋은 곳으로 데려가 배불리 먹이려고 했다. 공주 밥집의 주인장들은 묵묵한 얼굴로 진수성찬을 내와서, 마치 '이 한 끼를 먹기 위해 여기 온 것처럼' 서울 사람들은 테이블에 코를 박고 과식을 했다. 태주는 흐뭇한 얼굴로 그들을 바라보았다.

"나는 속이 비었을 때 이 집의 된장국으로 속을 달래요. 이 생선을 들어요. 석쇠에 구워 소금 맛과 불 맛이 일품이에요."

태주는 '살기 위해 먹는 것'일 뿐이라고 했지만, 신선한 재료에 알맞게 간을 맞춘 정성스러운 밥상을 받으면 그제야 살맛이 나는 것도 사실이었다.

"난 아주 조금 먹어요. 대신 많이 자지요. 아내와 나는 며칠 내리 잠만 자기도 해요. 아내는 저 방에서, 나는 이 방에서.

'너도 자냐? 나도 잔다.'

이러면서 겨울잠 자는 곰처럼 자는 거야. 하하."

"조금 먹고 푹 주무셨군요."

밥 대신 잠을 먹었다는 태주의 넓은 얼굴을 지수는 가만히 바라보았다. 그의 인생에서 아버지가 차지하는 자리가 매우 큰 듯했다. 부모는 자식의 프리퀄이기에, 대개의 자식은 예정된 서사 바깥으로 도망치기 위해 평생을 분투한다.

반면교사.

'내 부모가 그러했듯 나 또한 자식에게 얼마간은 반대쪽 거울이 되겠지.' 생각하자 지수는 조금 서글퍼졌다.

태주가 지수의 기색을 살폈다.

"부자유친父子有親이라는 말 알지요? 진실은 아버지와 아들은 친하지 않아요. 친하지 않으니 친하기 위해 노력하라는 거죠. 부부유별夫婦有別도 군신유의君臣有義도 붕우유신朋友有信도 장유유서長幼有序도 다 마찬가지입니다. 그렇게 행동하기 어려우니 노력하라는 거죠. 어두울 때 불을 켜고 추울 때 난로를 켜는 것처럼, 때마다 의식적으로 노력하라는 얘기예요.

코로나로 전 국민이 우울해할 때 나는 명랑한 시를 썼어요. 열 오르는 사람 찬 물수건으로 닦아주듯. 몸이 좋아하는 방향과는 반대로 해야 해요. 의식적으로 노력하면 어느 순간 자연스러워지겠죠."

"코로나 막바지에 나온 시집 『너의 초록으로, 다시』가 참 좋았어요. 저는 그 말이 참 좋았습니다. '너의 초록' '으로' '다

시'······ 그 선명한 희망이 좋았어요. 아, 그랬지······ 곧 초록
을 발견하겠지·······."

"그 초록을 보려면 거리를 지켜야 해요. 그게 중요하지요.
너무 멀면 안 보일 것이고, 너무 가까우면 침범하려 들겠죠.
오래 두고 볼 사랑은, 거리가 필요합니다. 자연에게로든 인간
에게로든 '너의 초록으로 다시'라고 말하기 위해서는, 마음의
준비를 해야 해요.

'니가 싫어하는 건 안 할게.'
'니가 싫어하면 가까이 안 갈게.'"

"무해한 사랑이로군요."
"젊은 시절엔 잘 안 됩니다. 나이 먹으면서 조금씩 되는 거
죠. 가만히 앉아 있으면 나를 스쳐 간 20대, 30대, 40대의 얼
굴이 떠올라요. 내 곁에 머물다 결혼 준비하고 결혼하고 아이
낳고 사는 푸릇푸릇한 젊은이들을 나는 물끄러미 사랑으로
지켜봅니다. 초록으로, 꽃으로 되어가는 과정을 보는 거예요.
그 꽃들을 꺾어 보고, 밟아 보고, 꽂아 보고 하지 않고, 그냥
거리를 두고 존중하며 예쁘게 쳐다보는 거예요.

사랑이 별 게 아닙니다. 거리를 지켜서 환하게 맞는 것에서

시작되지요. 나는 너를 환대하고 너는 나를 환대하고. 환대의
세상이 교황이 말하는 평화의 세상입니다. 그래서 내가 보기
엔 사랑보다 평화가 더 높이 있는 것 같아요."

"사랑보다 평화가 높이 있다…… 그걸 언제 느끼셨어요?"

"(씨익 웃으며) 내가 잠시 죽었을 때죠."

함께 뛰어든 운명

나태주는 2007년에 심하게 앓았고 죽음을 보았다. 담즙성
범발성 복막염 급성췌장염. 몸 안에 패혈증이 가득해서 장기
가 썩어가는 병이었다. 병원 응급실에서는 죽을 사람이라 별
다른 의료 조치를 하지 않고 온몸에 항생제만 가득가득 부어
주었다. 죽어가는 그를 두고 아내 김성예가 울면서 장례식장
과 장지를 알아보러 다녔다. 침대 위에 있던 몸이 물 위에 떠
서 유영하는 느낌이 들었다.

'드디어 내가 죽었구나……'

그 순간 육신에 깃든 것은 완벽한 평화, 자유, 고요였다. 그
러나 아직 때가 되지 않아서였는지, 태주는 다시 현실 세계로
돌아왔다. 명의를 만났고 기적처럼 살아났다.

죽음 경험 이후 그는 술을 마시지 않아도 자주 취했다.

"흰 구름만 봐도 취하고 나비만 봐도 취해요."

막걸리 한 잔을 앞에 두고 두 사람은 기분이 좋아 흥얼거리듯 말을 나눴다.

"안 취해도 취하면 좋지요?"

"가장 예쁜 봄이 도착했다고 내가 그랬잖아요. 하늘이 깨끗해지고 구름이 달음박질하고 바람이 순해지면, 자연이 일하는 모습에 감동해서 취하는 거예요. 움직이는 자연의 모습에 취기가 오르고 감각이 열리고 나른해지는 거죠. 취하지 않으면 시를 못 써요. 중요한 건 취해 있어도 배려를 놓지 않아야 한다는 거예요. 그래야 좋은 시를 써요.

나는 구름에게도 양해를 구해요. 나 취했어. 살살 지나가다오."

술과 권력에 만취하면 '노추'의 거인이 되지만, 자연에 취하면 '착취의 욕구'는 희미해지고 '취한 마음'만 물결처럼 남는다고 했다. 취한 마음이 커질수록, 그는 취기에 올라 전국을 말처럼 뛰어다녔다. 그의 말은 부르는 곳으로 나아가 떨리는 마음으로 '시 주정'을 했다.

특별히 모두가 기피하는 10대들이 모인 자리를 좋아했다. 전두엽 공사로 눈빛이 무섭게 번쩍거리는 중학생이 모인 강당에서, 태주는 소년들의 머리에 지진을 일으키며 기뻐하곤 했다.

"대체 세상만사가 다 심드렁한 중학생들과 어떻게 소통하세요?"

"처음에 단상에 서면 아이들 자세가 삐딱합니다. 그러면 나도 퉁명스럽게 툭 쳐요.

'니들이 나 불렀는데, 손님 대접 이렇게 할 거야? 니들이 불렀잖아. 내가 온다고 했냐?'

그러고는 반응을 보며 슬슬 달래요.

'불러서 온 사람한테 좀 잘하자. 내가 어떻게 왔겠냐? 걸어서 왔겠냐? 운전해서 왔겠냐? 기차 타고 왔다. 나는 여기 그냥 온 게 아니라 남의 힘으로 왔다. 그게 중요하다. 너희들도 가만히 있는데 여기 뿅 하고 왔냐? 엄마가 배 아파 낳아서 밥 먹여 여기까지 보낸 거 아니냐? 남의 힘으로 여기까지 왔으면, 남 생각 좀 하고 살자. 친구한테 잘해주고 선생님 존대하고 부모 마음 좀 헤아려야 되지 않겠냐?'

그러면 아이들이 자세를 고치고 웅성웅성해요. 그때부터 말을 던지면 차르르 가는 소리가 들려요. 파도가 쏴아아 해안가로 몰려가는 것도 같고, 누에가 사삭사삭 깔아둔 뽕잎을 먹어치우는 소리 같기도 해요.

우리 모두 던져진 사람들입니다. 준비하고 이 세상에 온 것도 아니죠. 존재가 그렇듯 말도 그래요. 일단 툭 하고 던져보는 거예요."

'던져짐'은 오랫동안 지수의 화두이기도 했다. 아무런 대책 없이 '던져진 운명'이라는 자각은 준비와 계획, 안전장치와 울타리를 원하던 지수에게 너무나 가파르고 아득한 감각이었다. 영화 〈그래비티〉에서 가도 가도 발이 닿지 않는 암흑의 우주 공간으로 떨어지는 그 느낌처럼.

우리 모두 출생이라는 추락을 경험하지 않았던가.

그 뒤 픽사 영화 〈소울〉에서 '태어나지 않은 세상'에서 태어날 준비를 하는 수많은 영혼들을 보았다. 자신이 살아갈 모든 경우의 수를 내다보고 시니컬하고 심드렁했던 한 영혼이 마침내 '태어날 결심'을 하고, 그의 멘토와 손을 잡고 지구에 눈송이처럼 몸을 던지는 장면을 보며 지수는 눈물을 흘렸다.

혼자 던져지지 않았구나. 함께 뛰어든 것이로구나.

그렇게 지수가 공주로 뛰어들고, 태주가 그 손을 잡아주었다. 아무런 욕망 없이 '그저 네가 잘됐으면 좋겠다'는 마음이 스며든 태주의 늙은 눈은 보는 것만으로 위로가 되었다.

내가 바라는 것이 아닌 너에 대한 꿈이 고인 작고 주름진 눈.

조리개를 맞추듯 태주의 눈에 눈을 겹쳐 물었다.

"선생님의 삶은 선생님이 상상했던 꿈대로 흘러왔습니까?"

"아니요. 결코 그렇지 않습니다. 오늘 아침에도 아내가 나한테 물었어요.

'당신 공주문화원장 되는 거 꿈꾼 적 있었어?'

'아니. 나는 꿈도 못 꿨지.'

그런데 어느 순간 툭 그 세계로 던져진 거예요. 가다 보니 골목길에 문화원 원장이라는 일을 만났고, 거기서 새순이 나와 풀꽃문학관이 생겼죠. 문학관에서 또 순이 나와 문학상들도 생겼습니다. 계획을 세우거나 예측은 할 수 없어요. 무슨 일이 일어날지 전혀 몰라요. 다만 노력을 하는 거예요."

"어떤 노력이요?"

"일에 책임을 다하고 무조건 남한테 잘하는 거죠. 전임 문화원장이 있던 시절에 나는 이사직을 맡아서 이사회비를 꼬박꼬박 잘 냈어요. 선생 봉급이 많지 않아 20만 원은 큰 돈이었는데, 나는 그걸 8년간 거르지 않고 냈어요. 정작 계급장 단 사람들은 잘 안 내는 이사회비를 나는 왜 그렇게 꼬박꼬박 냈는지 몰라. 허허."

무슨 열매가 나올지 모르는 채로 그저 거르지 않고 나무에 물을 주는 것, 그게 던져진 자로서 할 수 있는 일의 전부라고 했다.

'내가 떠난 세상'을 그려보세요?

　나태주 선생의 딸인 평론가 나민애는 지수가 부친을 만나러 공주를 정기적으로 방문한다는 사실을 알고 있었다. 지수가 작고한 이어령 선생님과의 라스트 인터뷰책인 『이어령의 마지막 수업』의 저자인 걸 알고 난 후, 그녀는 아버지에게 "좋은 작업이야. 그런데 좀 슬프네"라고 말했다. 딸의 마음속엔 언제나 고아의 불안이 웅크리고 있다.

　지수가 물었다.

　"선생님도 '내가 떠난 세상'을 그려보세요?"

　"그럼요. 내 나이가 지금 여든 살이에요. 내가 예뻐하는 민이라는 젊은이가 시집 가서 사는데, 민이 아버지가 얼마 전 죽었어요. 나보다 훨씬 젊은 사람인데. 아버지가 관에 누웠을 때 민이는 잊지 않으려고 그 냄새를 맡았다고 하더라고.

　내가 민이한테 그랬어요.

　'너무 슬퍼하지 마라. 네가 너무 슬퍼하면 아버지가 가다가 못 가신다. 기뻐할 건 없지만 그렇다고 슬픔을 너무 오래 붙들지는 말아라. 이승에서 너무 힘들어하면 가는 사람이 발걸음을 못 떼. 잠도 자고 밥도 먹고 일도 하고, 사람들하고 얘기도 해라.'

민이가 그 말을 알아들은 것 같았어요. 어느 날 내가 '아버지 잘 가신 것 같으냐?' 물었더니 고개를 끄덕거려요. 우리 애들한테도 그랬어요. 나 죽은 뒤에 너무 슬퍼하지 말라고. 내가 쓴 「애인」이라는 시가 있어요. 들려줄까요?"

"좋지요."

애인이라는 발음만으로 공기가 달콤해졌다. 안경 너머 노인의 눈 언저리에 장난기가 머무는 것을 지수는 가만히 바라보았다.

누이라 했고
딸이라 말했으니,
너무 많이 울지 말아라

나 떠나는 날
누이만큼만 울고

딸만큼만 울고

누이만큼만 슬퍼하고

딸만큼만 슬퍼해라

의.심.받을라!

　죽어서 하는 사랑도 '보살핌'으로 이어지는 태주의 '응큼한' 시에, 지수는 괜스레 뭉클해져서 뾰로통하게 받았다.

　"그런 사람이 애인이라고요? 너무 많이 울면 주변 사람들이 '의심할까' 걱정되는?"

　"왜요? 정작 아무도 의심을 안 하려나?"

　태주가 몸을 흔들며 껄껄 웃었다. 바깥의 나뭇잎들도 웃느라 흔들렸다.

　'밀당'은 시인의 동력이었고 그가 지닌 자부심이었다. 태주는 종종 자신의 인생 책인 동화 『프레드릭』으로 시인의 자부심을 드러내곤 했다. 『프레드릭』은 『개미와 베짱이』에서 모티브를 딴 동화지만, 결정적 차이를 만들어내는 건 마지막 장면이다. 책에서 들쥐 프레드릭은 여름 내내 햇살과 색깔을 모아, 추운 겨울이 오자 동료 들쥐들에게 나눠준다.

　"……계절이 넷이니 얼마나 좋아? 넘치지도 모자라지도 않

는 딱 사계절." 박수 치며 감탄하는 친구들 앞에서 프레드릭
은 수줍게 인사한다.

"프레드릭, 너는 시인이야."
"나도 알아."

'나도 알아.'…… 동굴 같은 목구멍에 햇빛이 차오르는 느
낌…… 태주는 어깨를 으쓱하며 동화 작가 권정생과 정채봉
이야기를 보탰다. 『강아지똥』으로 널리 알려진 권정생 선생
의 삶은 보통 사람의 눈에도 몹시 불우했다.

"권정생은 일본에서 폐품 팔이 하는 자이니치의 아들로 태
어났어요. 고국에 돌아와서도 가난하게 살다 폐병에 걸렸는
데, 그 아버지가 아들에게 '집을 나가달라'고 부탁했어요. 식
구들, 동생들에게 폐가 된다고. 권정생은 아버지에게 그 말을
듣고 순순히 나와 떠돌며 거리에서 글을 썼어요. 후에 교회
종지기를 하다 죽었어요. 『몽실 언니』나 '민들레그림책' 시리
즈 같은 작품들이 다 그 스산한 인생에서 나왔어요.

권정생은 아버지를 원망하지 않았어요. 놀라운 작가입니다.
『오세암』을 쓴 정채봉 씨도 놀라워요. 얼마 전엔 그 아내 되
는 분이 내게 전화를 해서 정채봉문학상 심사를 해달라고 해

서 감격했어요. 정채봉은 시도 잘 썼습니다."

시인과 동화 작가는 마치 이란성 쌍둥이 같았다. 세상이 너무 각박해질까 봐, 우리가 너무 바빠서 이 우주 창조의 신비를 잊고 살까 봐 신이 보낸 쌍둥이 특사. 『어린 왕자』에서 조종사와 어린 왕자의 대화를 들을 때처럼, 지수는 시인과 동화 작가의 닮은 영혼이 부러워졌다.

"선생님. 우정이 뭘까요?"

"우정이요? (미소 지으며) 우정은 상대방을 살리는 겁니다."

선생님, 우정이 뭘까요?

"송무백열松茂栢悅이란 말이 있어요. 소나무가 무성하면 잣나무가 기뻐한다. 소나무가 번성하는 것을 잣나무가 시기하지 않는 거죠. 시기하지 않고 선망하는 게 좋은 우정입니다. 네가 좋아지는데 나도 좋아지는 거예요.

고백 하나 할게요. 나는 젊었을 때 송수권, 이성선 같은 사람이 매우 부러웠어요. 송수권은 문학사상사 1호 시인, 이성선은 고려대학교를 나온 시인이었어요. 그 친구들은 초라한 나에 비해 백그라운드가 막강했어요. 메이저 잡지가 띄워주고 명문대 동문들이 세워줬어요.

그때 나는 생각했어요. 저들을 시기하지 말고 선망하자. 그래서 그쪽이 높아지면 나도 조금씩 높아지려고 노력하자. 내가 까치발을 디뎌서 상대하고 비슷하게 되는 것이 나는 선망이라고 생각해요. 나는 우정 안에서 계속 선망하는 사람이 되고 싶어요."

모자라지만 까치발을 딛고 조금씩 비슷해지는 느낌…… 선망…… 우정은 그렇게 태주의 인생 속에서 송무백열의 모습으로 피어났다. 문득 태주와 지수 사이엔 어떤 감정들이 쌓이고 있는지 궁금했다.

"우리도 좋은 우정을 맺을 수 있을까요?"

심각함을 가장한 얼굴로 그가 씨익 웃으며 속삭였다.

"물론. 하지만 세상엔 우정보다 신비로운 것도 많아요."

우정이라는 커다란 술잔에 떨림과 보살핌을 담은 것, 나태주는 그것을 '사모思慕(애틋하게 생각하고 그리워함)'라고 불렀다.

"언젠가 당진의 초등학교에 강연을 간 적이 있어요. 전교생에게 강연을 하고 도서실에 가서 선생님들과 한 시간 동안 차를 마셨어요. 끝내고 나와보니, 3학년 배서진이라는 여자아이가 도서실 앞에서 나를 기다린 거예요. 인사를 하고 싶어서 기다렸다잖아. 그 작은 아이가 교장, 교감 선생님과 나란히 서서 나한테 손을 흔들었어요.

'안녕히 가세요. 고마웠습니다.'

(스마트폰 사진첩을 보여주며) 이게 그 아이 사진이에요. 지금은 대학생이 되었을 텐데, 보고 싶어요. 배서진을 생각하는 것, 그게 나의 사랑, 나의 사모예요.

아내와의 사랑은 또 달라요. 내가 아프면 나보다 더 아파하는 사람이 나의 아내 김성예예요. 내 아내 김성예를 향한 사랑, 한 번 본 아이 배서진을 향한 사랑, 그대를 향한 사모……
종류가 다르지만 다 사랑입니다."

공주문화원에서 함께 일한 민이가 결혼할 때 민이 친구 숙이는 일주일을 꼬박 앓았다고 했다. 태주는 시집 간 민이와 민이를 잃고 앓아 누운 숙이를 보고 마음이 아팠다. 모두가 사랑이었다.

아파하는 것은 사랑이지만, 너무 괴로워하는 것은 사랑이 아니라고 했다. 사람에 대해서도 일에 대해서도.

돈 때문에, 시 때문에 너무 괴로우면 돈도 시도 쓰면 안 된다고.

"현역 시절엔 돈 쓰고 싶어 시도 썼어요. 그때나 지금이나 나는 시 쓰는 게 힘들긴 해도, 괴롭지는 않았어요. 좋아하는 일과 해야 하는 일이 일치하는 삶을 사는 건 행운이에요. 나는 대학교수라는 직업을 사모했지만, 그 길이 열리지 않았어요. 어렵게 교육대학원을 가서 석사 학위를 땄는데, 박사까지 따기는 형편이 너무 버거웠어요. 하나님이 그 길은 열어주질 않았어요. 울면서 초등학교 선생이 가는 길만 갔어요. 나랑 동갑이었던 소설가 최인호는 당시에도 인기가 대단했어요. 문학 하는 사람들도 여자들도 다 최인호를 추앙했어요. 그래서 나는 최인호만 보면 쫄아 붙는 느낌이었어요."

나는 왜 이다지도 작은가? 나는 왜 이다지도 작은가?

창피하고 적막해서 젊은 태주는 또 시를 썼다. 그때도 지금도 그의 모든 시는 결국 '연애시'로 이어졌다.

"젊을 때는 선택을 못 받아서 시를 썼고, 지금은 선택을 해줘서 시를 써요. 그때는 갈구했고 지금은 응원해요. 기도하고 응원하는 사랑을 정채봉은 '하얀 사랑'이라고 했어요. 나는 너의 인생에 방해꾼이 되면 안 돼죠. 딸을 스물다섯에 시집 보낼 때, 내가 사위를 보고도 그랬어요. '이 아이 꿈이 교수 되는 것인데, 부디 너는 그 꿈을 방해하지 말아라.'"

그걸로 충분한 사랑이었다

사랑은 저녁을 흔드는 폭풍일까, 아침에 맺히는 이슬일까. 20대의 나태주는 한 여자를 깊이 사랑했다. 그 여자는 이미 약혼자가 있었기에 이루어질 수 없는 사랑이었다. 여자의 집이 있는 홍성은 멀어서 그 집 앞에 당도하면 늘 저녁이었다. 여관에서 홀로 잠을 자고 아침에 여자를 찾아가 함께 밥을 먹었다. 여자는 식당 테이블 밑으로 돈을 밀어 넣어, 가난한 그가 부끄럽지 않게 직접 밥값을 치르도록 도왔다. 부끄러워 손 한번 잡아보지 못하고 끝난 그 사랑을 태주는 '아침의 사랑'이라 불렀다.

참을성…… 참을성이야말로 사랑의 그윽한 발효제였다. 참을성으로 인해 아침의 사랑은 저녁의 사랑으로 가지 않고 그의 마음밭에 '배려'의 씨앗으로 남았다. 격정이 배려로 변하는 마음을, 여자의 손이 아닌 여자의 인생을 보는 자신을 태주는 두고두고 자랑스러워했다.

"소중하면 참아야 해요. 참을 수밖에 없었고 잘 참았다고 생각합니다. 그때부터 나는 사랑에 무서울 게 없어요. 방해꾼이 아니라 언제든 축복하는 사람이 될 수 있으니까."

몇 해 전…… 70대 할머니가 된 아침의 여자가 남편과 함께 태주를 찾아왔다. 늙은 그와 그녀는 뼈만 남은 서로의 등을 보듬어 안아주었다. 여자의 남편이 묵묵히 곁을 지켰다. 여자에게서 나온 모든 것이 소중해서, 태주는 그녀의 딸 내외가 섬기는 신촌의 한 교회에 불려 가 쑥스러운 간증도 했다. 여자는 잠시 체류하다 남편과 함께 미국으로 떠났다. 얼마 뒤 그 여자, 70대 할머니의 편지가 그의 집에 당도했다. 편지엔 이렇게 적혀 있었다.

'나 선생은 내가 두고 온 나라에 남기고 온 오직 한 사람이에요.'

그걸로 되었다. '오직 한 사람'…… 그걸로 충분한 사랑이었다.

가을이다, 부디 아프지 마라……

문장도 사랑처럼 오래 기다려야 좋은 얼굴로 내게로 온다고 했다.
"내가 참을성으로 거둔 문장은 내가 알아요."
비밀을 토설하듯, 그가 가만가만 숨죽여 말했다.

"어딘가 내가 모르는 곳에

보이지 않는 꽃처럼 웃고 있는

너 한 사람으로 하여 세상은

다시 한 번 눈부신 아침이 되고

어딘가 네가 모르는 곳에

보이지 않는 풀잎처럼 숨 쉬고 있는

나 한 사람으로 하여 세상은

다시 한 번 고요한 저녁이 온다

「멀리서 빈다」라는 내 시예요. 내가 참고 노력해서 발견한 문장은 딱 여기까지예요. 그 뒤에 나오는 말은 나도 모르고 한 소립니다. 실성한 것처럼 불쑥 뱉은 소리죠.

'가을이다, 부디 아프지 마라.'"

헛소리 같지만 그게 영성이라고 했다.

"가을이다, 부디 아프지 마라…… 봄이다, 성내지 마라……."

라임처럼 계절을 이어 붙이는 지수를 태주는 선한 눈길로 쓰다듬었다.

"쉽게 읽혀도 쉽게 쓰이는 건 없어요. 나는 그렇게 생각해요. 쉬운 걸 어렵게 말하는 사람들이 제일 치사하다고. 대학교수들이 그런 치사한 짓을 곧잘 합니다. 이론을 세우고 틀을 만들고 학파를 만들죠. 쉬운 건 어렵게, 예쁜 건 험악하게. 방벽을 치고 못 넘어오게.

'사과는 예쁘다, 맛있다, 아! 좋다…… 너도 먹어라.'

이거면 충분하지 않아요?

카뮈가 그랬어요. 글을 쉽게 쓰면 독자가 모이고 어렵게 쓰면 평론가가 꼬인다고. 박완서 선생도 살아계실 때 한숨 쉬며 탄식했습니다.

'독자들이 읽기 쉬운 글을 쓰느라 내가 얼마나 어려움을 감내하는지 아느냐?'고. 그게 다 너라는 보편성에 닿으려는 안간힘입니다. 그게 아니면 뭐겠어요?

젊은 시절에는 자기 내면의 샘물로 글을 씁니다. 자기애로 퐁퐁 솟아나는 샘물은 개성이 강하고 똑똑해요. 하지만 나이 먹어서도 자기 샘물로만 글을 쓸 수는 없어요. 연륜이 많아지면 다른 사람 물도 가져와야 해요. 타인의 저릿한 마음, 이웃들의 슬픔과 기쁨에도 물을 대서 끌어와야죠. 물이 많이 모이다 보면 내 마음은 저수지가 돼요. 그런데 저수지가 됐다고 자기 샘물을 또 급히 메워버리면 안 됩니다. 샘물은 나의 것, 저수지는 너의 것…… 그제야 샘물을 품은 저수지의 언어가 탄생하는 거지요."

"바다는요?"

"(깜짝 놀라며) 바다까지 가면…… 바다는 주인이 없어요. 주인이 없다는 건 엄청난 거예요."

"바다로는 안 가보셨어요?"

"바다까지는 너무 멀었어요. 바다까지 가면 인류, 생명, 범 세계…… 이런 게 될 거예요."

"바다로 갔다가 연어처럼 다시 돌아올 수는 없나요?"

"그럴 수도 있을 거예요. 그런데 나는 모르겠어요. 지금의 나 는 노인이에요. 샘물을 품은 저수지 정도가 내 그릇이에요. 바 다로 가려면 먼저 강물이 되어야 해요. 흘러가는 강물이……."

그들은 흰빛으로 반짝이는 금강변을 따라 차로 달렸다. 창 밖에 보이는 금강은 굽이쳐 흐르지 않았다. 금강은 아주 작은 물결들로 반짝였다. 그것은 흐른다기보다는 쉬지 않고 일사 불란하게 자리를 바꾸는 물고기들의 매스게임 같았다. 지수 가 바라보는 풍경을 태주도 보고 있었다. 바다로 가지 않아도 된다는 그의 말이 강물 위에 낚싯대처럼 드리워졌다.

"타인의 마음이 계속 내 안으로 흘러 들어와요. 그렇게 저 수지에 이는 잔물결만으로 나는 충분합니다."

바다로 나아가지 않아도 태주는 세상의 파도를 타고 있었다. 커다란 흐름과 고요한 잔물결이 스파크를 일으키면 '시대의 언어'가 탄생한다.

인정할 수밖에 없는 건 지금 이 순간도 혼을 쏙 빼놓을 정도로 스릴 넘치는 콘텐츠가 사람들의 관심을 차지하려고 상시 대기 중이라는 사실이다. 유튜브, 영화, OTT, SNS, 뉴스……넘쳐 나는 콘텐츠를 쫓기듯 먹어대는 사람들을 두고 재독在獨 철학자 한병철은 '디지털 감옥'에 갇힌 '정보 가축'이라고 명명했다.

이런 세상에서 시를 쓰고, 그 시집이 베스트셀러가 되는 건 매우 불가사의한 일처럼 보였다.

언젠가 정치인들이 나와서 투덕거리는 한 뉴스 채널에서, 딱 하루 논쟁을 쉬고 나태주를 초청했다. 앵커는 그에게 야당과 여당 의원들에게 해주고 싶은 말을 담은 시 한 편을 써달라고 부탁했다. 그가 써 간 시가 「너무 잘하려고 애쓰지 마라」였다. 상대의 말은 듣지도 않고 목에 핏대를 올려서 싸우고 또 싸우는 이 나라의 정치인들에게 안성맞춤인 시였다. 하지만 정치인들은 싸우느라 시를 볼 새가 없었기 때문에, 눈 밝은 청년들이 그 시집을 돌려 읽으며 안도했다.

'너무 잘하려고 애쓰지 마라…….'

누가 어떤 상황에 들어도 위로가 되는 말. 기사를 마감하느라 커피를 약물처럼 들이켜고 벽에 쿵쿵 머리를 박으며 자책하는 새벽마다 지수는 이 말을 떠올렸다.

'너무 잘하려고 애쓰지 마라.'

너무 괴로워하는 것은 사랑이 아니라고, 너무 괴로우면, 돈도 시도 쓰면 안 된다고 태주는 말했다. 시인의 말처럼 어쩌면 우리에게 필요한 건 완벽함이 아니라 '그럭저럭 괜찮음'일지도 모른다. 느긋함과 바지런함이 균형을 이루는, 우리 모두 그런 날들을 꿈꾸고 있지 않은가.

태주가 계속 속마음을 털어놓았다.

"나는 종종 그런 생각을 해요. 내가 시를 잘 써서 유명해진 게 아니라, 이 시대와 내가 우연히 맞아떨어져서 이렇게 된 거라고. 내 시가 열쇠처럼 마음의 빈 구멍에 꽂혀 열릴 때까지 사람들이 죽지 않고 기다려준 거라고. 얼마나 감사해요. 기다려주는 게 기적이에요. 내가 쓴 시 중에 「부모 노릇」이라고 있어요.

낳아주고
길러주고
가르쳐주고

그리고도

남는 일은

기다려주고

참아주고

져주기.

그걸 학부형한테 읽어주면 다들 울상이 돼요."

지수는 착한 학생처럼 고개를 끄덕였다.

"진짜 어렵더군요. 기다려주고 참아주고 져주기."

"어렵죠. 기다려주는 게 참 어렵습니다. 그래서 부모가 좀
오래 살아야 해요. 기다려준 사람으로 서로를 기억하려
면…… 우리는 모르지만 우리 위 세대 부모들도 우리가 사고
칠 때마다 기다려주고 참아주고 져줬어요. 내 시도 사람들이
죽지 않고 기다려줬기 때문에 발견된 거라고, 나는 생각해요.
모든 건 다 때가 있고, 그 때가 올 때까지 서로 기다려주는 마
음이 필요해요. 기다려주는 마음이 아끼는 마음입니다. 그리
고 아끼는 마음이 사랑하는 마음보다 항상 더 커요."

우리는 예쁘지 않아도 예쁜 사람이 돼야 해요

태주와 함께 다니는 공간은 늘 예쁜 사물, 예쁜 사람들로 반짝거렸다. '루치아의 뜰'이라는 카페 사장 루치아는 그중에서도 특별했다. 그녀는 자연스럽게 굽이치는 머리, 걸개가 달린 동그란 안경을 콧잔등에 걸쳐 쓴 채 할머니처럼 감은 듯한 온화한 눈으로 웃으며 사람들을 맞았다. 업둥이 길고양이들이 수국과 맨드라미가 핀 루치아의 뜰을 편안하게 어슬렁거렸다. 루치아는 평화롭게 찻잎을 고르고 있다가 태주가 마당으로 들어서는 걸 보면 반갑게 몸을 일으켰다. 그녀는 킨포크 kinfolk 스타일의 찬장을 열어 가장 예쁜 잔에 향이 좋은 고급 차를 우려서 달콤한 과자와 함께 가져왔다. 서두르는 모습, 조심하는 모습, 웃는 모습이 다 예뻤다.

태주와 동행하다 보면 다양한 환대의 얼굴을 만나게 된다. 그가 이름과 얼굴이 알려진 유명 인사에, 지역의 명망 있는 어른이어서인 것도 있지만, 그게 다는 아니다. 지수가 보기에 그건 '예쁘게 보는 사람 앞에서 예쁘게 행동하고 싶은' 의지의 마음이다.

태주는 틈날 때마다 강조했다.

"우리는 예쁘지 않아도 예쁜 사람이 돼야 해요."

지수도 여러 번 그 말을 되뇌어보았다.

'예쁘지 않아도 예쁜 사람.'

"예뻐서 예쁜 건 당연해요. 예쁘지 않아도 예쁜 것이야말로 훌륭한 매혹입니다. 예쁘지 않아도 예쁜 사람, 예쁘지 않아도 예쁜 세상, 예쁘지 않아도 예쁜 너……."

"어떻게 하면 예쁘지 않아도 예뻐지나요?"

"하하. 예쁜 말을 많이 쓰면 됩니다. 가령 내게 강연을 부탁하는 지방의 학교 사람들은 두 가지 부류가 있어요. 한쪽은 이렇게 얘기해요.

'우리 학교에서 강연료가 30만 원인데, 제가 선생님 생각해서 10만 원 더 얹어드리고요, 교장 선생님이 10만 원 더해서 50만 원 드릴게요.'

이렇게 말하면 '안 갑니다, 전화 끊읍시다' 그래요. 진짜 안 갑니다."

"말이 밉다, 정말!"

"듣는 사람은 안중에 없고 자기 생색내기만 급한 말이에요. 미운 말이죠. 반면 이렇게 말하는 사람이 있어요.

'아이들이 선생님 진짜 보고 싶어 합니다. 올 수 있으세요? 오셔야 하는데…… 저보다 아이들이 너무 보고 싶어 해요. 어떡하죠……?'

이러면 꼼짝없이 가요. 예쁜 말이거든."

태주는 방방곡곡 다니며 변방의 독자들을 만나면 눈물이 난다고 했다.

"나태주의 시를 사람들이 왜 좋아하는지 나는 압니다. 군림하지 않잖아. 업신여기지 않잖아요. 다 안쓰럽게 여기잖아요. 거들먹거리는 사람이 곁에 오면 나는 살갗이 부들부들 떨려요. 역한 감정이 습자지처럼 배어 나와."

예쁘지 않아도 예쁜 사람들에게 희망이 있다고 했다. 높은 곳에서 끼리끼리 놀고 싶어 하는 잘난 사람이 아니라 아래서 뿌리처럼 엉켜 사는 예쁘지 않은 사람들에게 희망이 있다고.

"예쁘지 않은 사람이 계속 예쁘게 발견되는 곳이 좋은 곳입니다. 변두리에 있는 사람, 저 아래 있는 사람, 회의 시간에도 초짜 신입 사원을 중앙으로 확 당겨서 발언권을 줄 때 굳어 있던 세계에 균열이 생겨요.

모든 이치가 다 그래요. 변방에 있는 사람이 나중에 다 중심이 됐잖아. 오랑캐라고 천대받던 만주족이 들어와 중국 왕조를 세웠어요. 시인도 백석, 윤동주, 김영랑, 김소월, 정지용…… 이런 분들 다 서울 사람, 아니에요. 변두리 시골 사람이죠."

3

어른의 사랑은 어떤 얼굴로 오는가

"그런데 어느 날, 꽃이 보이는 거야.
하얗게 피는 구절초, 보라색으로 피는 쑥부쟁이, 산국……
스물다섯엔 구절초를 들국화라고 썼어요.
구절초를 몰라서 들국화라고 썼다고.
오십이 넘으니 꽃 이름이 꽃 모양이 하나하나 들어오더군요.
나이를 먹는다는 건 슬프지만,
그 보상으로 상대를 있는 그대로 보게 돼요.
공평해지는 거예요."

모든 너는 배려를 원합니다

나이가 들면 젊을 때는 도저히 가질 수 없는 마음이 생긴다
고 했다.

"사랑, 질투, 정복의 욕구가 굴절이 일어나면서…… 뭐랄
까, 약간 승화된 마음이 됩니다. 소중한 네가 어디서 있건 잘
사는 모습을 보니 행복하구나……."

굴절, 승화, 행복이라는 단어가 정확한 딕션으로 태주의 목
구멍에서 분수처럼 솟구쳤다.

"사실 내 안에는 여자 사람이 북적북적 여러 명 삽니다."

"한 사람도 아니고 여럿이요?"

"여럿이죠. 그중 촉이 가장 예민하고 변덕스러운 한 명이 여

자 나태주예요. 그 옆에 다른 여자들도 두루두루 같이 살아요."

"희한한…… 여성 공동체로군요. 김성에 여사도 아시나요?"

"잘 알죠. 그런데 그 존재들은 투명하기도 하고 증발력도 있어서 이제는 서로서로 섞여도 아무런 상관이 없는 그런 존재들이에요. 그 존재들이 내 시에는 하나의 '너'로 나오는 것 같아요.

세상은 나 한 사람과 나를 뺀 모든 너로 되어 있어요. 그 너는 내가 잘해야 좋아하고 내가 좋은 걸 줄 때 좋아해요. 알고 보면 너는 다 같아요. 지위 고하, 빈부 격차를 막론하고 다 같아요. 이 우주는 나 빼고 다 너이기 때문에 다를 것도 없어요. 모든 너는 배려를 원합니다. 문화원 원장으로 일할 때 내가 민이라는 젊은이의 결혼 주례를 섰다고 했지요?"

"여러 번 하셨어요."

민이 이야기를 할 때마다 태주의 얼굴엔 로맨틱한 표정이 서렸다.

"민이 친구 숙이 말로는 내가 다른 결혼식 주례를 설 때하고는 좀 달라 보였대요. 군말 없이 탁탁 좀 사납게 치고 나가더라나. 흔들리는 마음을 단속하려고 그랬던 것 같아요."

여든 해 태주의 일생 동안 반복했던 '인연과 실연' 중 손에 꼽을 만큼 특별한 감정이었다.

"민이를 시집 보내는 게 나는 좋았어요. 최선을 다해 아끼고 사랑했기 때문에…… 딸을 시집 보낼 때도 그렇잖아요. 이별은 격동을 만들어요. 격앙이 있지요. 그렇게 사람을 보내고 나면 억울하지 않아요. 유불리를 따지지 않고, 계산하지 않고 제 마음을 다 쓰면 후회가 없어요. 애매하게 마음을 쓰는 사람이 헤어질 때 제일 불리합니다."

가로등 불 꺼지듯, 죽음도 그렇지 않을까요?

계절은 봄이었고 논밭에도 서서히 물이 오르기 시작했다. 봄여름은 땅과 물이 일하는 시즌이고, 가을 겨울은 하늘과 구름이 일하는 시즌이다.

"학교에 있을 때 나는 여름 태풍에 떨어진 이파리들을 많이 태웠어요. 때에 안 맞게 떨어진 초록 이파리들은 태울 때 냄새가 영 고약해요. 반면 가을에, 엽록소가 빠져나간 다갈색 나뭇잎들은, 가볍게 잘 타요. 냄새도 구수하죠. 생명을 다 보내고 떨어진 나뭇잎은요, 이효석 선생 표현처럼 볶은 커피 향이 납니다. 그런데 요즘은 예전처럼 가을 단풍이 예쁘지 않아요. 아열대 기후가 되면서 여름 장마철엔 비가 오지 않아. 가을이 돼야 비가 내려요."

"마른장마죠."

"마른장마라니…… 참 얼마나 어처구니가 없는 말이에요? 비가 많이 오고 계속 덥다가, 갑자기 가을이 와요. 그럼 어떻게 될까? 나무들이 여름인 줄 착각하고 초록 이파리로 있다가, 급하게 검붉은색으로 이지러져 죽어요."

"그렇군요. 요즘 들어 점점 더 단풍이 안 예뻐진다 했어요. 가야 할 때가 언제인가를 분명히 모르고 가는 이의 뒷모습 같네요."

"(한숨을 쉬며) 답답한 일이에요. 자연은 원래 성급하지도 태만하지도 않았어요. 그런데 이제는 자연이 매우 불안해해요."

"날씨가 오락가락하니 계절도 올 때와 갈 때, 점점 더 기척이 없어져요."

"그래도 계절의 손 바뀜은 정확해요. 어느 순간 딱 오는 날이 있어. 하지만 그 기척을 알아채려면 주시를 해야 해요. 내가 6개월간 병원 침대에 누워 있을 때, 계절이 바뀌는 걸 목격했어요.

처음엔 병실 침대에 꼼짝없이 누워 스물네 시간 잠도 안 자고 가로등만 쳐다봤어요. 그게 참 희한했어요.

아무도 눈치채지 못하는 순간에, 가로등이 켜져요. 언제 꺼지는지 모르는데, 또 꺼지죠. 그런데 아무도 몰라요. 켜질 때

켜지고, 꺼질 때 꺼지는 거야. 옆에 있는 아내에게 물어봤더니 그냥 어느새 환해졌대요. 어느새 어두워지고. 그 경험이 참 신기했어요. 그 뒤 퇴원하고 집에 와서 가을이 언제 오는가를 한번 지켜보기로 했어요."

"기척이 있던가요?"

"어느 순간 훅, 하고 오더라고. 가로등 불 꺼지듯. 죽음도 그렇지 않을까요? 이렇게 웃고 먹고 살다가 다음날 일순 꺼지는 거예요."

"기별도 없이?"

"그래도 기다리면 알아요. 기다리면서 주시해야죠. 오래 들여다봐야 압니다. 그렇게 들여다보니 가을은 주로 새벽에 와요. 새벽 두세 시경에. 바람이 싹 바뀌어요. 내가 문을 열고 쳐다보고 있었거든. 한참 동안…… 그랬더니 어느 순간 바람이 싹 바뀌더라고."

"순식간에요?"

"순식간이죠. 그래서 방 안으로 싹, 들어왔지. 그때부터 가을이었어요. 다음 날 아침에 사람들한테 물어봤어요. 가을이 온 것 같으냐? 그랬더니 가을이 왔다고 그러더라고."

"계절이 오는 걸 보셨군요."

"보았지."

선문답하듯 소쩍새와 뻐꾸기 이야기도 꺼냈다.

"소쩍새는 낮에 울까요? 밤에 울까요?"

"모르겠어요."

"낮에도 밤에도 웁니다, 소쩍새는. 허허."

그가 멋쩍게 웃었다. 도심 한가운데 살며 스마트폰 알림음에 신경이 곤두선 사람들의 귀에 한낮의 소쩍새 소리가 들렸을 리 만무하다.

"소쩍새는 낮에도 우는데 사람들은 소쩍새가 밤에만 운다고 생각해요. 소쩍새 우는 소리는 그 파장이 아주 섬세해서 낮에는 안 들립니다. 낮에는 소음에 묻히고 밤에 고요할 때 들리는 거죠. 나는 뻐꾸기가 밤에 운다는 사실도 스무 살 무렵에 알았어요. 초여름 어느 밤, 여자한테 버림받고 혼자 길을 걷던 중이었어요. 6월의 논은 물이 찰랑거렸고 그 안으로 달빛이 쏟아져 들어왔어요. 달빛에 잠기면 꿈인지 생시인지 모를 환상 속에 어질어질해요. 밤 뻐꾸기 소리를 그때 들었어.

그런데 내 아내는 오십이 되어서야 밤 뻐꾸기 소리를 처음 들었다고 해요. 불면증에 잠 못 이루다가, 어느 날 불쑥 그러더라고.

'여보. 뻐꾸기가 밤에도 울더라.'

'그거 이제 알았어? 난 젊을 때 여자한테 차이고 알았구만.'

순간 지수는 데자뷔를 느꼈다.

'한밤의 까마귀가 눈에 보이는지, 한밤의 까마귀 소리가 귀에 들리는지……' 이어령 선생과 '운명의 감촉'에 대해 나누던 이야기를, 이제 나태주 선생과 하고 있었다.

계절이 왔지만 알지 못하고, 새가 울지만 듣지 못한 채로…… 자연이 끼워주는 시간의 책갈피 같은 것들을 우리는 다 보지 못하고 살아간다. 내 곁을 스쳐 지나가는 수많은 주파수들도 잡지 못하고.

대체 우리는 얼마만큼 모르고 사는 걸까. 이 세계의 전모를 우리가 다 알 수 없다는 것, '모른다'는 자각에 신선한 전율이 느껴졌다. 태주가 미소를 머금은 채 말했다.

"느끼고 가면 돼요. 아는 것도 모른다고 느끼는 게 중요해…… 그게 시인의 능력이지요. 대추 한 알을 앞에 놓고, 장석주 시인이 그 속에 고인 벼락도 보고 초승달도 보고. 허허. 열매 한 알 그저 한입에 털어 넣으면 그만인데…… 느껴보는 거예요, 모르는 이야기를."

지수는 팬시리 앞에 놓인 밤 막걸리 한 잔을 입에 탁 털어 넣어보았다.

좋은 시에는 습기가 있고 반짝임이 있답니다

"선생님, 시는 언제 잘 써지나요?"

"글쎄."

태주가 난감한 표정을 지었다.

"시는 내가 쓰는 게 아니야. 받아 적는 거라고 했지요? 급하다고 쥐어짤 수도 없어. 넘치는 물을 받아 내는 것이거든요. 시인의 문장을 따라가보면⋯⋯."

"따라가보면⋯⋯?"

지수가 눈알을 또로록 굴렸다.

"습윤이라는 게 있어요. 좋은 시에는 습기가 있고 반짝임이 있답니다."

"모이스처네요. 물광 같은 건가요?"

"네. 모이스처예요. 기형도의 「질투는 나의 힘」에도 윤동주의 「별 헤는 밤」에도 습기가 있고 물기가 있어요."

"습기와 물기는 언제 생기나요?"

"솔직할 때 생깁니다."

지수는 태주를 보면서 늘 솔직의 경지가 어디까지인지 감탄하곤 했다.

"저도 솔직하고 싶지만, 나의 솔직을 감당할 수 있는 너가 있을까, 늘 염려스러워요."

"솔직은, 그런 것조차 다 포기하는 데서 와요."

솔직이라는 말 위에 포기라는 말을 겹쳐놓으니, 착하게 엎드린 고양이가 연상됐다.

"나는 수술을 많이 해서 배가 밭 갈아놓은 것처럼 울퉁불퉁 거칠어요. 아내가 내 몸을 보고 놀라지도 않고 흉도 보지 않아요. 나는 감추지 않아요. 무엇을 보여주고 무엇을 가릴까, 계산 같은 거 못 하죠. 다 내려놓았어요. 다 포기했지요."

꾹꾹 눌러 담아 지식을 정교하게 깎아 내는 언어, 고매한 언어에 대한 시샘조차 다 포기했다고 했다.

"억지로 쥐어짜는 것, 흉내 내는 것은 오래 못 가요. 내 삶이 출렁출렁할 때, 타인을 향한 마음이 찰랑찰랑 넘칠 때, 그때 시가 쏟아지는 거랍니다."

태주의 얼굴은 살집이 적당히 붙어 동그란 호빵 같았다. 찜통에서 갓 쪄낸 호빵처럼 촉촉하고 뽀송했다.

"모이스처…… 보습은 피부에만 필요한 게 아니었네요."

"윤슬이라고 알지요?"

"알죠. 강물에 반짝이는 거요. 물광."

"맞아요. 윤슬은 봄이나 가을, 간절기에 예뻐요. 물결이 있을 때, 그 사이로 달빛이나 햇빛이 들어가서 반짝이거든. 바람이 물 사이에 틈을 낼 때, 그 틈에 고인 햇빛과 달빛이 최고로 예뻐요. 그게 물별이야. 물에 뜬 별, 윤슬이지."

지수는 언젠가 아침 산책길에 보았던 커다란 윤슬을 떠올렸다. 강물 위에 뜬 윤슬 위로 주먹만 한 큰 별 서너 개가 번쩍번쩍 광채를 띠고 나타나던 모습. 주먹만 한 흰 별이 호빵처럼 희고 촉촉한 태주의 얼굴 위로 번쩍이며 겹쳐 보였다.

고령에도 불구하고 태주의 목소리는 갈라지는 법이 없었다. 머리부터 발끝까지 습지 식물처럼 물을 머금어 촉촉했다.

뜻 지志에 닦을 수修라는 이름자를 가진 지수는 탄식했다. 수 자가 물 수水자였다면 얼마나 좋았을까. 물 위를 걷는 여자처럼, 물수제비를 띄우듯 사뿐사뿐 세상을 건너올 수 있었을 텐데. 생각의 무게에 눌려 갈 지之자로 헤매느라 기쁨을 낭비하지도 않았을 것을.

태주가 물 위에 수제비를 띄우듯 말했다.

"정보가 많으면 사람은 먹통이 돼요. 다운되는 거야. 시는 정보에서 나오지 않아요. 샘물에서 나오지. 시가 나올 수 있는 환경을 잘 조성해주면 시는 저절로 흘러나온답니다. 시인은 물길만 잘 터주면 돼죠. 참기름 짜듯 쥐어짜면 한두 병 나오다 딱 멈춰.

흉내 내도 안 되고 쥐어짜도 안 돼요. 언젠가 한 교수와 토크 쇼를 했는데 그 교수는 질문을 받으면 머릿속으로 막 컴퓨터를 돌리더구만. 검색 엔진에 넣고 로딩을 하는 거야. 지식에서 얻는 답은 그럴싸해도 오답이 많아요. 어제 맞은 게 오늘은 틀린다고."

"그런데 신기하게 스님들은 청중의 모든 질문에 즉문즉답을 하지요. 로딩 시간도 없이."

"물에 뜨는 대로 바로바로 떠서 보여주니까 그렇지."

"중생의 희노애락喜怒愛樂을 어떻게 단번에 다 아는 걸까요……? 선생님도 들어보면 단박에 아세요?"

"나는, 나는…… 진작에 다 알기를 포기했어요."

주머니 속에서 소중하게 매만지던 구슬을 꺼내놓듯, 태주는 입술을 동그랗게 모아 '포기'라는 단어를 굴려놓았다.

"젊은이들은 알려고 도전을 하고, 깨달은 사람은 떠오르는 대로 답을 주겠지만, 나는 늘 포기했어. 인생의 코너마다 무릎을 꿇고 포기를 얹어 놓았죠."

어쩌면 인생의 코너마다 극기가 아닌 포기를 택했기에, 태주는 스님도 교수도 '루저'도 아닌 시인이 되었을 것이다. 아무것도 아닌 것들을 예쁘게 보고, 예쁘게 말하는 시인. 고개를 떨군 풀포기 하나 업신여기지 않는 시인.

여든의 사랑은…… 부지런한 사랑이에요

팔십이 되기까지 태주를 지탱해왔던 '포기의 비밀'은 무엇일까. 태주가 굴려놓은 '포기'라는 구슬이 지수의 몸속으로 굴러 들어왔다.

'포기'라는 단어를 굴려놓으면 처음엔 슬픔의 기운, 어둠의 기운, 좌절의 기운이 스멀스멀 올라왔다.

아, 넘어서지 못했구나.

아, 난 역시 안 되는구나.

견디기 힘든 감정이었다.

그런데 포기는 정말 나쁘기만 한 걸까.

『상관없는 거 아닌가?』라는 책을 쓰고 〈부럽지가 않아〉라는 노래를 부른 장기하를 만났을 때 지수는 처음으로 세상에 '포기의 명수'도 있다는 걸 알았다. 장기하는 삶에서도 음악에서도 불필요한 것, 못하는 걸 빼는 걸 '포기'라고 표현했다. 포기란 적절한 순간을 잡아채는 매우 적극적인 '선방'이었다.

이를테면 이런 식이었다. 음악의 시작을 드러머로 출발했던 장기하는 이유 없이 손 근육이 마비되는 '국소성 이긴장증'이라는 병을 앓자 프로 드러머의 꿈을 포기했다. 드럼을 포기하고 기타에 손을 댔다가 병이 심해져서 기타도 못 칠 상태가 되자 작곡과 보컬에만 전념했다. 그 과정에서 〈싸구려 커피〉 같은 명곡이 나왔고, 가수로 이름을 알리게 되었다. 단념은 전념의 알리바이였다.

장기하는 '즐거움'과 '잘함'과 '계속함'의 평형은 '적절한 포기'에서 나온다는 것을 보여주었다. 장기하는 말했다.

"세상에 두각을 나타내고 싶어서 나를 관찰했고, 못하는 것을 하나둘 포기했더니 지금의 선명한 내가 남았다"고. 포기는 자기만의 두각을 나타내기 위한 '선택'이라고. 못하는 게 있으면 짧게 절망한 후 자기를 잘 '설득해서' 생의 방향을 틀어보았다는 장기하. 과연 똑똑한 사람은 다르다고 지수는 감탄했다.

장기하는 '두각'에 대해 신이 나서 설명했다.

"잘하지 못하면 고통받으니 신속하게 단념한다. 돈에 욕심을 안 부리는 건 재력에 두각을 나타낼 자신이 없어서다. 나는 가창력에도 두각을 나타낼 수 없어서, 리듬을 택했다. 포기할 때는 약간 힘을 빼는 자세가 도움이 된다."

장기하의 포기는 즐거움과 잘함과 계속함의 평형을 맞추기 위한 효율적 에너지 분배였다. 하지만 생각해보면 장기하의 포기는 장기하처럼 탁월한 자들만이 할 수 있는 탁월한 포기였다.

그에 비하면 태주의 포기는 투항에 가까운 순수한 포기다. 태주의 포기는 매우 근원적인 것이었다. 뭐랄까. 태주는 일단 포기부터 하고 그 의미를 찾아낸다고나 할까. 태주는 자신만의 '포기의 기술'을 말부터 던지고, 감정을 학습하는 것에 비유했다.

"김소월의 시 중에 「가는 길」이라고 있어요. '그립다 말을 할까 하니 그리워'…… 첫 구절부터 기가 막힙니다. 말을 하고 나니 그리운 감정이 따라오는 거예요. 우리 뇌가 그렇습니다. 말부터 던져놓으면 감정이 뒤따르죠. 미국 사람들도 말끝마다 'Thank you, I am sorry'를 남발하잖아요. 그런데 고맙다, 고맙다 하다 보면 고마워지게 돼요. 미안하다, 미안하다 하다 보면 미안해지죠. 언어가 그만큼 힘이 셉니다.

박목월 선생님 작품 중에는 「임」이라는 시가 있어요. 거기에는 '눈물로 가는 바위'라는 대목이 나옵니다.

밤마다 홀로
눈물로 가는 바위가 있기로

기인 한밤을
눈물로 가는 바위가 있기로"

태주의 낭창한 목소리로 듣는 시는 아름답고 또한 구슬펐다.

'눈물로 가는 바위'에서 '가는'은 '갈아 내다'라는 뜻이다. 눈물로 갈아 낸 바위. 사랑이 대체 무엇이건데 눈물로 바위를 갈아 낸단 말인가.

어쩌면 태주의 포기의 근원은 '포기하는 사랑'에서부터 온 것일지도 몰랐다. 그가 겪은 사랑의 세상에는 그가 어찌할 수 없는 일들이 너무도 많았다. 그리움으로 시작해 기다림으로 완성되는 그 찬란한 체념을, 조급한 연애만 반복해온 지수는 짐작조차 할 수 없었다.

"나는 나를 택하지 않은 사랑, 나를 버린 사랑에 대한 원망이 없어요. 여전히 생생합니다. 아주 추운 겨울에, 1월에, 코트도 입지 않고 양복만 입고 인천에 가서 홍선생을 만났더랬어요. 스물다섯에."

스물다섯의 지수도 짝을 찾아 천지 사방, 말처럼 뛰어다녔지.

"홍선생의 아버지가 '이놈을 택할래, 나를 택할래?' 그랬더니 홍선생이 나 아닌 아버지를 택하더라고."

"서운하지 않으셨어요?"

"아니요. 아버지를 택한 그 사람의 마음을 내가 알겠는걸. 아프냐? 나도 아프다……."

"……수많은 포기로 얻은 여든의 사랑은 어떤 모습입니까?"

동심원처럼 큰 얼굴에 미소가 가득 번졌다.

"여든의 사랑은…… 부지런한 사랑이에요."

"부지런한 사랑이라……."

"아내가 앉아서 오줌 누라고 하면 앉아서 얌전히 오줌 누고. 목욕하라고 하면 목욕하고 옷도 깨끗이 입고."

"순한 아이의 사랑이군요!"

"그럼요. 포기의 정점이죠, 여든의 사랑은. 양말도 뒤집어서 벗지 않고. 이불 속에 식탁 아래 벗어 던지지 않고. 그게 사랑의 시작이에요. 시인의 바른 자세죠."

시도 인생도 모이스처가 중요해

태주와 지수는 말하고 듣고 먹고 걸으면서 많은 것을 함께 보았다. 태주는 낯빛만으로 지수가 배가 고픈지 아닌지 알았고, 발소리만으로 지수가 더 걷고 싶어 하는지 쉬고 싶어 하는지 알았다. 태주가 소리 없이 사라지면 지수는 짐작했다. 또 어느 상점에 들어가 막걸리나 밤 빵, 유산균이나 연필 같은 것을 고르고 있겠거니. 태주는 겉으로는 슬렁슬렁하는 것처럼 보였지만, 안목이 좋고 셈이 빨라 좋은 물건을 한눈에 고르고 순식간에 흥정해 값을 치렀다.

태주가 매번 배낭에 막걸리니 누룽지니 선물 보따리를 잔뜩 넣어주는 통에 지수는 기차와 전철을 갈아타고 아파트 언덕길을 오르며 숨을 헐떡이곤 했다.

지수가 공주에 다녀온 날은 어쩐 일인지 서울도 그 낌새를 차리고 경계를 풀었다. 경비 선생님, 청소 여사님, 아들 견과 견의 친구 집으로 공주의 물자는 흘러갔다. 지수는 태주의 보살핌 속에서 하루하루 무럭무럭 더 평범해졌다.

태주는 지수에게 이어령 선생의 곁에서 죽어가는 스승을 기록하는 작업이 어땠는지를 종종 묻곤 했다. 그의 죽음으로 인해 한 시대가 저물었음을 통탄했다. 이제는 생각의 시대에서 느낌의 시대로 가는 것 같다고.

"혹시 이런 말 들어봤나요? 아는 만큼 보이고 모르는 만큼 느낀다."

"누가 한 말인데요?"

"내가 만든 말이지. 크크크."

진동벨이 울리듯 태주의 몸이 크크크 흔들렸다. 지수는 생각했다.

'이어령이 자신을 우물 파는 사람이라고 했는데, 나태주는 스스로 우물이 되려는구나.'

갈증을 유지한 채 목마른 자로 살았던 광야의 현자와 목마른 자들에게 건네는 한 잔의 물이 되고자 하는 저수지 시인 사이에서 지수는 기분 좋은 현기증을 느꼈다.

우물을 찾아 떠나지 않고 스스로 물별이 뜨는 저수지가 된 태주에게서는 고향의 냄새가 났다.

예뻐하는 마음이야말로 습윤의 보고였다.

"시도 인생도 모이스처가 중요해"라고 그는 몇 번이고 스스로 다짐하듯 말했다.

"나는 드라이하고 시니컬한 상태를 좋아하지 않아요. 습윤한 상태가 가장 좋습니다. 습윤한 상태가 유지되려면 남한테 잘해야 돼요. 남한테 잘해야 습기와 윤기가 올라오죠. 남한테 잘하면 그 사람이 나한테 잘못할 리가 있겠어요? 내가 한 반절이라도 잘할 수밖에 없다고."

태주는 부지런히 앞장서서 자동차 문을 열어주거나 식당 현관에 신기 편하도록 신발을 슬쩍 바깥으로 돌려놓고는 했다. 지수는 태주가 시를 쓰지 않을 때도 시를 행위하는 이런 순간들이 좋았다.

지구상에 친절보다 더 나은 창의성은 없어 보였다.

"사막이 아름다운 것은 어딘가 우물을 숨기고 있기 때문이야, 라고 어린 왕자가 그랬잖아요. 그러니까 우리, 이제부터 습윤이라는 말을 유행시켜요."

지수는 종종 들떠서 '우리'라고 소리치곤 했다. 태주가 지닌 습기와 윤기는 인내와 포기라는 포장지에 싸여 풍성한 풀꽃을 피웠다.

"좋아. 모이스처. 모이스처. 그게 그대에게 들려주고 싶었던 풀꽃의 주문, 풀꽃의 철학입니다."

지수도 살면서 숱하게 전쟁을 겪었다

그러나 유감스럽게도 세상은 더욱 사막화되고 있었다. 곳곳에 전쟁이 만연했다. 탱크가 아닌 물탱크가 필요한 나날이었다.

지수도 살면서 숱하게 전쟁을 겪었다. 유년의 전쟁터를 지나며 엄마라고 부른 여인만 다섯이었다. 지수는 마흔에 온전한 가정을 이루고 딸과 아들을 낳았다. 조선족 보모 이춘자 할머니가 아이들을 먹이고 거두는 동안, 지수는 노트북이 든 배낭을 메고 새벽에 나가 돈을 벌었다. 스무 살 차이, 춘자와 지수는 부부처럼 오손도손 살았다.

남편은 겨울잠을 자느라 바빴다. 밤낮이 뒤바뀐 채 사계절 내내 두꺼운 이불을 덮고 어두운 방 안에서 컴퓨터와 동거했다. 10년의 세월 동안 열 시간도 대화할 수 없었던 부부는 등을 돌리고 남남이 되었다.

마지막 몇 달은 무법천지가 따로 없었다. 서로가 두려워 소리 지르는 겁쟁이 부모 뒤에서 아이들은 '싸우지 마세요'라고 쓴 종이비행기를 날려 보냈다.

어린이날과 어버이날을 함께 보낸 어느 화창한 아침, 딸 윤은 엄마와 춘자 할머니와 남동생 견을 한 번씩 꼭 안아주었다. 5월의 한가운데에서 예쁜 아이 윤은 아버지 손에 이끌려 집을 떠났다. 열한 살이었다.

그해 가을, 지수는 집을 고쳤고 가족이 떠난 빈자리를 채우려 고등어 무늬 고양이와 회색 무늬 고양이 남매를 들였다. 정신과 의사가 처방해준 우울증 약을 먹고 온몸에 줄줄 새던 눈물샘도 잡았다. 만날 수 없는 딸에게는 몰래 문자를 보냈다.

"윤아, 너는 엄마의 과거이고 현재이고 미래야."

"엄마, 엄마는 내 과거이고 현재이고 미래예요."

윤이 메아리처럼 화답했다.

"윤아, 네가 나의 슬픔이라 기쁘다."

"엄마, 엄마가 나의 기쁨이라 슬퍼요."

윤의 메아리를 먹고 지수는 조금씩 살아났다.

사랑하며 사는 부부를 볼 때마다 지수는 마음이 미어졌다.

그러나 자기 연민에 빠져 처지를 탓하지만 않는다면, 사이좋은 부부는 보기만 해도 위로가 되고 마음이 따뜻해졌다. 어느 날 태주는 지수를 도자기 부부가 사는 곳으로 데려갔다.

"아주아주 예쁜 부부를 보러 가봅시다. 무작정 가보는 거야. 거기에 아주아주 예쁜 부부가 아주아주 예쁜 도자기를 빚으면서 살고 있거든."

도자기 부부가 사는 집은 계룡산 북쪽 상신리 도자기 마을의 맨 끝에 있었다. 좁은 풀숲을 지나 막다른 곳에 이르자 뒷마당에 큰 나무를 품은 아늑한 도자기 공방이 나타났다. 사이좋은 부부가 두 그루 나무처럼 서로를 거울 보듯 바라보며 같은 속도로 일하고 있었다. 기별도 없이 닥친 태주 일행을 부부가 반갑게 맞았다.

"나는 이 나무를 보러 여길 와요."

태주가 공방의 기다란 나무 의자에 앉아 마당의 나무를 바라보았다.

'여기 와. 이리 와. 이곳은 안전해.'

새들이 나무 위에서 지저귀는 소리가 들렸다.

"저 나무는 내 마음의 숲이에요. 나는 저 나무를 보면서 감정을 호흡해요. 살면서 저런 나무 한 그루를 가질 수 있다는 건 엄청난 행운이에요. 볼수록 감사할 일이지요. 살아보니 감사가 감정의 숨구멍이에요. 감사해야 행복해집니다."

"하지만 선생님, 보통 사람에겐 감사에서 행복까지의 길이 너무 먼 것 같아요…… 만족스럽지 않을 땐 어떻게 감사할까요?"

지수가 물었다.

"진심으로 감사하기 힘들면 억지로 감사하면 돼요. 그래도 괜찮습니다. 나는 버릇처럼 숨 쉬듯이 계속 '고맙다'고 해요. 왜 그럴까? 내가 대접받고 싶어서죠. 상대에게 뭘 내놓으라고 요구하거나, 이것밖에 안 되냐고 탓하면, 꽝쳐요. 대접받으려면 계속 고맙다고 해야 합니다. 그립다고 말하면 그리워지듯, 고맙다고 하면 고마워져요."

그립다는 말이 그리운 감정을 깨우듯, 고맙다는 말이 고마운 일을 데리고 오는 모습을 일행은 지켜보았다. 공방의 아내가 콩가루를 묻힌 도라지 정과를 가져와서 테이블 위에 올려놓았다. 때마침 마당에서 쉬던 바람이 나뭇가지에 잔물결을 일으켰다. 빛과 바람이 만들어 내는 따뜻하고 시원한 파동에 그들은 몸을 맡겼다. 말하지 않아도 느낄 수 있었다.

'고마워. 찾아줘서 고마워.'
'고마워. 반겨줘서 고마워.'

태주가 도자기 마을에서 이 공방을 처음 발견한 건 우연이었다. 도자기 남편은 혼자서 흙을 만지며 물레를 돌리고 있었다. 비가 부슬부슬 내리는 날 혼자 문을 열어놓고 슬픈 표정으로 물레를 돌리는 남자를 태주는 지나치지 못했다. 도자기 남편이 울상을 지으며 태주에게 말했다.

"선생님, 제가 오늘 슬픈 일이 있는데, 슬픈 마음이 도자기 속으로 들어가 이 도자기가 슬퍼질까 걱정이 돼요."

태주는 도자기 남편의 손을 꼭 잡아주었다. 슬픈 그릇을 빚을까 걱정하는 사람을 위해 태주는 시를 한 편 써주었다. 「끝 집」이라는 시였다.

"그때부터 저는 이 '끝 집'이라는 말이 너무 좋아요."

도자기 아내가 환하게 웃었다.

"그런데 주변에선 '끝 집'이란 말이 안 좋으니 자꾸만 윗집이라고 하래요."

"세상에! 말도 안 돼요. '끝 집' 너무 좋아요. 김연수 소설 중에 「세계의 끝 여자친구」도 있어요."

지수는 제집인 듯 무턱대고 열을 올렸다.

태주도 흥분했다. 태주는 자랑하고 싶어 했다. 내가 아는 사람이, 내가 좋아하는 공간이 이 정도라고.

"우리 말에 끗발이라고 있어요. 놀음판에서 마지막에 털고

일어날 때, 쓸어 담는 사람, 끗발 좋은 사람이 가장 운 좋은
사람이죠. 우리 인생도 끗발이 좋아야 해요."

마음속에 꽃이 없었기 때문입니다

완벽한 순간이면 태주는 어김없이 시를 끌어들였다. 시작詩
作은 두 가지만 있으면 시작된다고 했다. 첫째는 의인화, 둘째
는 대화. 의인화와 대화로 어떻게 '갑분시(갑자기 분위기 시)'
가 가능하다는 걸까?

"책상 받침을 책상 다리라고 표현하는 것, 그게 의인화죠.
부지불식간에 사람처럼 대하는 거니까. 그래서 좋은 시, 보편
적인 시는 어린아이 말투가 돼요. 아이들은 동물과도 로봇과
도 친구처럼 대화하거든. 시도 그래요. 나와 다른 존재를 자
연스럽게 환대합니다. 미국 초등학교 2학년 아이들에게 첫
시로 가르친다는 하이쿠가 있어요.

모두 말이 없었다
주인도 손님도
하얀 국화꽃도.

참 좋지요? 간단하지요? 시 쓰는 건 어렵지 않아요. 하얀 국화꽃을 의인화하는 것만으로 시가 돼요. 두 개는 본질적인 것, 한 개는 이질적인 것을 섞으면 시가 됩니다.

'나에겐 세 명의 친구가 있다. 엄마와 아빠. 그리고 컴퓨터.'

「풀꽃」도 그렇잖아요.

자세히 보아야
예쁘다

오래 보아야
사랑스럽다

너도 그렇다.

풀꽃에서 너로…… 그렇게 번질 때 감동이 큽니다. 알고 보면 다 끗발이에요. 시도 끗발입니다. 익숙치 않은 다른 패가 나오면 게임 끝이거든."

도자기 부부가 크게 고개를 주억거렸다. 그들은 힘이 들 때마다 「끝 집」이라는 시를 보며 힘을 낸다고 했다. 세상 끝날 때까지 이 부부가 끝장날 일은 없어 보였다.

"끝 집에는 안정감이 있어요. 끝 집이 좋아서 나는 항상 내 아내에게 돌아왔어요. 목월 선생님 집도 이 집처럼 골목 끝 집이었어요. 나는 말이죠, 아내와의 싸움 끝에도 박목월 선생님이 결혼식에서 들려준 주례사 녹음테이프를 찾아서 틀어놓았어요."

싸운 후에 주례사를 틀어놓았다니…… 시트콤의 한 장면 같았다.

"내가 주례사를 틀어놓으면 아내가 못 이기는 척 화해를 해줬거든."

태주는 내친김에 박목월 선생이 해준 주례사를 천천히 읊었다.

"두메산골에서 조직 생활하며 혼자 시 써서 신춘문예에 당선된다는 것은 매우 어려운 일입니다. 나 군은 많은 사람 중에, 내가 아는 것보다 훨씬 훨씬 더 많은 사람 중에 소양을 타고난 특별한 사람입니다. 혼자 시집을 내고 그 길을 가서, 작지만 나름대로 자기 세계를 이루었다는 것은 훌륭한 일입니다. 시인의 길은 겉에서 볼 때는 화려하지만 매우 비참하고 초라한 인생입니다. 그러니까 미안하지만 김성예 양이……."

뭔가 불공평한 듯싶지만, 사랑은 원래 불공평한 것이 아니던가. 그리고 태주는 우리가 생각하는 것보다 훨씬 더 영리한 사람이었다.

"목월 선생은 나를 나 군이라고 불렀어요. 나 군이라고 나를 부른 유일한 분이지.

나 군. 나 군.

그분 앞에선 모두가 평등한 '군'이었습니다. 일찍부터 남녀 차별 없이 트인 분이라 허영자 시인도 허 군, 신달자 시인도 신 군이라고 불렀어요. 그런데 그런 분이 결혼식에서 오로지 나만, 나 군만, 나태주만 보였던 거야."

아! 이토록 불공평한 사랑이라니!

누군가의 '군'이 된다는 것은 이토록 좋은 것이로구나, 지수는 생각했다.

스승인 박목월의 사랑과 축복을 태주는 오래 자랑하고 싶어 했다.

"목월 선생은 내 인생에 축복 그 자체였어요. 목월 선생이 시집에 써준 서문이 나 군 인생의 길잡이가 되었죠."

태주는 스승이 써준 시집 서문을 스승이 서준 결혼 주례사처럼 외우고 있었다.

'나 군의 시는 묵은 가지에서 새 가지가 나와 꽃이 피는 것이고 열매가 영그는 것이다. 묵은 가지에 맺히는 나 군의 시

열매는 싱싱하다.'

그는 그 말을 '온고지신溫故知新'으로 정리해서 품속 깊이 간직했다.

"온고지신…… 옛것을 익히고 새것을 안다. 엄청난 축복이지요?"

태주와 지수가 마주 앉아 있는 것도 '온고'라고 했다.

"옛것을 익히면서 새것을 도모하잖아요. 오래된 미래 같은 거죠. 두고 보세요. 그대와 내가 만나 곧 새로운 '너'가 탄생할 테니."

"이 자리에서 정말 새로운 풀이 돋아날까요?"

반신반의하며 지수가 물었다.

"아무렴. 대신 약속해줘요. 계속 예쁘게 보려고 노력하겠다고. 노력하지 않으면 예쁜 게 생기지 않아요. 마음속에 예쁜 걸 갖고 있어야 세상이 예쁘게 보이는 겁니다.

40대까지 나는 꽃을 보아도 이름을 기억하지 못했어요. 이름을 묻지도 않았죠. 마음속에 꽃이 없었기 때문입니다. 마음속엔 다른 것들이 가득했어요. 예쁜 컵, 예쁜 연필, 예쁜 자전거가 들어차 있었지요.

그런데 어느 날, 꽃이 보이는 거야.

하얗게 피는 구절초, 보라색으로 피는 쑥부쟁이, 산국…….

스물다섯엔 구절초를 들국화라고 썼어요. 구절초를 몰라서 들국화라고 썼다고. 오십이 넘으니 꽃 이름이 꽃 모양이 하나 하나 들어오더군요. 나이를 먹는다는 건 슬프지만, 그 보상으로 상대를 있는 그대로 보게 돼요. 공평해지는 거예요."

미워하지 마, 또 볼 사람이니까

"사람이 보기 싫거나 언짢을 때는 없으세요?"

"있지요. 그럴 땐 손이 떨려요. 내 아내인 김성예는 그걸 또 귀신같이 알아채요. 안색, 말투 보고 딱 알아내. '아아, 나는 이 사람이 싫다. 1분도 같이 못 있겠다……' 그런 마음을. 나 이답지 않게 너무 젊거나 매끈한 미인을 보면 힘들어요. 예쁜 데, 쳐다보면, 민망해져. 내 아내 김성예는 주름이 많아요. 나 는 주름을 봐야 안심이 됩니다. 그게 자연스러운 거니까."

자연自然스러움. 스스로 그러함.

그러나 꾸미지 않고 자연스러운 상태라고 해서 다 예쁜 건 아니다.

"자연스러워도 안 예쁠 수 있어요. 예쁨의 본질은 '너의 예 쁨'에 있는 게 아니에요. '나의 의지'에 있는 거지. 너를 예쁘 게 보려고 애쓰는 나. 그래서 억지로, 힘을 내서 노력하는 거예요. 이치가 그렇습니다. '고맙다'고 하면 고마워지고, '맛있다'고 하면 맛있어지고, '예쁘다'고 하면 예뻐지는 거니까. 내가 산문집에도 썼잖아요.

민들레가 웃고 있었다면
네가 먼저 웃고 있었던 것이다

새들이 노래하고 있었다면
네가 먼저 노래하고 있었던 것이다

세상이 아무래도 이쁘냐?
그렇다면 네 마음속 세상이 먼저 이뻤던 것이다."

헬스클럽에서 '한 번 더'를 외치는 트레이너처럼, '억지로'라도 그렇게 하라는 말에 왠지 안도가 되었다. '억지로'의 도움으로 지수는 태주의 삶에 깃든 모순과 비밀을 조금 알게 되었다. '너무 애쓰지 마라'라고 하면서도 애를 쓰는 이유를. 억지로 시 쓰면 안 된다고 하면서도 억지로라도 시를 써야 하는 이유를.

"이 세상은 천국이 아니고 인간은 천사가 아니에요. 이 세상이 지옥이 아니려면 내 앞에 앉은 네가 악마여서는 안 되죠. 그래서 애를 쓰는 거예요. 그래서 시를 쓰는 거죠. 내가 예쁘게 보면 천사는 아니라도 악마 쪽으로 더 많이 가진 않겠지, 기도하는 마음으로."

세상이 끔찍하고 인간이 잔인해도 계속 사랑스럽다고 예쁘다고, 소리치라고 했다.

"왜 불을 켜겠어요? 어두우니까. 왜 난로를 틉니까? 추우니까. 추운 상태로, 어두운 상태로 가라앉지 않으려고 계속 반대로 해보는 거죠. 말 못 하는 나무도 꽃도 의인화해서 동무처럼 대화를 해보는 거죠. 시를 써보는 겁니다. 아니면 세상은 순식간에 더 나빠질 테니까."

예뻐질 때까지 예쁘다고 말해주는 태주의 낙관을, 기한 없는 사랑을, 믿을 만한 엄포를 지수는 삼키고 또 삼켰다.

태주가 용돈 찔러주듯 말했다.

"기억하세요. 옆구리 찔러 절 받을 때까지 항상 감사하라."

태주와 함께 있으면 시간이 빨리도 갔고 느리게도 갔다. 그가 만든 행복 여행의 루틴은 넘치지도 모자라지도 않았다. 풀꽃문학관에 도착해 풀꽃에 물을 주고 따끈한 차를 마신 후, 자동차를 타고 갑사로, 마곡사로 밥을 먹으러 갔다. 밥을 먹은 후엔 이곳저곳에 들러 또 다른 차를 마시고 간식을 사고 택시를 불러 기차역으로 갔다. 매 순간 태주의 눈치 빠른 준비와 태평한 듯 빠른 몸놀림 덕에 헤매는 법 없이 밀도 높게 시간을 누렸다.

함께 석양을 음미하거나 별을 보진 못했지만, 멀리 뜬 낮달이나 강물에 반짝이는 물별을 향유하는 것으로 충분했다. 태주는 아침의 남자였기에 저녁 무렵이면 성예가 기다리는 집으로 갔다.

그러나 낮 동안 태주의 우정에는 늘 설렘이 동행했고, 태주 자신이 먼저 수줍어 얼굴을 붉히거나 긴장이 배어 나오는 웃음으로 사랑의 채도를 맑게 유지했다.

태주는 공주의 자랑이었고, 공주는 태주의 자랑이었다. '누구도 함부로 대하지 않는' 공손한 공주 품에 태주라는 '예쁜 씨앗'이 날아들었기에, 도시는 더 울창해지고 환해지고 가까워졌다. 이 도시엔 다혈질, 명령, 좌파, 우파 같은 단어가 들리지 않는다. 이곳 주민들은 상대를 가르치거나 길들이려고도 하지 않는다. 요란하게 아는 척하지도 않는다. 예쁜 그릇을 꺼내, 평소 단골이 좋아하던 반찬을 기억해 정성스레 내주는 식당 주인 같다.

함부로 안 한다고 다 평등한 것 같지만, 함부로 안 한다고 위계가 없는 건 아니라고 했다. "나름의 질서가 있어요. 공주에서 태어나 공주에서 초등학교를 나오고 공주에서 직장을 다니는 사람이 성골. 내가 아무리 공주를 사랑해도 나는 성골이 아니라 진골이에요. 나는 서천 출신이니까. 공주 토박이도 아니면서 성골 흉내를 내고 사는 거죠. 그래서 공주를 더 자세히 보고 감탄할 수 있는 거예요……."

아! 공주 사람들은 굴러온 돌도 함부로 대하지 않는구나.
싸워도 머리끄댕이는 안 잡는구나.
눈 한번 흘기고 마는구나.
관계를 아주 깨지 않는구나.

"그렇다고 늘 평화롭진 않아요. 가끔은 김성예도 동네 아줌마들한테 상처를 받아요. 어떤 날은 분해서 잠이 안 온대. 그러면 내가 그래요.
'일단 자.
자다 보면 날이 밝잖아.
아침이 오면 밥 먹어.
밥 먹고 나면 그 사람이 사과하러 올지도 몰라.
미워하지 마. 또 볼 사람이니까.'"

서울깍쟁이가 다 된 지수는 '또 볼 사람'이란 말에 괜히 움
찔했다.

"서울은 넓지요. 서울은 번쩍번쩍하고 익명의 세상이잖아.
작은 곳엔 익명이 통하지 않아요. 남의 집 사정을 다 알아. 민
이 예뻐하는 마음을, 결혼식 주례 끝나고 허전해하는 내 마음
을, 공주 사람이 다 안다고. 문 열고 집에 들어서면 김성예가
그러죠.

'당신, 마음 괜찮아? 힘들지 않았어?'

그러면 나는 맥이 탁 풀리면서 편안해지는 거예요."

일행을 태운 자동차가 옛 백제 산성인 공산성을 지나가고
있었다. 어쩐지 살짝 우울이 깃든 목소리로 태주가 말했다.

"내가 사는 곳은 아주 작아요. 곧장 가봐야 멀리 갈 수도 없
어. 밤에 막차 타고 이곳을 지나가면 공산성 기와에 불이 켜
져요. 그러면 가슴이 철렁해. 너무 예뻐서."

멀리서 보면 공산성은 기와집 위에 기와집, 옛날 위에 옛날
이라고, 태주는 혼잣말처럼 중얼거렸다.

Lesson ——————————————— 4

결핍의 얼굴들

"희한하죠? 생명의 저력은 풍요보다 결핍에서 나온다는 게.
가난한 흥부네 집에 자식이 많듯이,
나도 가난하고 부족해서 시를 많이 썼어요.
늦도록 시들지 않고 시 열매가 달린 거죠.
결핍이 없는 사람은 느슨해져.
결핍과 기쁨을 감각하는 게 중요합니다."

이름처럼 예쁘게 피어날 거야

사이좋은 태주와 공주를 보고 있노라면 한 도시를 살리는데 한 명의 시인이면 충분할 것 같았다. 태주는 공주의 여기와 저기를 잇는 모세혈관 같은 존재였다. 기차역에서 풀꽃문학관으로 올 때면 택시 안에서 기사가 시를 읊었다. 유행가인지 문학인지 구분이 안 되는 시였다.

"시인님의 시는 너무 단순해요. 너무 쉽죠. 그런데 또 깊어. 희한하다니까. 나는요, 운전하면서 막 짜증이 나다가도 나태주 선생이 자전거를 타고 스르륵 지나가는 모습을 보면 씨익 웃음이 나요. 신경질이 탁 풀려. 진짜예요."

반백의 기사가 뒤통수로 갸르릉거리며 웃었다. 지난번 여행에서 갤러리와 문방구와 서점이 있는 길을 걸어가다가도 웃기는 경험을 했다. 야구 방망이를 넣은 커다란 가방을 둘러맨 건달풍의 사내가 잽싸게 달려와 사인해달라고 야구공을 코앞에 내밀었다. 건들거리던 몸이 순식간에 동글동글해지고 좋아서 입이 헤벌쭉해졌다.

시집도 아니고 손바닥도 아니고 야구공이라니! 때 묻은 흰 공의 굵은 실밥을 가로질러 '자세히 보아야 예쁘다, 너도 그렇다'가 새겨졌다. 그 야구공은 지금쯤 어느 운동장 어느 하늘 위를 날고 있을까. 홈런일까, 안타일까. 흰 구름도 예쁘다고 쓰다듬어주겠지.

꽃샘추위로 당겨지고 조여졌던 공기가 완전히 풀어지면서, 사방이 나른했다. 풀꽃문학관에 들어서니 태주가 농부 모자를 쓰고 장화를 신은 채 정원 일을 하고 있었다.

"안녕!"

전지가위를 높이 들고 태주가 지수 일행을 향해 손을 흔들었다.

"얘는 이름이 뭐예요?"

"깽깽이풀. 굉장히 이쁘죠? 여기도 나온다."

"직접 이름을 지으셨어요?"

"아니. 본래 이름이 깽깽이풀이에요. 문학관엔 깽깽이풀 꽃이 필 때 찾아오는 사람이 있어요. 능소화가 필 때 오는 사람도 있죠. 그러면 나는 깽깽이풀 꽃이 피었는데 왜 그 사람이 안 오나? 궁금해져요. 어느 날 오면, 그 사람이 꽃이랑 겹쳐 보여요. 꽃이 피니까 너도 피었구나. 네가 능소화구나. 꽃과 사람이 구별이 안 돼요. 미친 사람 같죠? 하하. 밥 먹고 오면 더 많이 피었을 거예요."

"밥 먹고 온 사이에요?"

"그럼요. 쉿! 재 좀 봐요. 지금 기다리고 있는 거야."

"필까, 말까, 봉오리를 열까, 말까……?"

"(도리질 치며) 아니요. 추워요, 아직은. 햇빛이 더 나기를 기다리는 겁니다. 얘 봐요. 얘는 백두산에 피는 매발톱꽃이에요. 매발톱처럼 뾰족하게 멋지게 벌어졌지요? 거기 있는 건 할미꽃. 그 아이는 수선화. 이리 와봐요."

여리고 도도한 꽃들을 하나하나 섭섭지 않게 소개하고 시중드느라 태주는 신중하게 움직였다.

"요건 톱풀 꽃. 이파리가 톱처럼 생겼어요. 저 자리엔 히말라야 용담이 있었어. 이건 복수초예요. 어제 비가 와서 얘들이 약간 긴장했네. 저거는 산수유. 얘가 주인공인 시를 읊어줄까요?

산수유꽃 노랗게

흐느끼는 봄마다

도사리고 앉힌 채

도사리고 앉힌 채

울음 우는 사람

귀밑 사마귀

박목월 선생이 쓴 시 「귀밑 사마귀」입니다. 그런데 산수유
는 좀 졸렬해요."

"졸렬해요?"

"졸렬하죠. 꽃잎 하나하나가 꽃이에요. 하나하나가 터져서
꽃이 피어. 참 졸렬하다고 꽃의 생김새가. 나처럼, 나태주처럼
졸렬해요. 하하."

"저기 개나리처럼 보이는 건 뭐예요?"

"그건 영춘화. 노랗게 벌어진 건 골담초 꽃. 얘는 막대기만
꽂아도 살아요. 이 미선나무는 다음에 왔을 때 필 거예요. 이
름처럼 예쁘게 피어날 거야. 누가 말했지요? 자세히 보면 예
쁘다고?"

실없는 농담에 꽃들이 웃느라 흠, 섶이 들썩였다. 꼼꼼하게
화장한 꽃, 새침하게 하품하는 꽃, 날 좀 봐달라고 헤벌쭉 웃

는 꽃, 사정없이 벌벌 떠는 꽃…… 모든 꽃을 사랑하지만 지금 태주가 더 아끼며 차별하는 꽃은 모란이었다. 김영랑 시인 생가에서 갖고 온 모란꽃. 빨간 모란 순은 낮고 여리여리해서 사람들에게 밟히기 딱 좋았다.

"겁이 나요. 다른 사람이 아니라 내가 밟을까 봐. 그래서 이렇게 표시를 해놨어요. 영랑 선생의 모란이니까."

태주가 모란 순 옆을 살금살금 걸어갔다. 바람이 뒤따라 은은하게 지나갔다.

　　모란이 피기까지는
　　나는 아직 나의 봄을 기다리고 있을 테요
　　모란이 뚝뚝 떨어져 버린 날
　　나는 비로소 봄을 여읜 설움에 잠길 테요.

　　─김영랑, 「모란이 피기까지는」

빨갛게 맺힌 산사나무 열매와 늘어져서 피는 능수홍도화 가지에 햇살이 어른거렸다. 그 사이 깽깽이풀 꽃봉오리는 살짝 더 벌어졌고, 옆집에 뿌리를 둔 능소화가 담장을 넘어와 있었다.

찻물이 딱 좋게 따끈하게 식어 있었다.

그런데 슬픔은 좀 미뤄둡시다

"이리로 와서 차 한잔 들어요."

"선생님. 봄이 오니까 사람 몸에도 물이 오르나 봐요."

"다 그런 건 아니에요. 물이 오르는 사람도 있고 내려가는
사람도 있어요. 나는 적당히 물이 올라서 좀 뺀질뺀질한 애들
이 좋아요. 하하. 그런 애들은 다 건강해요. 생명력이 넘치지.
나이 든 사람이 그런 아이들 보면 고깝겠지만, 괜찮은 거예
요. 생명이 고양된 상태니까."

"생명이 고양되려면 슬픔이란 거름도 필요하지요?"

"그렇죠. 그런데 슬픔은 좀 미뤄둡시다. 왜냐하면 우리가
너무 슬프잖아. 내가 말 안 했던가요? 언젠가 『울지 마라 아
내여』라는 책을 낸 적이 있는데, 완전히 망했어."

태주가 울상을 지었다.

"아내여, 때문이겠지요."

"아니야. 울지 마라, 때문이었어요."

책이 망한 건 '아내' 탓도 '울지 마라' 탓도 아니었을 것이
다. 불행한 가정은 저마다의 이유로 불행하듯, 책이 망하는

이유는 백만스물한 가지쯤 된다.

"여하튼 사랑받는 것들은 다 이유가 있어요. 그래서 공주병 걸린 사람은 어차피 사랑받아요. 예쁜 소리만 골라서 하고, 예쁜 짓만 골라서 하거든. 때론 매우 피곤하기도 하죠. 내 아내 말고, 내 동생이 그래요."

"……여하튼 공주병은 괜찮은 병인가요?"

"나쁘지 않아요. 난 그렇게 생각해. 남에게 기쁨을 주고 예쁜 것을 보여주기 위해 노력하는 사람이 공주병 걸린 사람이라고."

"꽃처럼?"

"그럼요. 내가 보기엔 공주병 걸린 인간들이 다 공주에 살아요. 공주의 여성 시 낭송가들은 공연 잡히면 미장원부터 가. 시내 한복집에 가서 한복 빌려서 곱게 다려 입고 오지요. 책도 공주병에 걸려야 좋아요. 뻔해 보여도 예쁘게 치장하고, 사랑받기 위해 독자들도 직접 만나러 가. 기쁨을 줘야 해요. 작가는 아양을 좀 떨어도 돼요. 부모 자식 간에도 그렇잖아. 어릴 땐 자식이 부모에게 아양을 떨지만, 나이 들면 부모가 자식에게 아양을 떨어요."

잘 보이고 싶은 마음, 아양은 약자의 사랑, 예쁜 사랑이라고, 찻잔을 그러쥐고 말했다.

"나도 딸에게 아양을 떨어요. 아내에게도 아양을 떨지. 기쁘게 해주려고. 익살을 떨면 관계가 말랑말랑해지거든. 나는 독자를 기쁘게 해주고 싶어서 시를 써요. 타인이 기뻐하면 그 기쁨에 내가 더 기뻐지니까. 타인을 기쁘게 하는 기쁨이 가장 오래 갑니다."

매일매일 그 기쁨의 감각을 확인하고 싶다고 했다.

"오늘 아침에도, 아내에게 물어봤어요.

'여보, 나 요즘 상 타고 싶어 해?'

'예전에는 받고 싶어 하더니 요즘은 아닌 것 같더라.'

'왜 그런 것 같애?'

'갖고 싶은 게 없어져서 그런 것 아냐?'

천만의 말씀. 진실은 이래요. 내가 상을 주고부터 상 받고 싶은 마음이 사라졌어요. 풀꽃문학상, 공주문학상, 해외풀꽃시인상, 신석초문학상…… 내가 주는 상을 받고 뛸 듯이 기뻐하는 사람을 보니, 내가 더 기쁘더라구. 그때 알았어요. 결핍의 구멍은 남한테 뭘 줄 때 채워지는구나. 줄수록 더 기뻐지겠구나. 그대도 내가 사 준 누룽지를 아이한테 줬더니, 맛있게 먹었다며? 그럼 내가 안 기쁘겠어요?"

"밤은 또 얼마나 더 맛있게 먹었다고요."

"맛있죠? 달죠? 공주 밤은 달라요. 산의 남쪽에 있는 밤이라 더 맛있어요. 땅도 좋고 햇빛도 좋고 밤엔 추워서 단맛이 단단해져요."

땅을 파면 조선, 고려, 백제 문화재가 차례로 나온다는 천년 고도 공주. 백제 시대 유물에서 발굴된 말안장 가죽 안에도 밤이 들어 있더라고, 태주가 만족스럽게 웃었다.

아무리 메마르고 추워도 서로가 서로에게 굴러가 다정하게 아양을 떠는 한, 공주는, 공주의 밤은 더욱더 맛이 들 거라고.

"나이 들수록 줘야 해요. 줘도 좋은 걸 줘야 해요. 무조건 주는 게 기쁨이에요."

상에 관한 진실은 이렇다. 상은 태주를 포기시켰지만, 태주는 상을 포기하지 않았다. 다행히 태주는 나이가 많았고 베스트셀러 작가이며 사랑받는 국민 시인이었다. 상을 받는 것은 포기했지만, 주는 것은 시작할 수 있었다. 시작하는 젊은 시인에게 사비를 털어 마련한 상금을 주고 나면, 몇 날 며칠 뱃속이 뜨뜻했다. 그게 태주가 살면서 익힌 기쁨의 전술이었다.

그러던 2019년 어느 날, 태주는 느닷없이 소월시문학상을 받았다. 30년 동안 이어지던 문학상을 없애기로 결정하면서, 위원회는 그를 마지막 수상자로 선정해 잡지사 대표가 직접 상패를 들고 왔다. 박수도 축하객도 없는 쓸쓸한 수상이었으나, 그는 소월을 생각하며 기쁨에 젖었다. 귀하고 귀한, 엎드려 받은 상이었다.

창작은 밥을 칼로 찌르는 것

태주처럼 느긋한 어른도 한때 권위와 인정에 목말라했었다는 게 의아했다. '마이너 없는 메이저 없다'고 부르짖었지만, 그것은 기실 뿌리의 문제였다. 여러 번 뿌리 뽑힌 자들은 살면서 겁을 먹거나 자주 곤란을 겪었다. 지수도 다르지 않다. 회사를 다닐 때도 권위 있는 존재로부터 확인받지 못하면 남보다 더 비참함을 느꼈다. 더 나쁜 건 인정을 받을수록 거꾸로 웃음거리가 될까 봐 도리어 더 두려워졌다는 거다. 책상에 앉으면 울상이 될 때가 많았다.

"그럴 수 있지요."

태주가 무심하게 말했다.

"그럴 수 있다고요?"

"그럼."

"선생님도 혹시 그랬나요?"

"나도 학교에서 나와 온전히 시인으로 살고 나서야 편안해졌어요. 한때 나는 대학교수가 되고 싶었어요. 그것만큼 안정

되고 인정받는 직업이 없으니까. 들었다 났다, 남들이 함부로 할 수 없으니까. 하지만 가장 큰 이유는…… 전근을 안 다니는 사람이 되고 싶었어요."

전근이란 단어가 천근만근 마음을 눌렀다.

"전근을 간다는 건 뿌리를 뽑히는 일이거든. 선생은 길어야 5년, 교장은 3년이었어요. 한 학교에 머물 수 있는 시간이. 그래서 나는 3월이 몸서리칠 만큼 싫었어요. 꽃샘추위도 싫지만 뿌리가 뽑혀 다른 곳으로 가는 건 아무리 겪어도 익숙해지지 않는 감각이었어요."

'아! 어른인 선생님도 새 학기가 두려웠구나.' 6학년이 될 때까지 여섯 번의 전학을 다니며, 낯선 서식지로 옮겨졌던 지수는 탄식했다.

"그런데…… 그게 길게 보면 나쁘지 않았어요."

"뿌리를 뽑히는 게 나쁘지 않다고요?"

"길게 보면 그래요. 그걸 나는 농사짓는 사람들에게 배웠어요. 꽃도 그 자리에만 계속 심어놓으면 꽃이 퇴화된다는 걸. 언덕 위에 구절초를 가득 심은 적이 있어요. 그런데 그게 많이 번식하더니 나중에는 다 없어져 버렸어요. 야생초는 옮겨 다녀요. 자기가 살고 싶은 곳에 삽니다. 놀라운 진리예요. 애초에 붙박인 나무와는 다르죠."

"연꽃은요? 뿌리가 물에 담긴 연잎 같은 수생 식물은 어떤가요?"

"연잎이 가득한 연못을 지난 적이 있어요. 잎은 가득한데 꽃이 하나도 없더라고. 물어보니까 새 뿌리가 뻗을 자리가 없어서 그렇다는 거예요. 그때 무릎을 쳤지. 아! 연꽃은 새 뿌리에서 나오는 거구나. 묵은 뿌리에서는 못 나오는구나. 묵은 뿌리는 저희들끼리 엉켜만 있지 꽃은 못 피워요.

풀꽃문학관의 꽃들도 마찬가지예요. 내가 좋아하는 아이리스, 우물가 옆에 그 아이가 꽃을 피우질 않는 거예요. 꽉 쩔어만 있고 꽃은 피우질 못해. 알고 보니 그 비밀이 뿌리에 있었어요. 아이리스를 잘라서 새 땅에 심는 게, 요즘 나의 임무예요. 사람들은 놀라서 묻지. 그걸 왜 자르냐고. 그 아이한테는 죽음이고 그 아이 입장에서는 상처고 아픔이지만 그래야 꽃을 피워요. 아픔이 없으면 꽃이 안 핀다……."

예술도 마찬가지라며 찻물을 삼켰다.

"창작創作이라는 한자에 비밀이 있어요. 창創을 보면 밥 식食과 입 구口 옆에 칼 도刀가 붙어 있는 모양새입니다. 밥 먹는 입을 칼로 찔러야 창작이 돼요. 그냥 놔두면 창작의 꽃을 피우지 못해요."

밥 먹는 입을 칼로 찔러야 창작이 된다는 말이 폐부를 찔렀다.

"아무리 그래도 3~4년마다 추위 속에 새 임지를 가는 건 너무 서러웠겠어요."

"싫었지. 서러웠지. 하지만 결과적으로 가는 게 나쁘지 않았다는 거예요. 대학교수 돼서 20년 동안 한자리에 있었으면, 꽃 피울 생각은 안 하고 쩔어 있는 아이리스 꼴이 됐을 테니까."

결핍과 기쁨을 감각하는 게 중요합니다

"은행나무도 가문 해에는 은행이 엄청 많이 열려요. 가무는데도 가지가 은행을 떨어뜨리지 않고 끝까지 물고 있어. 그 다음 해에 비가 많이 오면 은행알이 많이 떨어지고 굵어져 있어요. 희한하죠? 생명의 저력은 풍요보다 결핍에서 나온다는게. 가난한 흥부네 집에 자식이 많듯이, 나도 가난하고 부족해서 시를 많이 썼어요. 늦도록 시들지 않고 시 열매가 달린 거죠. 결핍이 없는 사람은 느슨해져. 결핍과 기쁨을 감각하는 게 중요합니다."

"하지만 결핍과 기쁨은 서로 반대되는 감각인데요? 결핍이 많으면 기쁨도 쉬 느끼기 어려워요."

"꼭 그럴까요? 결핍과 기쁨은 반대 같지만, 꼭 반대는 아니에요. 결핍이 있기에 노력하고, 노력에서 몰입이 나오죠. 몰입은 기쁨의 원천입니다. 그래서 정말 좋은 시는 가난과 고독 속에서만 나옵니다."

"그렇게 나온 좋은 시가 부와 인기를 가져다 주잖아요, 선생님처럼."

"(미소 지으며) 정작 내 손엔 없어요, 부와 인기. 정말 없어. 오면 바로바로 줘버립니다. 나는 돈 있으면 빨리 쓰고 인기 있으면 빨리 도망가요. 오래 두면 썩어요. 나는 썩어서 무용한 시인이 되고 싶지 않아요. 나는 죽을 때까지 유용한 시인으로 살고 싶어요. 유명한 시인 아니라!"

유용과 유명은 늘 우리를 헷갈리게 한다. 유명해져야 유용해진다고 생각하지만, 유용해져야 유명해지는 것이다.

나침반을 유명이 아니라 유용의 상태로 두었기에, 태주는 돈이 되지 않는 아이들 곁으로 가서 새 뿌리를 내리고 생명을 연장했다.

숨 죽은 배추처럼 그가 나긋하게 말을 이었다.

"지금도 나는 서러운 마음이 있어."

"서러운 마음이요……."

"서럽지. 서럽기는 한데. 됐어. 서러운 것이 재산이니까."

"서러운 게 재산이니까……."

"그럼요. 서러움은 어쩔 수 없이 받아들였어요. 유년의 서러움은 내 책임이 아니죠. 하지만 고독은 내가 자발적으로 선택했어요. 돈 벌고 싶으면 시장으로 갔을 거예요. 권력 갖고 싶으면 선거판으로 갔겠죠. 시 쓰는 곳에 와서 어정쩡하게 돈과 권력을 욕심내면 그만큼 우스운 꼴이 없습니다. 돈은 쥐꼬리만큼 주더라도 문학 강연은 아이들한테 제일 먼저 가는 게 이치에 맞아요. 그게 시인의 길입니다. 좀 진부하게 들리겠지만, 나는 홍익인간과 훈민정음이 시인의 좌표라고 생각해요."

태주의 서러운 마음이 고독의 바다를 건너 홍익인간과 훈민정음까지 내처 달리고 있었다. 너무 먼 곳으로 가는 것 같아 지수는 여차하면 제지할 마음으로 그를 지켜보았다.

"홍익인간은 타인을 배려하고 널리 이롭게 하는 거죠. 세종대왕의 마음에는 '홍익인간'이 들어와 있었어요. 가난하고 못 배운 사람을 향해 있었죠. 봉건 시대에 그런 임금이 어디 있었어요? 참으로 놀라운 일입니다.

'너희가 쓰는 말이 중국의 한자와 달라 어려우니, 내가 글자를 만들어줄게. 편하게 익히고 쉽게 써라.'

그런 임금이 세상천지 어디 있냐고? 국민을 소모품으로 여기고 제 권위만 높이는 시대에, 약한 사람에게 눈길을 줬어요. 그 꽃이 훈민정음입니다. 한글이죠. 한글을 잘 쓰면 우리가 세종대왕은 아니라도 세종의 마음을 가질 순 있어요."

서러운 사람이 왕의 마음을 갖고 있구나, 라고 지수는 생각했다. 일곱 살에 한글을 떼고 글을 쓰기 시작한 이래로 지수는 자음과 모음을 다루는 것이 늘 뜻대로 되지 않았다.

'쓴다는 건 어려운 것이로구나.'

그럼에도 그립고 쓸쓸한 마음으로 배회하던 해 질 녘이면, 돌아와 퍼즐을 맞추듯 흩어지고 조각난 마음을 일기장에 쓸어 담았다. 적을 수 있었기에, 손에 잡히지 않는 그 마음이란 것도 사납게 흩어지지 않고 숨을 골랐을 테지. 쓸 수만 있다면 서러운 마음도 재산이 되고, 그만큼 밥 먹고 살 길이 열리는 것이다.

새가 씨앗을 물고 날아가듯 태주의 뿌리 뽑힌 마음이 날개를 달고 높고 먼 곳으로 향하는 모습을 지수는 그려보았다. 멀리 가보았던 태주가 말을 이었다.

"옛날 옛적 나태주가 LA에서 길을 잃고 헤맨 적이 있었어요. 영어도 한마디 못 하고 미아가 될 뻔했는데 '삼성'이라고 쓰여진 한글 간판을 보고 만세를 불렀어.

'살았다!'

삼성이라는 글자가 있으면 한국말 하는 사람이 있을 테고, 그러면 말 통하는 곳으로 데려다주겠구나…… 글자가 있으면 살아요. 글자가 구세주야."

함지박에 곡식 쌓이듯

　평생 글자를 모르고 살다 뒤늦게 한글을 깨치고 새 세상을
보는 노인들도 많았다. 기차를 타고 오면서 지수는 기차 칸에
꽂힌 잡지에서 무명의 할머니가 쓴 시를 읽고 눈물을 쏟았다.
근간 읽었던 것 중 가장 아름다웠던 그 시를 지수는 더듬더듬
기억해 태주에게 읊어주었다.

　자궁암 진단을 받았다.
　의사가 오 개월 살 거라고 했다.
　남편이 울면서 말했다.
　오 년만 더 살지. 그랬던 그이가 먼저 갔다.
　손주 생일날 밥 먹으면서 울었다.
　며느리가 동태 찌개를 사 줘도 울었다.
　아들이 메이커 잠바를 사 줘도 울었다.
　단 한 사람.
　당신이 없어서.

태주가 눈을 감은 채 가만히 고개를 끄덕였다.

"명시네."

"너무 좋아서 눈물이 나요."

지수의 눈물샘을 건드린 문장은 '아들이 메이커 잠바를 사 줘도 울었다'였다.

돌아가신 생모의 제사상 차릴 돈을 헐어 짝퉁 메이커 잠바를 사 입었던 오래전 겨울. 10대 소녀 지수는 뼈저리게 알았다. 죄책감이 추위보다 시리다는 걸.

물기 어린 갈색 눈을 깜빡이며 지수가 물었다.

"선생님…… 시는 누가 물어다 귀에 넣어주는 걸까요?"

"사람이 물어다 주죠. 입말로 편안하게 물어다 줘요. 예민하게 귀 기울이면 도처에 숨은 시의 순간이 발견됩니다. 길에 버려진 쓰레기에서 보석을 줍듯이.

아기 엄마가 '나도 꽃필 날 있을까' 하면 그 마음이 안쓰러워 쓰고, 노인이 '정년퇴직 하니 넥타이 맬 일도 없어' 하면 또 그 마음이 철렁해서 써요. 그걸 쓰면 김수영 시인이나 이상처럼 위대한 발명가는 못 돼도, 소소한 발견자는 될 수 있어요."

하나의 단어가 일으키는 파도의 힘은 세다. 해가 뜨고 바람이 불 때, 뜨거운 국이 목구멍을 타고 넘어갈 때, 개가 짖을 때나 늙으신 부모가 꾸벅꾸벅 졸고 있을 때도 시는 우리를 툭툭 건드리며 지나간다. 태주가 심상에 빠진 지수를 툭툭 쳤다. 자동차는 어느새 계룡면 중장리로 들어서고 있었다.

태주가 창밖을 가리켰다. 집들이 작은 원을 이루듯 옹기종기 모여 있었다. 낮은 구름 아래 들판이 평화로웠고 그 위로 작은 길들이 온유하게 모이고 퍼졌다.

"함지박에 곡식 쌓이듯 햇빛이 곡식처럼 쌓이는 곳이야. 저 앞에 저수지도 있어요. 마을이 참 예쁘죠?"

"네. 자세히 안 봐도 예쁘네요. 꼭 옛날로 들어선 것 같아요."

한 굽이 돌면 끝날 것 같은데, 산이 자물려서 돌아 또다른 마을이 이어지는 모습이 신기했다. 갑사에 다다랐다. 봄에는 마곡사가 좋고 가을에는 갑사가 좋다지만, 이른 봄의 갑사도 단정한 들뜸이 느껴져서 좋았다. 절 앞에 즐비한 식당에서 참기름, 들기름 냄새가 고소하게 풍겼다. 태주의 안내로 들어간 '수정식당'은 〈한식대첩〉이라는 음식 경연 프로그램에서 수상 경력이 있는 맛집이었다. 노릇하게 지진 도토리전, 보리 집장, 냉이 된장…… 담아낸 반찬들이 다 싱싱하고 푸짐해서 침이 고였다. 막걸리 잔들이 정겹게 부딪히고 젓가락들이 부지런히 이 그릇 저 그릇을 오가며 허기를 채워갔다.

좋은 식당에 다닐 때면 태주는 항상 아내 성예와 오지 못한 것에 마음을 썼다. 태주에게 성예는 유년과 노년의 공유지처럼 보였다. 몸은 함께 아프고 늙어가는데, 관계는 더 푸릇해지는.

지수가 놀리듯 물었다.

"선생님, 부부 사이가 어찌 그리 늘 싱싱한가요?"

따끈한 누룽지를 마신 후 태주는 입술을 가볍게 훔쳤다.

"아내와 잘 지내는 비법이 있는데 알려줄까요?"

"관계가 젊어지는 비법이요?"

"그럼요. 어렵지 않아요. 산책을 함께하면서 야한 얘기를 나누는 거야. 야하다는 게 핵심은 아니에요. 함께 걸으며 말로 탁구 치듯 긴장과 유머를 오가는 게 중요한 거지. 주제도 없이 툭툭 던지는 게 기술입니다. 툭툭 가볍게."

"툭툭…… 어디로 튈지 모르는 대화라……."

"부부간에 근엄하면 안 돼요. 가장 어린이답고 가장 친구다운 사람이 아내이고 남편이어야 해요. 난 그렇게 생각해. 심각할 거 없어요.

'너 죽을래?'

'나, 안 죽을 거야.'

죽을 때가 다 된 노인들이 이러고 놀면 말도 못 하게 재밌어요."

"아내와 죽음을 갖고 노시는군요."

"그럼요."

"······늙었다는 생각은 언제 처음 하셨어요?"

"일찍 했어요."

"몇 살 때요?"

"아마 예순두 살, 정년 퇴임할 때쯤. 안 늙어도 일부러 늙었다고 생각했어요. 기실 마음은 하나도 안 늙었어. 어린아이들, 젊은 아이들 만나면 가슴이 여전히 뛰었지. 아내도 알아요. 그래서 아침이면 나를 내몰았어요. 민이든 원이든 빨리 만나러 가라고. 내가 신바람이 나서 자전거를 타고 나가면, 그 모습을 흐뭇하게 보는 거야. 예쁘게 쳐다보는 거죠.

'네가 기쁘면 내가 기쁘다.'

이 말을 나는 아내에게 배웠어요. 아내 덕에 나는 못났지만 특별한 사람이 됐습니다. 기록을 보면 윤동주 선생, 이육사 선생, 조지훈 선생은 가난해도 다 명문가 출신이에요. 영혼의 귀족이지. 나는 아니에요. 형편없는 집안에서 태어났어. 두 여인이 나를 손님처럼 대우해줘서 특별해졌을 뿐. 외할머니 그리고 내 아내, 두 사람이."

못났지만 특별한 손님이라는 말이 가슴에 꽂혔다. 식당 뒷

마당 가시덤불 속에서 황매화 꽃봉오리도 귀를 열고 듣고 있었다. 난로라도 켠 것처럼 실내가 훈훈해졌다.

선생님, 마음이 무엇인가요?

"부모님은 어떤 존재였나요?"

"부모님에게 나는 손님이었어요. 외할머니와 아내에겐 내가 자기 목숨보다 더 귀한 최고의 손님. 반면 부모님에겐 바깥에서 온 거리감이 느껴지는 손님."

지수는 그의 영혼 속 우물에 도달하고 싶어 했다.

"헌신의 온기와 거리 두기의 한기 사이에 있으셨군요. 혹시 부모님과의 애착 관계가 헐거웠나요?"

"내가 큰아들이었으니, 부모님은 기대하는 만큼 또 나를 어려워했어요. 외갓집에서 키워지다가 중학교를 다니러 부모님 집으로 왔어요. 집안 어른들은 없는 살림에 무리해서 아들을 중학교 보낸다고 아버지를 나무랐지만, 아버지는 뜻을 굽히지 않았어요. 사범학교도 어렵게 들어갔죠. 밤마다 등잔불 밑에서 공부해서 심지 그을음에 콧구멍이 새까매지곤 했어요."

그렇게 태주는 가족에게서 떨어져 나와 다른 사람이 되었다.

"육 형제 중에 나 혼자 삐죽이 나온 사람이었어요……."

태주가 멋쩍은 듯 싱긋 웃었다.

"내 부모는 사이가 너무 좋았어요. 자식이 끼어들 틈이 없었죠. 더운 여름에도 홑이불 한 장을 둘이 한 데 덮고는 손을 잡고 반듯하게 누워 주무셨어요. 생각하면 웃음이 나요. 그렇게 작은 요에 둘이 누워 미동도 없이(웃음)…… '너희들도 가서 자라.' 딱 한마디 하시고는."

홑이불 함께 덮고 일찍 자던 부모님의 단정함은 태주의 매무새에도 배어들었다. 자유롭지만 또 흐트러지지 않는 태도로.

태주가 숨을 고르듯 말을 골랐다.

"……내가 부모에게서 느낀 심리적 실체는 '거리감'이었지만, 동시에 그 거리를 통해 타자를 '함부로 하거나 지나친 요구를 하면 안 된다'는 것도 배웠죠. 무의식중에 서로가 함부로 할 수 없는 손님이라는 의식이 있었던 겁니다……."

태주는 그것이 나태주라는 시인을 만든 비극이라고 했다. 어머니는 홀로 된 당신의 어머니와 손자 사이에 끼어들 수 없어 겉돌았고, 아들은 어머니와 아버지 사이에 끼어들 수 없어 겉돌았다. 비껴간 사랑 앞에서 그들은 미련을 두지 않고 마음을 접었다. 그렇게 접힌 마음에서 '손님의 언어'가 탄생했고, 손님의 언어가 세상에 굴러가 시가 되었다.

때때로 지수도 마음이 버거웠다. 마음을 갖고 사는 게 버거울 때는 매일 걸어 올라가는 산 중턱 바위 위에 심장을 몰래 꺼내 두고 오고 싶을 때도 있었다.

함께 살 적 딸 윤을 향한 아이 아빠의 애착은 유난했다. 마트에서 카트를 밀고 갈 때도 스키장에서 곤돌라를 탈 때도 공연장에서 뮤지컬을 볼 때도 아빠는 윤의 손을 잡고 순식간에 시야에서 사라졌다. 두 살 터울 동생 견은 누나와 아빠 사이에서 발을 구르며 울었다.

어긋나고 찢긴 마음의 살점이 사방으로 튀어 어른 아이 할 것 없이 사나워졌다. 한쪽으로 쏠리고 겉돌고 할퀴어진 그 마음을 지수는 표현할 길이 없었다.

혼란스럽고 심란했다. 모든 게 엉망진창이었다. 아비규환 속에서 책을 쓰고 칼럼을 썼다. 한 아이씩 손을 잡고 각자의 길을 떠나며 사방은 고요해졌다.

이듬해 어린이날, 겁먹은 눈동자를 굴리며 몰래 손 하트를 만들어 보이던 윤은, 떠나는 엄마 차 뒤를 따라 숨 가쁘게 달렸다. 그 작은 몸이 낼 수 있는 최대치의 용기였다.

열두 살, 열세 살…… 엄마 품을 떠나서도 한 해, 한 해 윤은 무럭무럭 자랐다. 혼자 머리를 감고 브래지어를 하고 오버올 데님 스커트가 잘 어울리는 소녀가 되어갔다. 중학생이 된

윤은 과장될 정도로 밝았고 안쓰러울 정도로 정중했다. 그 소녀가 쓰는 말투가 헤아림으로 단련된 '손님의 언어'였다는 것을, 지수는 태주를 만나고야 알았다.

슬프지만 아름다운 기적이었다. 상실을 겪은 후 아이들은 갈망의 모험을 떠난다.

"선생님……."

지수가 뜸을 들였다.

"마음이 무엇인가요?"

태주가 그윽한 눈으로 바라보았다.

"나한테도 어려워요. 마음은…… 마음은 계속 움직여요. 내가 의식해서 마음을 들여다보면 마음도 살짝 변해요. 내가 좀 외로워서 '외롭니?' 하고 물으면, 외로움이 스윽 변해요. 마음이 마음을 보는 순간, 관찰당하는 그 순간, 마음이 이지러지는 거야."

"자기 정체를 들키고 싶지 않아서요?"

"반대예요. 들키고 싶어서. 우리는 누구나 진심을 들키고 싶어 해요. 진짜 마음은 순전하게 발굴되길 원하죠. 외로운 마음도, 멜랑콜리한 마음도 다. 우리의 과제는 이거예요. 자기 마음을 변형시키지 않고 일그러뜨리지 않고 그대로 꺼내는 것. 그런데 그냥 꺼낼 수는 없어요. 언어로 옷을 입혀 꺼내야 해요. 마음은 아메바처럼 계속 움직여요. 그 마음을 가만히 고정시켜서 느껴야 합니다. 냄새도 맡아보고 소리도 들어보고 촉감도 느껴보고…… 그런 다음 언어의 옷을 입혀서 사악 빼내야죠."

마음에 대해서가 아니라 마음 그 자체를 써 내려가야 한다고 했다.

"마음 그 자체를 쓴다는 게 뭔가요?"

"이를테면 슬픔 그 자체를 쓰는 겁니다. 사라사테의 바이올린곡 〈치고이너바이젠〉을 들을 때, 마크 로스코의 그림을 볼 때, 우리는 슬픔의 육체를 느끼잖아요. 슬픔에 관한 것이 아니라, 슬픔이라는 덩어리 그 자체를. 그런데 음표나 물감이 아니라 언어로 감정을 꺼내는 건 매우 어려운 일이에요."

고난이 시비를 걸거들랑, 무조건 반대로 하세요

"어디 있어? 밥은 먹었어?"

태주가 전화기 너머의 누군가에게 다정하게 속삭였다.

"집사람이에요. 자기가 확인당하길 기다리고 있거든. 아내와 시인의 공통점이 뭔 줄 알아요? 은근히 들키기를 기다린다는 거죠. 피관음증 환자예요(웃음). 보물찾기 알죠? 소풍 가서 하던 보물찾기. 그거랑 비슷해. 몇 개의 덫을 딱 놓고는 숨 죽이고 기다려요. 너무 감쪽같이 숨기면 재미 없어. 살짝 허술하게 숨겨야 찾을 수 있거든."

"빌미를 제공하면서요?"

"그렇지. 빌미를 제공하면서. 시도 보물찾기도 너무 깊게 숨겨놓으면 못 찾고 가버려요. 발견 못 하면 허탕이지."

말을 멈추고 가만히 있을 때, 태주는 꿈을 꾸고 있는 것 같았다. 춥고 어두운 날들을 위한 시어가 그의 머리 위에 사뿐히 내려앉았다.

"생각해보면 인생은 반어법이에요."

지수는 속으로 반문했다.

'인생은 고난을 정면으로 맞이해서 나아가는 정공법이 아니던가.'

"고난은 피할 수 없죠. 다만 고난은 반어법으로 지나가는 겁니다. 우리 할머니가 그랬어요. 집안에 무슨 일이 있으면 불을 켜놨어. 식구 중에 누가 아프거나, 오지 않으면 불을 여러 군데 켜놓았죠. 절망스럽기 때문에 불을 밝히는 겁니다. 고난이 시비를 걸거들랑, 무조건 반대로 하세요. 나는 가난해도 책 사고 친구 만나는 데는 돈을 아끼지 않았어요. 외로움이 본질이니까 반대로 책을 읽고 친구를 만났죠. 사는 건 본질이 외롭고 괴로운 겁니다. 외로워도 괴로워도 짧으니 또 아쉬워요."

"한 생애가 너무 짧다고 느끼세요?"

"짧아요."

"다시 살고 싶으세요?"

"절대로. 다시 되풀이하고 싶지는 않아요. 어차피 인생은 계속되는 변화죠. 가만있어도 변해요. 늙는 것도 성장입니다. 글씨도 어제 삐뚤빼뚤 썼으면 오늘은 조금 더 반듯하게 쓰도록 노력하고, 꽃밭이 지저분하면 빗자루질이라도 하고.

늙음은 인생의 가장 큰 변화 중 하나예요. 아침에 일어나 제일 먼저 하는 소리가 '아프다!'예요."

죽음이야말로 가장 큰 변화고 마지막 성장의 기회라고 했다.

"우리가 계속 성장해야 하나요?"

"성장은 멈추지 않습니다. 희망이 있는 한. 최근에 필라델피아에 사는 한 지인에게 이메일을 받았어요. 생때같은 아들은 먼저 죽어 저세상 가고 남편은 루게릭병으로 누워 있다고. 며칠 동안 마음이 아파서 답장도 못 했어요. 그러다 생각했죠. 그럼에도 불구하고 그이가 나한테 이메일을 썼잖아. 죽지 않고 살아서 편지를 보낸 거예요.

그게 희망이구나. 살아서 소식을 알린다는 게 희망이죠. 무슨 일이 있더라도 희망을 깨면 안 돼요. 참고 기다려야지. 그래야 또 다른 문이 열립니다."

촉촉한 검은 눈동자와 이마를 덮은 모자, 커다란 귀, 아랫니가 살짝 드러나 보이는 노시인의 입에서 막 새로운 희망의 싹이 틀 것처럼 간질거렸다.

5

또 와, 자주 와, 틈만 나면 와!

지수는 농담을 좋아하는
이 키 작은 노인의 팔짱을 끼고 걸었다.
가지 말라는데도 가고 싶은 길을 가고,
하지 말래도 더욱 해보고 싶은 일을 하고,
기어이 만나고 싶은 사람을 향해 달리고,
경계를 지키며 늘 '너'를 향해 머리를 두는
이 자유롭고 안전한 어른이, 좋았다.

울다가 웃다가 그리고 끝났다

　시간은 서둘러 에둘러 흘러갔다. 풀꽃문학관 뒷산, 밤나무
가 베어지고 어성초가 자랐다. 밤나무 빈 자리에 어성초가 들
어서자 지네들이 이사를 갔다. 지수도 터를 옮겼다. 산 근처
에 살다가 강 근처로 이사를 갔다. 강은 산보다 더 많은 사람
들이 모여 북적이며 흘러 다녔다. 한강을 따라 자전거 라이더
들과 러너들이 떼를 지어 다녔고 그 곁을 산책자들이 지나갔
다. 혼자 걸어도 사람들이 뿜어내는 에너지에 손끝이 저릿저
릿했다. 습지엔 왜가리와 물새가 긴 다리를 곧게 세우고 우아
하게 고개를 뺀 채 멀리서 짧은 다리로 걸어 다니는 사람들을
구경했다.

전철과 국철이 교차하는 전철역은 이춘자 할머니가 새로 터를 잡은 곳이기도 했다. 아이를 돌보며 함께 살던 이춘자 할머니는 아이가 자라자 노인을 간병한다며 일터를 옮겼다.

이춘자 할머니가 지수를 초대한 날은, 우연히도 지수의 생일 점심이었다.

'호기심 반 외로움 반'으로 롤케이크 하나 들고 찾아간 10 평 남짓한 임대 아파트에서, 지수와 아들 견은 처음 본 아흔 살 홍씨 할아버지와 동그랗게 둘러앉아, 양철 밥상에 삼겹살을 굽고 생일 노래를 불렀다. 오후 내내 색이 번지는 낡은 TV 를 보며 도란도란 귤을 까먹고 있자니, 조선족 할머니가 만들어 낸 이 풍경이 너무 다정해서 잊히지 않을 것 같았다.

'이상한 정상 가족'이란 이런 거구나!'

지수는 가만히 속삭였다. 저 멀리 중국 창춘에서 온 할머니를 사이에 두고, 90대 할아버지와 열 살 소년과 중년의 여성이 만나 한 팀을 이룰 확률은 얼마나 될까. 문턱을 낮추고 서로를 허용하는 그것을 우정이라 할까, 연대라 할까.

간간이 주말 오후 함께 모여 닭백숙을 나눠 먹고, 2대 2로 편을 짜서 윷가락을 던지며 와자하게 땀을 빼고 나면, 배꼽 아래가 든든해지곤 했다. 헤어질 때면 견은 홍 씨 할아버지의 허리에 팔을 둘러 꼬옥 껴안아주곤 했다.

"안녕히 계세요. 오래 사세요."

두 노인은 문 앞에 서서 자동차 와이퍼처럼 나란히 손을 흔들었다.

"또 와. 자주 와. 틈만 나면 와!"

어느 길을 가든 새로운 친구가 기다리고 있다는 것이 신기했다. 공주에 가면 태주가 기다리고 있었다. 태주는 누구와도 친구가 될 준비가 된 사람이었다. 꽃샘추위가 잠시 누그러진 어느 날, 태주는 당신의 아버지가 기거하는 고향에 가자고 했다. 공주에서 서천까지 가는 길에 장항에 들러 바다를 보고 생선회도 먹자고.

태주는 '아버지가 내 인생의 미스터리이자 반면교사'라고 하면서도, 그 아버지를 살뜰하게 돌보았다. 유년기에 부모와 맺는 관계는 '애착'이라는 강한 접착력으로 인간의 정신세계를 관통하기 마련인데, 부모와 서먹하게 지냈음에도, 태주는 서러움에 허우적대지 않고 '보살핌'의 세계로 한 발자국씩 나아갔다. 그런 그의 유년의 문턱에 직접적으로 들어가게 되다니, 지수는 놀랍고 흥분되었다.

자동차를 타고 공주를 떠나는 길에 태주는 드문드문 나타나는 시골 학교들을 하나하나 설명해주었다.

"여기는 논산 학교로 가는 길이에요. 내가 마지막 교감 생활을 했던 곳이죠. 이 길을 두 시간씩 걸어 다니며 「사는 일」이라는 시를 썼어요."

태주가 상념에 잠긴 목소리로 말했다.

"쉰네 살쯤. 이 길을 나는 울면서 걸어 다녔어요."

'쉰네 살에도 울면서 길을 걷다니!'

지수는 깜짝 놀랐다. 여전히 울면서 걸을 길들이 남았다는 사실에 탄식하기보다 차라리 투항하는 마음이 되었다.

운전하는 Y가 태주와 주거니 받거니 한 구절씩 「사는 일」이라는 시를 읊어 내려갔다.

오늘도 하루 잘 살았다
굽은 길은 굽게 가고
곧은 길은 곧게 가고

막판에는 나를 싣고
가기로 되어 있는 차가
제시간보다 일찍 떠나는 바람에
걷지 않아도 좋을 길을 두어 시간
땀 흘리며 걷기도 했다

그러나 그것도 나쁘지 아니했다

걷지 않아도 좋을 길을 걸었으므로

만나지 못했을 뻔했던 싱그러운

바람도 만나고 수풀 사이

빨갛게 익은 멍석딸기도 만나고

해 저문 개울가 고기비늘 찍으러 온 물총새

물총새, 쪽빛 날갯짓도 보았으므로

이제 날 저물려 한다

길바닥을 떠돌던 바람도 잠잠해지고

새들도 머리를 숲으로 돌렸다

오늘도 하루 나는 이렇게

잘 살았다.

「사는 일」이라는 그 시를 내가 울면서 썼어요. 저 너머 큰 길까지 두 시간 걸어가면서. 타박 타박 타박……."

어른의 발자국이 아니라, 갈 곳 모르는 아이의 발자국 소리 같아 더 구슬픈 타박 타박. 터벅터벅은 한숨을 밟고 가지만, 타박타박은 눈물로 찍고 간다.

우리 각자 수많은 길을 걸어왔고, 어떤 길은 '터벅터벅', 어떤 길은 '타박타박' 걸었지만, 혼자서 울며 걸었던 길을 '우리'가 되어 웃으며 지나고 있다는 것이 좋았다.

태주의 얼굴에 빙그레 웃음이 피어났다.

"나는 인생의 그 정처 없음과 갈피 없음이 좋아요. 울다가 웃다가 그리고 끝났으면 좋겠어. 거기에 '인생'이라는 제목을 붙이면 시야."

"울다가 웃다가 끝났다…… 곱씹을수록 명시네요. 울음의 총량도 웃음의 총량도 많았으면 좋겠습니다. 마음껏 울고 배꼽 빠지게 웃고. 그렇게 감정을 있는 힘껏 다 쓰고 가면 후회가 없을 것 같아요. 그리고 이왕이면 웃다가 인생이 끝났으면 좋겠어요, 선생님."

"그건 몰라요. 울다가 끝날 수도 있지. 아무렴 어때. 잘 쓰면 되는 거예요. 울음도 웃음도."

매사 주저앉으면 젊어도 노인이지

"선생님, 나이 들면 무엇이 점점 중요해지나요?"

"늙어갈수록 효용이 더 중요해져요. 높은 곳에 있든 낮은 곳에 있든 무가치하지 않은 게 중요하죠. 왜냐면 배터리가 바닥을 드러내거든. 젊은이는 배터리의 여유가 많아서 실수해도 되고 낭비해도 돼. 하지만 나이가 들어갈수록 배터리에 여유가 없어요. 낭비 없이 유용하게 써야죠. 하나 물어볼게요. 늙은 사람이 죽을 마음을 더 쉽게 먹겠어요? 젊은 사람이 더 쉽게 먹겠어요?"

"젊은이가 더 쉽게 먹지요. 젊은이는 더 연약하니까."

"맞아요. 가슴 아픈 일이지만, 젊은 사람이 자살할 마음을 더 쉽게 먹습니다. 촛불은 말이죠. 처음 타오르기 시작할 때 잘 꺼져요. 그런데 중간 이상 타면 절대 꺼지지 않아요. 타던 관성이 있어서 그 생명력으로 끝까지 타오르죠."

어떤 순간이라도 쓸모를 찾으면 버텨낼 수 있다고, 태주는 굳게 믿었다.

"호기심이 있고 감탄할 줄 알면 삶이 쉬이 꺼지지 않아요. 호기심은 안 늙도록, 쓸모는 잘 늙도록 도와주죠."

"호기심은 방부제, 쓸모는 효모 같은 거군요!"

"그런 셈이죠. 그러니 호시탐탐 나의 쓸모가 닿을 곳을 잘 찾아내는 게 중요합니다. 계속 발견해야 해요. 살면서 크든 작든 계속 발견하고 계속 '유레카!'를 외치는 사람은 안 늙어요. 행복한 사람이죠. 만유인력의 법칙처럼 엄청난 발견만 디스커버리가 아니에요. 천재들만 디스커버리를 하는 게 아니라고. 모르는 게 많을수록 세상천지가 디스커버리예요.

'연꽃이 새 뿌리에서만 난다'는 걸 알게 된 것도 내 인생의 디스커버리고 유레카였어요."

"레이더를 계속 움직여야 되겠어요. 디스커버리와 유레카를 왔다 갔다 하려면."

"전체를 살피면서 또 개체에 집중하세요! 그런데 파고 들어가보면 호기심의 근본은 사실 관음증입니다. 어두운 곳, 모르는 곳, 숨겨진 부분을 알고 싶어 하는 마음. 눈 뜨고 들춰보는 거예요. 여러 번 얘기했지만 시인은 관음증 환자인 동시에 피관음증 환자입니다.

들춰보고 싶어 하고 들키고 싶어 하죠.

숨바꼭질과 보물찾기를 오가는 겁니다. 숨기고 숨죽이고 들키길 기다리면서도 지치지 않아. 앙드레 지드가 '시인은 오얏 열매, 자두 열매를 보고서도 감동할 줄 아는 사람'이라고 했어요. 평범한 과일 한 알에도 호기심이 동하는 거죠. 궁금해하는 마음, 탐색하는 마음을 잃지 마세요. 그게 신로심불로 身老心不老입니다. 몸은 늙었으나 마음은 늙지 않는다."

"그런데 나이 들수록 호기심이 메말라가는 걸 느낍니다. 호기심도 노력으로 유지가 될까요?"

"늙으면 만사가 다 귀찮아져요. 그래도 억지로 몸을 일으키는 거야. 궁금하면 궁금증을 풀어야 해요. 벌떡벌떡 일어나서 그 일을 보러 가는 거죠. 매사 '아이고 됐다, 다음에 하자' 주저앉으면 젊어도 노인이지."

"문제는 게으름이로군요!"

"그럼요. 다리가 아파도 벌떡벌떡 일어나야 해. 시도 마찬가지예요. 느낌이 오면 바로 쓰세요. '됐다 쓰지 뭐.' '다음에 더 좋은 거 생각나면 쓰지, 뭐.' 그러면 물 건너간 거예요. 허접해도 생각났을 때 써야 돼요."

"묵히면 까먹으니까."

"당연히 까먹죠. 시는 그 순간에 왔다가 사라져요. 생각은 달라. 생각은 묵히면 더 좋아질 수도 있어요. 느낌은 뱀 같아요. 휘발유 같죠. 옷 벗은 사람처럼 밖에 안 나오려고 해요. 그래서 그 순간 빨리 옷을 입혀줘야 해요. 순발력 있게 빨리 맞는 옷을 입혀줘야 느낌이 나옵니다. 그래서 시인은 부지런해야 하고 언어가 풍부해야 합니다. 지적 기억량보다 정서적 기억량이 많아야죠."

태주는 마치 세상 모든 사람들이 다 시인이거나 아니면 곧 시인이 될 거라는 잠재적 가정하에 이야기를 전개하곤 했다.

"그래도 느낌은 곧 사라져요. 마음판 어딘가에 잠재해 있다가 어느 순간 촉발이 되면 다시 나오는 거죠. 나는 요즘 아이리스를 볼 생각에 들떠 있어요. 아이리스가 한 땅에 10년 눌러살더니 꽃이 피지 않아서, 새 땅에다 옮겨 심고 있다고 얘기했지요? 어제도 했고 오늘도 했고 내일도 그 일을 합니다.

사람도 계속 옮겨 심어야 썩지 않습니다. 하지만 옮겨 심어질 때의 그 느낌은 매번 낯설어요. 쓸쓸하고 스산하죠. 인간이나 식물이나 새 땅에 새 뿌리를 뻗을 때 얼마나 긴장되고 을씨년스럽습니까. 하지만 그 과정에서 서늘한 느낌이 촉발되고 감각이 수련됩니다."

천지가 객지가 되는 그 기분이 생각나 지수는 다시 한번 몸서리를 쳤다. 직장을 옮겨 첫 출근을 할 때도, 어린 날 전학을 가서 새 교실에 들어설 때처럼 늘 마음은 쪼그라들고 '초기화'되었다.

'나를 반길까? 어떻게 소개할까? 도와줄 친구는 있을까?'

달갑진 않지만 그렇게 낮아진 마음으로 스타트 라인에 설 때마다 친절한 누군가가 나타나고, 새로운 질서와 리듬으로 서서히 리셋되는 것이 인생이었다. 낯선 사람, 약한 사람으로 도착해서 수용되기 위해 용을 쓰며 한 뼘씩 받아들여지는 것이 지구별에서의 삶이었다.

"저는 계속 새것에 적응하느라 마음이 해진 수세미가 된 줄 알았어요. 그런데 듣고 보니 그것도 아니었군요……."

"그러는 사이 도대체 적응력이 얼마나 늘어난 거야? 그게 그대 자신이 된 겁니다. 인터뷰라는 것도 계속 새 인간을 만나서 적응하는 거죠? 처음에는 낯선 느낌으로 만나고, 그러다가 친한 느낌으로 만나고, 또 섭섭한 느낌으로 만나고. 울다가 웃다가 그리고 끝났다. 인생이나 인터뷰나 뭐 똑같구만. 하하."

돈을 주고도 왜 물리셨어요?

만날 때마다 태주의 고향이라든지 그 고향을 떠나온 이야기라든지, 그의 인생 여행이라든지 하는 것들에 대해 얼마큼씩 알게 되었다. 앎은 순식간에 이 생각 저 생각을 따라가며 진행되었다. 성예가 태주의 허벅지를 문 사건을 알게 된 것도 그런 식이었다. 이번에도 역시 돈 문제였다.

"오늘 아침에도 한바탕 큰일이 있었어요."

"(눈을 빛내며) 싸움이요? 싸움을 하신 거예요?"

"아내가 어지럽다고 한약을 달여 먹어야겠다며 돈을 내놓으라잖아. 그래서 내가 10만 원을 보태줬어요. 돈을 그러쥐고 잠시 가만있더니 대뜸 '나 좀 보자' 그래요. '내가 당신 허벅다리를 물어야 할 일이 있다'면서. 내가 허벅다리 말고 팔뚝을 물라고, 팔 한쪽을 너그럽게 내줬단 말이에요. 그랬더니 기어이 허벅다리를 꽉 무는 거야. 왜? 민감한 곳을 물어야 더 아프다고."

"돈을 주고도 왜 물리셨어요?"

"아내가 볼멘소리를 하더라고. '너는 도대체 뭐하는 인간이길래 여태껏 차도 없어서 내가 이렇게 다리가 아픈데도 걸어다니게 만드느냐?' 나도 물러서지 않았어요. '내가 자전거 세 대가 있으니 하나 당신 가져라.' 그랬더니 '미쳤냐? 자전거를 타느니 당신 허벅지를 무는 게 낫겠다.' 더 할 말이 없더라고. 그래서 돈 주고도 물리고 비명을 질렀어요. 하하."

팔십 가까운 아내가 남편의 허벅지를 무는 광경은 음담패설을 하며 산책을 하는 노부부만큼이나 컬트 시트콤을 연상시켰다. '함부로 애틋하게' 서로를 자극하며 생명 에너지를 충전하는 그 모습, 지루함을 날려버리는 귀여운 '전기 충격'으로 부부의 관계는 싱그러워진다.

"그런데 은근히 부자시네요. 자전거가 3대나 있으시다니!"

"그럼요. 멀리 갈 때 타는 전기 자전거도 있어요. 엄청나죠?"

기사 딸린 외제 승용차라도 있다는 투였다.

"멀리 갈 때 전기 자전거를 타면 좋아요. 빵빵하게 충전을 해두고는 문예회관까지 막 달려 가는거야. 페달을 돌리면 전기가 연결돼서 언덕을 윙윙윙 달려가요.

그렇게 아내에게 물린 허벅지에도 굴하지 않고 태주는 오늘도 달린다. 모자를 쓰고 바람을 가르고, 작은 발로 페달을 힘껏 밟으며.

네 인생은 여기서 망했다, 그러니 스톱해라

차는 어느새 군산으로 접어들고 있었다. 군산을 지나 장항으로, 부드러운 산과 낮은 논밭, 특별할 것 없는 프랜차이즈 빵집과 치킨집이 있는 시내를 통과하자, 저 멀리 바다 냄새와 갯벌 냄새가 마중 나와 코끝이 소란해졌다. Y의 운전 솜씨가 능숙하지 않아 태주는 간간이 낮고 빠르게 길을 안내했다.

먼 곳에서 무리를 이루며 날아오르는 괭이갈매기떼가 보였다. 문득 히말라야 얼음새 이야기를 꺼냈다. 히말라야산맥의 절벽 얼음 틈새에 사는 새들은 밤새 추위에 덜덜 떨며 운다고 했다. '아이 추워, 아이 추워. 내일 날 밝으면 내가 집을 안 짓나 봐라.'

그렇게 울면서 밤을 새우는데, 해가 뜨면 핑 하고 날아올라서 '집은 추우면 짓자'고 싹 마음을 바꾸는 게 문제였다.

"얼마나 미련해요. 밤이 되면 또 떨면서 울 게 뻔한데.

'저녁때 울던 모습을 까먹지 말고 집을 지어라.' 이 얘기를 아이들에게 수도 없이 했어요. 나중에 내 인생에도 모질게 적용을 했습니다. 나이 오십에, 나는 나를 아주 모질게 잘라버렸어요."

히말라야 고도에 살던 얼음 새가 지구 저편으로 날아와 태주의 정신에 곤두박질친 것은 크나큰 사건이었다.

마흔다섯 살부터 쉰 살까지, 5년간 그는 장학사로 살았다. 교수가 되고 싶었던 태주는 교수가 되는 대신 교원 연수원에서 강의를 하는 장학사가 되었다. 책상에 앉아 하루 종일 안경을 쓰고 독수리 타법으로 자판을 쳤다. 당시에 장학사는 교사 경찰이었다. 헌병처럼 교사를 감시하고 징벌할 수도 있었다. 오래 하니 얼굴이 변해갔다.

"소수를 대접하고 다수에게 대접을 받았지요. 소수에게 굴복하고 다수에게 굴복을 받았어요."

그때의 표정이 스며들기라도 하듯 그는 두 손으로 얼굴을 비볐다.

"선배도 동창도 나한테 잘 보이고 싶어 했어요. 내가 교육하고 점수를 주는 사람이었으니까. 함께 밥을 먹으면 자기들이 달려 나가 밥값을 치르면서도 내 신발을 신기 좋게 바깥으로 돌려놓더라고. 처음엔 거북했어요. 그런데 신기한 건 시간이 지날수록 그게 당연해진다는 거예요. 나중엔 '왜 신발을 돌려놓지 않지?' 언짢아지기까지 했어요. 그러면 어떻게 할까요? 신발을 돌려놓을 시간을 주려고 일부러 늦게 나옵니다. 상상해보세요. 얼마나 구역질 나는 일인지."

시는 '타인의 신발을 바깥으로 돌려놓는 행위'인데, 타인의 접대를 기다리며 거드름 피우는 제 자신의 꼬락서니를 거울로 보고 있자니 환멸이 느껴졌다.

"경멸스러웠어요. 내가 가장 싫어하는 모습이 내가 되어 있었던 거야. 정신 차려보니 벌레가 되었더라고." 그가 고개를 절레절레 흔들었다.

"장학사로 살던 마지막 해에 영국, 독일, 프랑스 여행을 다녀왔어요. 1989년의 영국은 사방에 'for sale' 간판만 가득하더라고. 경제가 좋지 않던 시절인데, 그래도 꽃 기르는 사람들이 많아서 '희망이 있겠구나' 안심을 했어요. 장학사를 그만둘 결심을 한 건 호숫가 옆에 있던 독일의 퀸스 호텔에 묵으면서예요."

"특별한 사건이 있었나요?"

"특별할 건 없었어요. 그냥 그때 먹었던 빵 맛이 너무 기가 막혔죠. 누군가 갓 구운 빵을 쟁반에 받쳐서 조금씩 가져다 놓았거든. 투명한 뚜껑을 열면 김이 모락모락 나면서 버터 향이 확 올라오는 빵이었어요. 손님을 그렇게 융숭하게 대접하더라고. 내 생애 그렇게 맛있는 빵을 먹어본 건 처음이었어요. 그 빵을 먹으면서 결심했어요. 장학사를 그만두고 반드시 학교로 돌아가겠다……."

여행지에서 먹은 빵 하나로도 인생이 바뀔 수 있다고 태주는 증언하고 있다.

어쩌면 우리는 이미 운명을 예감하고 있고, 모든 준비는 다되어 있는지도 모른다. 다만 결심을 위해서 김이 모락모락 나는 버터 빵 한 개가 필요할 뿐.

미국의 경제학자 러셀 로버츠가 쓴 『결심이 필요한 순간들』(세계사, 2023)이라는 책이 있다. 러셀 로버츠는 오랫동안 기회비용과 효용을 연구한 경제학자였으나, 노년에 이르러 진짜 중요한 인생 문제는 계량화하는 것이 불가능하다는 것을 인정했다. 최고의 도시, 최선의 배우자, 무적의 직장은 없다고. 그리하여 결정을 내릴 때 그는 최적의 결과를 예측하려고 고민하지 말고, 그저 마음이 인도하는 대로 '뛰어들라'고 조언한다. 뛰어듦이 중요하다.

이 경제학자를 인터뷰했을 때, 그가 지수에게 보내 온 편지는 매우 구구절절했다.

"내가 어떤 사람인지를 정의할 심오한 즐거움은 절대로 미리 다 상상할 수 없다. 정답이 없다는 건 그냥 '괜찮은 정도' 가 아니라 '눈부시게 아름다운 일'이다. 인생이 계획대로 흘러가지 않는다는 것이 우리에게 희망이다.

운이 좋아서(혹은 나빠서) 계획한 대로 커리어를 쌓는 사람도 물론 있다. 하지만 대부분은 그렇지 못하다. 내가 추구하는 것, 좋아하는 것, 의미를 주는 것들은 우연한 선택을 통해 하나씩 드러난다. 결심의 진짜 이슈는 바로 정체성과 자아감을 향한 자기 자신의 깊은 열망이다."

지수는 태주의 결심이 바로 러셀 로버츠가 말했던 '정체성과 자아감을 향한 열망'이라는 것을 눈치챘다. 직관의 나침반을 믿고 '뛰어든 세계'에서 그는 다시 출발선에 섰다.

"독일에서 돌아온 뒤로는 이전의 나와 완전히 절연했어요. 남이 내 신발을 돌려놓기를 기다리던 비루한 나와 단절했습니다. 당시에 내가 연수원에서 가르쳤던 사람들이 장학사를 하고 있었는데, 그들에게 서류를 검사받고, 그들이 관리하는 학교 중 한 곳에 자원해서 교감으로 들어갔어요. 스스로 청해서 그들 밑으로 내려간 거죠. 남들이 보면 어이없는 짓이었죠."

순식간에 유별난 사람, 박대받는 사람이 되었지만 그래도 좋았다고 했다.

"톨스토이도 쉰 살에 회심의 기회를 가졌어요. 하나님께서 너무 늦지 않게 내게도 회심의 마음을 주셨으니, 얼마나 다행인지 몰라요.

'네 인생은 여기서 망했다. 그러니 스톱해라.'

우리가 왔던 그 길, 「사는 일」이라는 시를 썼던 그 길을 가면 폐교된 학교가 하나 있어요. 그 학교를 쉰 살부터 쉰다섯 살이 될 때까지 교감으로 다녔습니다."

태주는 그 주름진 눈과 약간 틀어진 이를 드러내고는 미소를 지었다.

"그래서 나는 자신 있게 말할 수 있어요. 50대는 망했다는 걸 인정해도 괜찮은 나이라고. 나는 서울에서 완전히 잊힌 시인이었어요. 그 학교를 다니면서 처음으로 '풀꽃' 그림을 그리기 시작했습니다. 그 기회가 없었다면 나는 끝이었을 거예요. 울면서 길을 걸으며 달라졌어요. 그 길을 걸었기에 지금의 내가 있습니다."

가지 말라는데 가고 싶은 길이 있다

금강과 서해가 만나는 장항에 도착했을 때는 점심이 한참 지나 있었다. 해가 구름 속으로 들어가자 바람이 기다렸다는 듯 두 팔을 너울거리며 일행의 머리카락을 흐트러뜨렸다. 태주는 품속에서 작은 카메라를 꺼냈다. 해를 등지고 서서 손가락으로 V를 그리며 웃는 지수를 향해 부드럽게 카메라 셔터를 눌렀다.

금강하굿둑에 있는 '바다회집'은 인심이 좋고 물 좋은 생선이 많은 곳이었다. 병어, 참치, 숙성 회, 새우, 광어, 왕소라 등 해산물의 구성도 좋았고, 목이버섯과 복 껍질 냉채, 볼락 튀김 같은 별미 반찬들도 먹음직스러웠다. 향 좋은 미나리를 잔뜩 얹은 매운탕까지 배불리 먹었다. 태주는 주인장에게 맑은 매운탕을 두 개 싸달라고 했다.

멀지 않은 곳, 서천군 기산면 막동리 24번지에 그가 나고 자란 고향집이 있었다.

고향집에 도착했을 때 그의 아버지는 식탁에 비스듬히 기대앉아 햇빛을 쬐며 사탕을 까먹고 있었다. 아흔아홉 살…… 거의 100년을 살았으나 거동에 문제가 없고 정신이 명료했다. 엉거주춤 몸을 일으켜 긴장한 모습으로 아들과 함께 온 손님을 맞았다. 느릿느릿 마당을 치우고 아버지 곁에서 시중을 드는 동생에게 태주는 포장해 온 맑은 매운탕 그릇을 건넸다. 비슷하게 구부정해진 노인 셋이 익숙한 동선으로 움직이며 서로의 영역을 침범하지 않았다.

태주는 장남으로서 고향집과 아버지의 생계를 책임졌지만,

늘 그렇듯이 가족으로부터 일정한 거리를 지키고 싶어 했다.

마루 옆에 딸린 작은 방은 천장이 낮아 닿을 듯했다. 2평 남짓한 이 방에서 소년 나태주는 공부를 했고, 시를 썼고, 결혼식 주례 후 찾아온 스승 박목월 선생을 맞았다. 마을 어귀에는 풀꽃 시비詩碑가 세워져 있었다.

아버지 집을 나와 인근의 외할머니 집에 이르자, 그의 표정이 비로소 해사하게 풀어졌다. 태주는 아버지 집에서 4km 떨어진 시초면 초현1리 외할머니 집에서 4학년 2학기부터 2년 반을 살았다. 꿈을 꾸면 고향으로 나오는 집은 외할머니의 집이었다. 뒤로는 근사한 솔숲이 우거져 있고 마당에는 집의 경계를 지키는 잘생긴 디딤돌이 있는 곳.

"저기 저 자리가 외할머니가 서서 들판을 바라보던 곳이죠. 나는 저 위쪽 능선에서 아이들하고 항복놀이를 했어요."

전쟁놀이가 아니라 항복놀이를 했다는 말에 시인의 낮은 유전자가 느껴졌다.

지수가 돌 위에 서서 들길을 내려다보았다.

"어머니와 나는 같은 초등학교를 나왔어요. 들어올 때 마을 입구에 있는 플라타너스 봤지요? 그 나무는 어머니가 어릴 때도 내가 어릴 때도 있던 오래된 나무예요.

어머니는 내가 한 살 때부터 나를 등에 업고 외갓집을 오갔다지만, 어머니 등에 업혔던 기억은 남아 있지 않아요. 네 살 이전이니까. 네 살부터 초등학교 3학년이 될 때까지 나는 외할머니 등에 업혀 지냈어요. 그 느낌이 지금도 선명하게 기억이 나."

집을 떠나 할머니와 지내며 그는 완전한 애착을 느꼈다. 외할머니의 등은 태주 자신이 떠나온 세계를 굽어보는 성곽이었고, 등대였고, 요새였다. 지수는 그가 외할머니의 등에 업혀 아버지의 세계를 빠져나왔으리라고 짐작했다.

"어둠이 짙어가는 그 골목을 나를 업고 왔다 갔다 했어요. 밥 먹으면 아무것도 할 것이 없는 고요한 시골에서 과부댁이 무얼 하겠어요. 낮에는 창피해서 업히지 않았어요. 어둠이 오기 시작하면 업어달라고 했죠. 내가 시를 쓰게 된 건 어쩌면 필연이에요. 어떤 길을 가더라도 예정된 각본처럼 다시 그 길로 올라올 수밖에 없었을 거야."

소나무 숲을 거닐면서 태주는 가만히 노래하듯 시를 읊었다.

가지 말라는데 가고 싶은 길이 있다
만나지 말자면서 만나고 싶은 사람이 있다
하지 말라면 더욱 해보고 싶은 일이 있다

그것이 인생이고 그리움

바로 너다.

—나태주, 「그리움」

"이 시는 몇 년 전 송혜교, 박보검이 나왔던 드라마 〈남자
친구〉에 등장한 적이 있어요. 그 바람에 책이 좀 팔렸지."

태주가 너스레를 떨었다. 지수는 농담을 좋아하는 이 키 작
은 노인의 팔짱을 끼고 걸었다. 가지 말라는데도 가고 싶은
길을 가고, 하지 말래도 더욱 해보고 싶은 일을 하고, 기어이
만나고 싶은 사람을 향해 달리고, 경계를 지키며 늘 '너'를 향
해 머리를 두는 이 자유롭고 안전한 어른이, 좋았다. 바람결
에 실려 온 솔나무 향기가 코끝에 상쾌했다.

어떤 책이 나올지는 알 수 없지만, 그저 이렇게 누군가의
고향에 앉아 누군가의 등허리가 얼마나 넓고 따스했는지 추
억하는 것만으로 숨을 쉴 것 같았다. 사랑이나 우정, 의리에
대한 주제로 이야기를 나눌 때는 '남자와 여자 중 누가 더 의
리 있는가'라는 질문에 둘이 같은 답을 내놓고 키득거렸다.

"맞아. 여자의 의리는 남자의 의리보다 한 수 위지요. 남자
보다 크고 어른스럽지. 그런데 내 어머니는 좀 달랐어요. 그

분은 그렇게 강하지 못했습니다. 지아비의 사랑을 받는 걸 일생의 낙으로 생각하셨지. 아버지는 그런 어머니를 제 몸처럼 아끼셨고, 두 분의 금슬이 너무 좋아서 우정이나 의리도 끼어들 틈이 없었어요. 아버지가 내게 물려준 게 있다면 딱 하나야. 아내에게 잘하는 것."

아내에게 잘하는 것.

지수가 살짝 심술을 냈다.

"하지만 세상에서 가장 어려운 일이기도 하지요."

테니스공을 가볍게 받아넘기듯 그가 말했다.

"상대에게 잘 맞추려면 두 가지만 기억하면 됩니다.

시한부와 거리.

열 사람을 만나든 한 사람을 만나든, 다 어느 정도 거리를 두어야 해요. 너무 가까이 있으면 집착하거나 함부로 하게 되죠. 상대가 잘살도록 방해하지 않을 거리, 축복할 거리, 비켜줄 거리를 확보해야 합니다. 일례로 나와 독자 사이도 마찬가지예요. 한두 사람이라도 내게 다가오면 나는 이렇게 생각해요.

'하늘에 흐르던 별이 나에게 들렀구나. 사막에 핀 꽃이 내 앞으로 왔구나.'

함께 사진 찍고 안아주는 그 순간만큼은 최선을 다합니다. 그러나 시한부예요. 나를 지키려면 그래야 해요. 풀꽃문학관으로 찾아오는 사람들은 다 나와 시간을 나누고 싶어 합니다. 처음엔 한 시간만 이야기하기로 약속해도 으레 시간은 오버돼죠. 갑자기 밥을 먹자는 사람, 술 한잔하러 가자는 사람, 별사람이 다 있어요. 그럴 땐 나도 선을 딱 긋지.

'당신이 갈 길과 내가 갈 길이 따로 있다.'

그런데, 이상하죠? 너무 오래 붙드는 사람을 대할 때 신경질도 나지만, 막상 간다고 하면 또 섭섭해요. 다시 오라고, 좋았다고, 또 만나자고, 그런다고. 내가. 하하."

"이랬다, 저랬다…… 변화무쌍하네요."

"앞뒤가 안 맞지. 아내가 그래요. '나태주는 변덕이 죽 끓듯한다'고. '조금 전에 신경질 내는 너는 누구고, 가지 말라고 붙잡는 너는 누구냐?' 하하. 내가 그랬잖아요. 시인의 마음에는 아주 변덕이 심한 여인이 살고 있다고."

나는 약하다, 나는 모른다, 그래도 괜찮다

태주가 글을 쓰기로 결심한 건 초등학교 5학년 때 서울에서 전학 온 친구에게서 빌려 읽은 한 권의 동화책 때문이었다. 『걸리버 여행기』『왕자와 거지』『피노키오』도 좋아했지만, 태주의 마음을 움직인 것은 1953년에 출간된 강소천의 『진달래와 철쭉』이었다. 익살과 교훈을 곁들인 로알드 달 스타일의 전래 동화 『진달래와 철쭉』을 읽고 태주는 너무 좋아서 '글을 쓰면 이렇게 좋기도 하겠구나'라고 생각했다. 강소천 선생은 시인 백석의 제자였다.

백석 시인은 꽃에 대한 시를 한 편도 쓰지 않았는데 오직 유일하게 강소천의 첫 동시집인 『호박꽃 초롱』이라는 책에 서문으로 꽃에 대한 서시를 남겼다.

"희귀하게도 백석 시인의 마음엔 꽃이 없었던 거예요. 강소천은 그런 작가였어요. 꽃이 없는 백석의 세계에 꽃을 드러내게 한 사람. 글을 쓴다는 건 이렇게 대단하고 아름다운 일이구나, 감탄했어요. 그때나 지금이나 나는 졸렬한 사람이니까."

위대한 문인들 이야기 끝에 태주는 항상 자신의 '못남'을 부각했는데, 그것이 애꿎은 자기 비하로 들리지 않는 게 신기했다.

"'졸렬하다'라고 할 때마다 쾌감을 느끼시는 것 같습니다."

"쾌감까지는 아니지만 편안해져요. 그게 사실이니까."

"사실이라고요. 거한 포장지를 벗기는 그런 느낌인가요?"

"그럼요. 졸렬하다는 건 작고 못났다는 겁니다. 졸은 '잘다,

서툴다'란 뜻이고 열은 '잘하지 못하고 열등하다'는 뜻이죠. 나는 서툴고 모자라고 작고 보잘것없는 사람이에요. 나는 내가 그렇다고 계속 얘기하려고 해요."

"나는 졸렬하다, 나는 졸렬하다……."

타인의 판단에 전전긍긍하지 않고 있는 그대로의 '자기'를 긍정할 때 인간은 당당해진다.

'나는 약하다.' '나는 외롭다.' '나는 모른다.' '그래도 괜찮다.'

본모습을 드러낼 때마다 지수도 강해지는 걸 느꼈다. 보편적인 '못남'이 각자의 독특한 '자기다움'으로 변해가는 모습은 다 얼마나 경이로운가.

"열등의식을 갖는 사람은 대개 두 가지 길 중 하나를 선택해서 갑니다. 극히 오만해지거나 극히 비굴해지거나. 극단의 두 길을 제대로 극복하면 오만도 비굴도 아닌 중간을 갈 수 있어요. 과거에 내가 장학사를 할 때는 '나는 졸렬하다'고 떠벌리고 다니지 않았어요. 지금은 계속 나에게 상기시켜요.

'나는 졸렬한 사람이다. 나는 졸렬한 사람이다.'

책도 제법 팔리고 이름이 알려지고 관광객들이 나를 알은척할 때마다 '나는 졸렬한 사람입니다'라고 얘기해줘요. 그래야 각성이 되잖아요. 현명한 김성예도 집 나서기 전에 나에게 다짐을 받는다니까.

'당신이 본래 신경질이 있는 인간이니, 나한테만 성질부리고 나가서 다른 사람한테는 신경질 부리지 마!'"

옛사람인 태주는 계속 새 옷을 입고 새로 태어난다

「사는 일」을 쓰며 울며 걷던 그 길은 논산에서 공주로 이어지는 길이었다. 집으로 가던 어느 날, 차 한 대가 태주 앞에 멈춰 섰다. 그 길을 다니는 차와 사람은 많았으나 다들 태주를 길바닥에 떨어진 휴지 조각이나 돌멩이처럼 여기고 지나쳤으므로 의아한 일이었다.

차창 문이 내려가고 양복을 입은 점잖아 보이는 한 사내가 고개를 빼고 물었다.

"혹시 공주 가세요?"

"네. 공주 갑니다."

태주가 기운 없는 목소리로 말했다.

"그러면 타시죠."

"……왜요? 저를 아십니까?"

"제가 학생 때, 선생님이 저희 학교로 문학 강연을 오셨습니다. 그때의 선생님을 제가 고맙게 기억합니다."

그 사내는 자신을 논산 건양대학교 교수라고 소개했다. 마침 자기도 대학 강의를 마치고 공주 집으로 가는 길이라고. 그렇게 두 사람은 두런두런 문학 이야기를 나누며 귀가했다.

그로부터 15년 후 2009년, 태주는 공주문화원장이 됐고 사내는 공주시장이 되었다. 공주시장은 문화 사업의 일환으로 시인 나태주에게 문학상과 문학관을 지어 선물했다.

그때나 지금이나 태주는 교통비도 되지 않는 적은 강연료에도 초등학생, 중학생, 고등학생이 부르면 달려가서 문학과 인생 이야기를 들려준다.

'졸렬한 사람도 유용한 사람이 될 수 있다'고. '남한테 잘하며 살라'고.

그 이야기를 들은 아이들이 자라서 태주의 팬이 된다. '빽'이 된다. 태주의 시를 외워 유튜브에 올리고 태주의 책을 사고 때로는 태주에게 통 크게 문학관도 선물해준다(물론 공주시 소유다).

덕분에 옛사람인 태주는 계속 새 옷을 입고 새로 태어난다. '온고지신'…… 알고 보면 나태주는 이재理財에 밝은 꽤 훌륭한 투자가인 셈이다.

오늘 하루도 이렇게 잘 죽어서 잘 살았다

울고 웃고 떠들며 걸었던 길 위로 여러 낮이 지나갔다. 태주는 식성이 좋은 지수를 대견해했고, 장항 바다를 건너 고향인 서천에 함께 다녀온 뒤로는 끈끈한 동지애 같은 것도 생겼다. 차츰 지수의 얼굴에 넓게 드리워진 그늘이 빠지기 시작하더니, 머리카락도 햇빛을 받아 반지르르 윤이 났다.

태주가 공주역으로 가는 택시 안에서 물었다.

"이렇게 공주에 한번 다녀가면 힘들지 않아요?"

"아니요. 괜찮아요."

"집에 아이들 일이 안 궁금해?"

윤과 견은 지수 인생에서 가장 반짝이는 것이었지만, 그 눈부신 반짝임에 대해 지수는 차마 함부로 입을 떼지 못했다.

"아이는 학교에 있는데요, 뭐."

지나가는 말투로 태주가 슬쩍 물었다.

"……책은 잘 나올 것 같은가요?"

"아……."

"쉽게 말해 돌파력이 있겠어요?"

흠칫 놀라는 지수의 머리통에 땀이 솟았다.

"아름다운 사람의 쓸모를 어떻게 전해야 할지……."

난처한 빛이 역력한 지수의 얼굴을 쳐다보며 태주가 껄껄 껄 웃었다.

"즐겁게 쓰세요. 그러면 되는 거야. 너무 애쓰지 말고 가볍게 써요. 독자들도 그걸 원할 거야. 무엇보다 나는 그대가 행복했으면 좋겠어요."

"하지만 어떻게……요?"

"자기를 기쁘게 하는 일을 해야지. 나를 위대한 사람처럼 꾸미지도 마세요. 그저 시골에 사는 키 작은 노인일 뿐이야. 오늘도 우리는 많은 길을 걸었어요. 그건 내 길이었지만 또 그대의 길이기도 해요. 「사는 일」이라는 시는 '오늘 하루도 잘 살았다'로 끝나지만, 「퇴근」이라는 시에서는 또 살짝 달라요.

오늘도 열심히 죽어서 잘 살았습니다.

저녁때 무사히 퇴근했다는 건 중간에 여러 번 죽었기 때문이죠. 여러 번 죽었기 때문에 잘 산거야. 많은 젊은이들이 잠들기 전에 그런 생각을 하지 않겠어요?"

"그렇죠. 그렇게 말하는 선생님은 잠들기 전에 무슨 생각을 하세요?"

"(잠시 생각하며) 생각할 게 뭐 있어? 기도를 하죠. 하나님,

오늘 하루도 잘 죽어서 잘 살았습니다. 내일 아침 잊지 말고 깨워주세요!"

울다가 웃다가 그리고 끝났다. 오늘 하루도 그렇게 잘 살았다. 서울행 기차가 도착해 있었다.

6

그냥, 살면 돼요

그렇게 혼자 떨지 않고 함께 떠는 것,
서로의 에너지와 주파수를 느끼는 것을 소통이라 이름 지었다.
그래도 두려워 떨리는 날엔 '어차피 나는 변방의 마이너,
서툴고 작은 사람'이라는 튼튼한 진리를 기억해냈다.
"혼자 떨지 마세요. 함께 떨어야 외롭지 않습니다.
그게 공명이에요. 광장의 함성이지요."

복수초야, 깽깽이풀아, 다녀올게

"자동차를 얻어 타고 갈까? 버스를 타고 갈까? 윤동주 시
비가 있는 곳에서 만날까?"

태주는 한껏 들뜬 채로 말했다. 지난번 헤어지면서 태주는
지수가 사는 서울로 오기로 약속했다.

이야기했듯이 태주는 공주의 마스코트 같은 존재였다. 이
곳 사람들은 사뿐사뿐 걸으면서 양팔을 앞뒤로 크게 흔드는
노인의 뒷모습을 보며 안도하고 즐거워했다. 태주는 다짐하
듯 말하곤 했다.

"나는 내가 망하는 법을 알아요. 벤츠를 사서 타고 공주 시
내를 한 바퀴 휘 돌면 됩니다. 그러면 사람들의 표정이 변할

거야. 하지만 나는 원시인입니다. 원래 걸어 다니는 시인. 어디를 가도 날이 저물면 기어이 밤 버스를 타고 걸어서 공주로 돌아오지요."

공주와 달리 서울은 엄청나게 크고 바쁘고 복잡하고 자아도취적이다. 태주가 벤츠를 타고 다니든 자전거를 타고 다니든 군복을 입든 심지어 사자탈을 쓰고 다닌다 해도 아무도 개의치 않는다. 서울은 태주보다 더 유명한 사람들이 많았고, 벤츠와 BMW는 자전거만큼 흔했다. 사람들은 유명한 장소를 찾아다니며 찍은 사진들을 올리느라 다들 너무 바빴다. 인플루언서 혹은 팔로워, 맞팔 혹은 댓글로 서로를 부풀리며 한계 없이 자가 증식해 나갔다.

서울 광화문에 있는 언론사에서 일할 때 지수는 자신이 링위의 복서 같다고 생각했다. 카페인과 에너지 드링크를 들이붓고 링 위에 올라 '선방'을 날려 상대를 제압해야 살아남는 복서. 언제부터였는지 모르지만, 신문사의 모든 데스크는 (독자들에겐 큰 의미가 없는) '특종 보도'와 '단독 보도'에 열을 올렸고, 경쟁사에 첫 보도를 빼앗기는 일명 '물먹는 일'을 가장 수치스럽게 생각했다. 해외 유명 인사를 단독 인터뷰하기 위해 해당 에이전시에 다른 언론사의 접근을 차단하라는 압력을 넣었고, 1분이라도 먼저 노출되기 위해 한 줄짜리 기사를 내보내는 일도 흔했다. 성정이 순한 사람조차 점점 맹수가 되어, 기자로서 가장 보람을 느낄 때는 '다른 기자들을 물먹일 때'라고 자랑스럽게 얘기하곤 했다.

힘을 전시하고 그 힘의 결과를 느끼는 것. 그것이 이 세계를 돌리는 가장 중요한 물리 법칙이었다. 서울의 상징인 남산 서울타워와 롯데월드타워를 볼 때면 지수는 한없이 높아져서 구름을 찌를 것 같은 이 도시의 야망이 떠올라 음지 식물처럼 움츠러들었다.

공주를 떠나는 날 아침 태주는 정원을 깨끗하게 정돈했다. 부삽과 신발과 물 대는 호스를 정성 들여 청소했다. 살뜰한 손길로 최근에 돋아난 수선화의 싹들도 뽑았다. 손에 익은 정원 일이 그날 아침엔 유난히도 소중하게 느껴졌다. 그리고 마지막으로 꽃에 물을 주고 바람막이를 세우고 모자를 쓰고 나서는 그만 울고만 싶어졌다.

"복수초야, 깽깽이풀아. 다녀올게."

Y가 운전하는 흰색 아반떼를 타고 태주는 상경했다.

지수는 약속된 평창동 찻집에서 태주를 기다렸다. 공주 풀꽃문학관의 언덕과 비교하면, 이곳은 왕복 8차선 도로처럼 커 보였다. 카페 맞은편 서울 옥션 앞길은 드라마 촬영을 한다고 법석이었다. 무거운 촬영 장비를 든 스태프와 긴장한 빛이 역력한 신인 연기자, 촬영 스케줄 표를 들고 이리 뛰고 저리 뛰는 조연출, 하역 중인 덤프트럭까지 뒤엉켜 언덕을 올라온 택시 기사들이 혀를 차며 차를 돌려 나갔다.

태주의 길도 수난이었다. 서울 톨게이트를 진입하는 도중 Y가 운전하는 차가 옆 차선의 차와 부딪혀 백미러가 깨지는 사고가 생긴 것이다. Y는 백미러를 수리하러 가야 했기에 태주는 택시를 잡아타고 혼자 평창동으로 들어왔다. 북악산의 기세가 드높아 문인, 음악가, 화가 등 기가 강한 예술가들이 정착해서 산다는 이곳 평창동엔 미술관과 화랑, 저택과 문학관 등의 위용이 대단했다.

점심을 함께하기로 한 한식집 마당에 도착하니 태주가 엉거주춤 나무 뒤에 숨어 있었다. 나무와 식물이 자신의 방패막이라도 되는 듯. 서울의 번쩍거림, 서울의 속도, 서울의 스펙터클, 서울의 숨은 공격성에 그는 예민하게 반응했다.

태주는 혼이 빠진 것 같은 얼굴로 식사를 마쳤다. 고추장 양념을 한 부드러운 돼지고기, 대나무 채반 위에 놓인 향긋한 보쌈, 신선한 채소와 된장, 고소한 콩밥, 누룽지, 묵무침, 파전까지 테이블 한 상 가득 음식이 차려졌지만, 태주의 젓가락은 밥과 국 사이를 오가며 허둥댔다. 그가 침통한 목소리로 물었다.

"Y선생은 아직 안 왔지요?"

"네. 아직 안 왔어요."

시끌벅적한 식당을 나와 태주와 지수는 '이어령길'이라는 팻말이 붙은 거리를 천천히 걸어 올라갔다.

태주와 함께 '이어령길'을 걸으며

이어령 선생이 살아계실 때 마지막 인터뷰를 하기 위해서 지수는 이 언덕길을 수없이 오르내렸다. 삶과 죽음에 대한 마지막 수업은 꽃이 피고, 매미가 울고, 단풍이 들고, 흰 눈이 온 세상을 덮을 때까지 계속되었다. 이듬해 새로운 봄을 맞기 전에 스승의 죽음과 함께 수업은 끝이 났다.

태주와 함께 '이어령길'을 걸으면서 두 사람은 각자의 상념에 사로잡혔다.

지수에게 이어령은 크고 명료한 생각의 스승이었고, 나태주는 웃기고 다정한 느낌의 아버지였다. 이어령은 오케스트라 지휘자처럼 동작이 컸고 나태주는 희극 배우처럼 표정이 변화무쌍했다. 이어령의 눈은 예지로 번뜩였고 나태주의 눈은 물기로 촉촉했다.

이어령은 평생토록 죽음과 나와 우주를 탐구한 넉넉한 에고이스트였고, 나태주는 평생 너와 꽃과 사랑에 몰두한 로맨티스트였다. 이어령은 진선미의 높은 언어를, 나태주는 의식주의 생활 언어를 사용했으나, 둘 다 영성을 통과하는 은유의 달인이었다.

어휘의 총량이 무한대인 지식인과 기억의 총량이 무한대인 시인 사이에서 지수는 전극이 다른 경이를 느꼈다. 두 사람 다 충청도 사람이었고 유머가 풍부했고 키가 작았다. 무엇보다 남겨질 후대를 지극히 사랑했다.

2022년 2월, 이어령 선생이 떠난 후 태주는 풀꽃문학관 서가 한 칸에 이어령의 책들을 사다가 꽂아놓고 그 앞을 서성거렸다. 영혼의 친구를 잃은 것 같아 한동안 말을 잃고 허둥거렸다. 「우상의 파괴」 칼럼으로 스물두 살에 명성을 얻기 시작한 이어령에 비해, 나태주는 70대에 이르러서야 '풀꽃' 시인으로 명성을 얻었다. 생전에 이어령이 출간한 180권이 넘는 책 중에, 태주는 그의 유고 시집 『헌팅턴비치에 가면 네가 있을까』를 여는 서문을 가장 좋아했다. 먼저 하늘로 떠난 딸 이민아에게 전하는 말이자 이어령이 입으로 토해 낸 마지막 문장은 이러했다.

네가 간 길을 지금 내가 간다.

그곳은 아마도 너도 나도 모르는 영혼의 길일 것이다.

그것은 하나님의 것이지 우리 것이 아니다.

태주도 아들과 딸에게 미리 유언 시를 써놓았다. 지수는 이어령의 유언 시와 나태주의 「유언시」를 비교해서 읽을 때마다 그 멀고도 아득한 거리에 놀라곤 했다.

아들아 딸아, 지구라는 별에서 너희들

애비로 만난 행운을 감사한다

(…)

아들아, 이후에도 애비의 이름을 기억하는 사람을 만나거든

함부로 대하지 않기를 부탁한다

딸아, 네가 나서서 애비의 글이나 인생을 말하지 않기를 바란다

나의 작품은 내가 숨이 있을 때도 나의 소유가 아니고

내가 지상에서 사라진 뒤에도 나의 것이 아니다

(…)

부디 너희들도 아름다운 지구에서의 날들
잘 지내다 돌아가기를 바란다
이담에 다시 만날지는 나도 잘 모르겠구나.

오늘 이어령 선생의 자택을 겸한 영인문학관 부근을 태주와 함께 걸어가고 있자니, 지금 이 시간이 지나면 다시 오지 않을 것 같아 목울대가 따끔거렸다. 하늘은 푸르렀고 구름 한 점 없었다. 멀리서 불어 온 바람이 둘 사이를 부드럽게 감싸며 지나갔다.

기죽지 말고 살아봐, 꽃 피워봐, 참 좋아

"서울 공기랑 공주 공기가 많이 다르게 느껴지세요?"
지수가 물었다.
"달라요. 평창동이 자연과 가까운 고장이지만 그래도 공주의 공기보다는 긴장이 돼 있어요. 산소의 결이 좀 팽팽하달까. 그래서 삶의 의욕을 더 돋우는 거겠죠. 굶주림을 자극하면서 의욕을 북돋는 거니까요."

"서울에 오면 사람들은 가속 페달을 밟을 준비를 해요."

"뛰어가면서도 자기가 뛴다는 생각을 못 하죠. 오히려 느리다고 생각하는 것 같아. 더 노력해야 할 것 같고 더 속도를 내야 할 것 같고 더 가져가야 할 것 같다는…… 그런 느낌이 지배적입니다. 그래서 늙은이도 젊은이도 서울에 오면 압박감을 느끼나 봐.

반면 공주 사람들은 느리게 가는 걸 당연하다고 여겨요. 사람 아닌 동식물도 그 영향을 받습니다. 지난여름, 서울의 매미가 어떻게 울던가요?"

태주가 뜬금없이 매미 얘기를 꺼냈다.

"매미요? 엄청 사납게 울던데요. 맴맴맴맴…… 그러다 정적. 그럴 땐 혼이 다른 세상으로 잠시 빠져나가는 것 같아요."

"그렇죠? 공주 매미는 느긋하게 웁니다. 맴 맴 맴 맴……점잖게 운다고. 언젠가 내가 죽을 뻔한 큰 수술을 할 때 서울 병원에서 5월에서 8월까지 3개월을 보냈어요. 그때 창밖의 매미 소리를 잊을 수가 없어요. 불빛과 앰뷸런스 소리에 자극을 받으니 얘네들도 떼로 나와 죽어라 덤비는 거야. 스트레스를 받아서 휘몰아치듯 울더군요.

서울이 나쁘다는 게 아니에요. 우리 인간들이 힘들어지고 있다는 거죠. 이유가 뭘까? 우리 인생에 식물과 시를 삭제했기 때문입니다. 식물이 얼마나 지혜롭고 영적인가요?"

태주는 두고 온 정원의 꽃들을 떠올리며 미소 지었다.

"시도 마찬가지죠. 시는 인간을 다른 세계로 데리고 가는 문입니다. 생략과 비유와 전환은 인식의 마법과도 같아요. 시는 제쳐두고 직설과 고발로 가득 찬 뉴스만 읽고 사니 사람들이 힘들지 않을 수 있겠어요? 매미도 나비도 나무도 사람도 다 힘들어요.

일전에 다큐멘터리에서 식물의 주파수를 측정하는 걸 본 적이 있는데, 걔네들도 물을 안 주면 아우성을 쳐요. 조용한 아우성이지. 런던 광장에 예수 제자라고 심었던 나무 열두 그루 중에 마지막 나무인 유다 나무는 죽어서 다시 심었다잖아요. 나무도 미움을 받으면 죽어요."

"생명은 다정한 상호작용 속에서만 살아나는군요!"

"그럼요. 사람이든 나무든 꽃이든 예뻐해야 해요. 예뻐하면 대상에게만 이로울 것 같지만, 나한테 가장 이로워요. 사랑이 없으면 내 마음이 지옥이잖아요. 예쁘다, 예쁘다…… 말하는 게 씨를 뿌리고 물 주는 행위에요. 꽃이 피면 공기가 열리죠. 봉오리만 한 천국이 같이 오는 거예요."

태주가 말하는 '다정함'은 이제 과학의 이름으로도 증명되고 있었다. 1978년 《사이언스지》에 특이한 토끼 실험 논문이 실렸다. 연구팀은 토끼들에게 고지방 사료를 먹이고, 콜레스테롤 수치를 확인했다. 몇 달 후, 모든 토끼의 콜레스테롤 수치가 높아졌고 심장병 확률이 높아졌지만, 유독 한 무리의 토끼만 혈관에 쌓인 지방이 60%나 적었다. 변수를 확인한 결과 건강한 토끼들은 한 다정한 연구원이 돌봤던 토끼들이었다. 그는 토끼에게 먹이를 줄 때마다 말을 걸고, 쓰다듬으며 귀여워해줬다. 병에 걸리는 토끼와 건강을 유지하는 토끼를 나누는 것은 식단이나 유전자가 아니라 바로 '애정'이었다. 일명 '래빗 이펙트The Rabbit Effect'다.

'래빗 이펙트'를 기반으로 『다정함의 과학』(더퀘스트, 2022)을 쓴 콜롬비아 의대 켈리 하딩 교수는 나아가 '부모의 다정함'이 아이의 생명을 살리거나 DNA서사를 바꾼다고 주장한다. 지수가 켈리 하딩 교수를 인터뷰했을 때, 그녀는 모나리자 같은 미소를 띤 채 부연했다.

"출산한 쌍둥이 중 한 아이가 숨이 멎었어요. 엄마가 숨이 멈춘 한 아이를 안고 말을 걸었죠. 제이미라는 이름의 뜻을 설명해주고 지켜줘야 할 여동생이 있다고. 그 순간 사망 판정을 받은 아이의 심장이 뛰고 다시 살아났어요. 그런 미스터리

한 기적 앞에서 의사들은 한없이 겸허해집니다. 부디 나 자신에게도, 타인에게도 친절함을 보여주세요."

지수가 보기에 '다정함의 과학'으로 세상에 온기를 퍼뜨리고 있는 대표적인 사람이 태주였다. 태주의 삼단 논법은 쉽고도 간결해서 선한 주문처럼 퍼져나갔다.

자세히 보아야
예쁘다

오래 보아야
사랑스럽다

너도 그렇다.

지수가 떨리는 음색으로 말했다.
"내가 하는 말을 제일 먼저 듣는 사람이 나라는 사실이 새삼 새로워요."
"그럼요. '너도 그렇다'의 청자가 나니까, 결국 '나도 그렇다'지요."

"말하는 나와 듣는 너가 결국 하나로군요. 그걸 알고 쓰셨어요?"

"나는 학교에서 아이들 가르칠 때 소리 내어 읽으면서 쓰라고 했어요. 눈으로 한 번 읽고 소리 내어 한 번 읽고 쓰면, 그 말은 내 것이 돼요. 내가 하는 말을 제일 먼저 듣는 사람이 나예요.

그래서 내가 한 말을 직접 손으로 쓰는 게 중요해요. 이어령 선생은 컴퓨터를 몇 대씩 놓고 일을 했다지만, 나는 여전히 아날로그에 머물러 있어요. 내가 좋아하는 손 글씨, 붓글씨…… 는 시간을 들이고 공을 들이는 거예요. 나는 독자들을 위해 책에 사인해줄 때도 시 한 편을 써주곤 합니다. 시간이 배는 더 걸리죠. 상대를 쳐다보고 느끼고 머물러야 가능한 일이니까. 그러려면 온 우주가 기다려줘야 해요. 한참 뒤에 줄선 사람들이 끈기 있게 기다려줘야 하죠. 인공 지능 세계에서는 해치우듯 빨리 일하는 게 자랑이겠지만, 결국은 시간이 지나면 알게 됩니다. 모든 일에는 때가 있고, 무르익을 시간이 필요하다는 걸."

"하지만 세상은 점점 머무를 시간을 안 주니 걱정스러워요. 요즘엔 몇 날 며칠을 백지 앞에서 끙끙대도 첫 문장을 쓰기 어려운 에세이, 시, 소설, 대본, 논문을 인공 지능이 몇 분도 안 돼서 그럴싸하게 내놓는다니까요."

지수가 흥분해서 불평했다.

"인공 지능이 아무리 발달해도 나는 걱정하지 않아요. AI가 연상과 추론까지는 가능하겠지만 비약은 못 할테니까."

태주가 테이블 위에 놓인 작은 흰 꽃을 가리켰다.

"여기 이 꽃을 보고 신부의 면사포를 상상할 수는 있어요. 하지만 슬픔으로 가는 감정은 비약이 필요해요. 시는 비약을 통해 새 세계를 열어요."

"성경의 창세기에 전무후무한 비약이 나오잖아요. '빛이 있으라 하시니 빛이 있었다.' 제가 가장 좋아하는 문장입니다."

"그렇죠. 비약이야말로 강력한 영성의 언어죠. 그러니 걱정 말아요. 인간을 구원하는 것은 영성이니까. 내 영혼의 은총 입음…… 그런 의미에서 서울의 영혼들은 조금 더 살쪄야 합니다. 지성은 팽팽한데 영혼은 너무 헐거워 보여.

나는 기계나 육식 동물은 잘 못 쓰는데, 내 시에 하이에나가 딱 한 번 나옵니다. 서울 문인들 욕 좀 하려고 썼어요(웃음) 딸에게 하는 말이죠.

딸아, 사냥하기 싫거든
차라리 서울서

굶다가 죽어라

—나태주, 「서울, 하이에나」

회복의 시작은 약해지는 걸 인정하는 것이거든

지수는 태주가 서울에 온 것이 마냥 좋았다. 이어령 선생의 흔적이 있는 '이어령길'을 함께 걷는 것이 꿈만 같았다. 초여름이 오기 전에 윤동주 시비가 있는 서촌도 함께 걷고 싶었다. 그가 오는 것만으로 서울의 공격성이 사라지고 첨탑의 뾰족함이 둥글게 될 것만 같았다.

그러나 태주는 지수를 살피면서도 계속해서 출입구에 눈길을 주며 Y의 행방을 물었다.

"Y선생 안 왔어요? 어떻게 됐대요?"

"거의 다 왔답니다."

태주는 Y의 몫으로 사놓은 토스트가 식을까 그 온기를 계속 손으로 가늠했다.

"놀랬을 거야. 다음엔 서울에 안 따라온다고 하겠다……."

사랑의 마음은 염려의 마음이며 책임지는 마음이라고 했다.

"(미소 지으며) 그래서 여행지의 사랑은 부질없어요…….

볼 때는 예쁜데 지나고 나면 어디 있었는지 흔적도 못 찾습니다."

"좌표 없는 기억이죠. 그런데 선생님. 왜 어떤 기억은 또렷이 남아 있고, 어떤 기억은 윤곽도 없이 사라지는 걸까요?"

"기억은 충격이기도 하고 의지이기도 해요. 중요한 건 인생은 곧 기억이라는 거죠."

"정신과 의사가 그러더라고요. 좋은 기억은 인생이라는 엔진을 돌리는 최고급 기름이라고. 제 딸에게도 제가 좋은 기억으로 남았으면 좋겠어요. 모든 어른은 그 자체로 기억이니까."

태주는 물끄러미 지수를 바라보았다.

"다음번엔, 공주로 오세요."

"……."

"서울이 편치 않아서가 아니에요. 그대에게 좋은 기억을 남겨주기에는 공주의 공기가 더 좋을 것 같아서."

지수는 고개를 끄덕였다. 게다가 태주는 요즘 여러 차례 시름시름 앓았다. 이번 상경 전에도 열흘을 끙끙 앓아서 얼굴이 핼쑥했다.

"나는 사실 앓는 것을 피하지 않아요. 서투름을 피하지 않는 것처럼."

"아픈 만큼 성숙해지니까요?"

"앓는 행복이라고 들어봤어요? 내가 약해졌을 때 느껴지는 행복. 앓을 때는 가장 먼저 내가 나를 연약한 한 명의 인간으로 보호하게 됩니다. 자신감도 체력도 능력도 떨어지니까, 모든 걸 좀 줄이게 돼죠. 그리고 주변에서도 가엾다고 힘없다고 보호해주잖아요. 앓을 때 먹는 죽을 나는 특히 좋아해요. 죽을 먹는 것 자체가 엄청난 치유의 과정이에요. 약할 때 나는 아내가 쑤어준 묽은 죽을 먹고 살아났어요. 죽을 끓여줄 친구가 한 명이라도 있는 사람, 내 몸을 염려해 스스로 죽을 찾아 먹을 줄 아는 사람은 희망이 있어요.

왜냐? 회복의 시작은 약해지는 걸 인정하는 것이거든. 약한 나를 부끄러워하지 않는 거죠. 시름시름 앓다 죽을 먹고 기운 차린 사람은 다른 사람이 아플 때도 도울 수 있습니다. 이치가 그래요. 죽이 있어서 나는 앓는 걸 피하지 않아요. 약해져도 괜찮고 저자세로 살아도 나쁘지 않더라고."

지수도 여러 번 춘자 할머니가 끓여준 흰죽을 먹고 살아났다. 강할 때 받는 우러름보다 약할 때 받는 보살핌이 이제까지 그를 살게 했다. 죽으로 시작해서 '저자세'로 이어지는 태주의 말에 지수는 고개를 끄덕거렸다.

너와 내가 감추고 있던 '약점의 신대륙'을 발견하는 게 우리의 유일한 희망이었다.

태주도 서울의 영혼에 필요한 약이 약자의 저자세라고 믿었다.

"젊은이들은 '인서울' 하면 천국이 시작될 것처럼 착각들을 하곤 해요. 하지만 명문대 입학하고 좋은 직장 들어가면 그때부터 또 다른 지옥이 펼쳐집니다. 그래서 나는 행복하려면 대학도 자기 실력보다 낮춰서 가라고 해요. 너무 앞에만 서 있으면 외로우니까."

커브를 돌듯 이어령 선생은 너무 뛰어난 사람이었고 가장 앞에 섰던 사람이라 오랫동안 외로웠을 거라고 했다. 이어령은 암에 걸리고 가장 연약해졌을 때, 비로소 아름다운 저자세로 '죽음이라는 신세계'를 발견했고, 그 깨달음을 세상 사람들에게 한 그릇의 죽처럼 안겼다.

'죽음은 한창 놀고 있는데 엄마가 애야, 밥 먹어라 하고 부르는 것과 같다.'

'받은 모든 것이 선물이었다.'

『이어령의 마지막 수업』에서 나온 이 두 개의 메시지는 이어령이 평생 이뤄온 업적만큼 대중의 정신세계에 큰 영향을 미쳤다. 새 학기에 새 침대를 받고 환호하던 어린아이처럼, 집 안에 호스피스 침대를 들여놓고 뼈만 남은 얼굴로 환하게 웃던 이어령 선생의 얼굴이 떠올라 지수는 잠시 침묵했다.

"이어령 선생님이 웃으며 했던 말이 기억나요. 그동안 존경은 받았으나 사랑은 못 받았다…… 그래서 많이 외로우셨다고요…… 혹시 선생님도 자주 외로우셨나요?"

"나? 나는 마이너잖아. 변방의 사람이죠. 저자세로 사는 사람은 가끔 좀 서럽긴 해도 외롭진 않아요. 김성예도 있고 Y 선생도 있고 원이도 민이도 있고, 초등학생 친구들도 얼마나 많은데. 저자세는…… 아무도 외롭지 않도록 만드는 가히 미친 마음이에요. 하하하."

태주의 웃음이 너무도 크고 의기양양해서 지수는 엉뚱한 상상을 하고 말았다. 이따금 자신을 세상에 일목요연하게 소개하는 '약력'이라는 걸 요구받을 때가 있다. 그때 정점의 경력뿐 아니라 남들은 모르는 약점도 함께 기록하도록 하면 어떨까.

최전선의 인터뷰어, 실제로는 언변이 서툴고 청력은 약한 편.

글로벌 패션지와 유력 언론사에서 근무, 실제로는 아웃사이더에 잘 섞이지 못하는 내향인.

아름다움과 눈물겨움을 보는 이상주의자, 실제로는 원고료 없는 글은 못 쓰는 간당간당한 생활인.

뭐 이런 식으로 고자세와 저자세가 균형을 맞추면, 더 이해

받고 덜 외로워지지 않을까.

외로워 마라, 틀려도 된다

외로움에 대해 더 파고 들어가보자. 작가는 재능의 선택을 받은 사람 같지만, 결국 독자의 선택을 기다리는 사람이다. 선택받기를 한없이 기다리는 사람.

영화 〈싱글 인 서울〉은 출판사 편집자와 신인 작가의 일과 사랑을 그린 요즘 스타일의 '북 로맨스' 영화다. 첫 에세이 출판을 앞둔 남자 이동욱과 담당 편집자로 분한 임수정의 '밀당'은 살짝 뻔했지만, 영화외 한 갈래로 등장하는 작가와 독자의 '밀당(이라 쓰고 짝사랑이라 읽는다)'은 너무 사실적이어서 세상 모든 작가들의 뼈마디를 강타했다.

예를 들면 이런 것.

"작가들은 자기가 책을 내면 세상이 깜짝 놀랄 거라고 생각해. 그런데 정작 책이 나오면 깜짝 놀라는 사람은 작가 자신이야. 왜? 책이 너무 안 팔려서."

북토크 현장에 일찍 와서 텅 빈 객석을 초조하게 웃으며 바라보는 시인의 마음을 읽고, 출판사 직원들이 발이 닳도록 주변을 뛰어 모객募客에 성공하는 모습은 눈물 나게 감동적이다.

태주는 180여 권의 책을 냈지만, 태주의 시집과 산문집과 동화집이 선택을 받은 건 그가 70세가 넘었을 때였다. 태주가 그 기나긴 무관심을 견뎌낸 것은 불가사의였다. 그 기저에 가히 '미친 마음'인 저자세가 있었을까? 줬으면 그만이지, 선택을 못 받아도 서운해하지 않는 마음……?

"정말 외롭지 않으셨어요?"

"외로울 수가 없죠. 나는 지식을 전하는 사람이 아니잖아요. 감정을 깨우는 사람이었지. 특히 어린 독자들에게 선택받는다는 건 그 수가 작든 크든 엄청난 겁니다. 나는 그 수가 부족하다고 느낀 적이 없었어요. 초등학생, 중학생, 고등학생들…… 내 앞에서 우는 아이들도 많았어요.

'선생님, 한번 안아봐도 될까요?'

와서 안아주는 아이들도 많았죠. 큰 사랑을 받았어요. 아이들에게 사랑받는 것, 시인으로서 누릴 수 있는 그보다 더 큰 행복이 무엇이겠어요."

언젠가는 초등학교 3학년 아이가 자기가 낸 시집과 초콜릿 한 상자를 들고 강연장에 찾아오기도 했다.

"내가 준 책을 보고 시를 쓰기 시작했대요. 작은 아이들 안에 정말 진한 영혼이 들어 있어요. 소녀가 주는 초콜릿은 또 얼마나 달고 맛있던지. 그들로 인해 나는 외롭지 않아요."

"그럼 불안한 적도 없으세요?"

"불안이라…… 나는 옳고 그름을 따지는 사람이 아니에요. 나는 느낌의 사람입니다. 틀려도 된다는 자신감이 있었죠."

'틀릴 수 있다……도 아니고 틀려도 된다니…… 무얼까? 이 엄청난 담력은…….'

"독자들이 나를 판단하고 등 돌릴 거라는 두려움은 없으셨어요?"

"나는 판단하지 않아요. 그래서 남이 나를 어떻게 평가하든 상관없어요. 평가를 좋게 하든 나쁘게 하든, 큰 사람으로 생각하든 작은 사람으로 생각하든, 나는 관계가 없어요. 나는 어차피 졸렬한 사람이니까. 서툴고 작은 사람이니까. 다만 그래서 가능하면 정성껏, 매 순간 공헌하도록 노력은 해요.

강연을 하러 갈 때마다 나는 늘 처음엔 잘할 가망이 없는 사람이에요. 앞이 안 보여! 지고 간 보따리를 풀고 헤치고 다시 싸맬 때마다 허둥거려요. 그래서 한 소리를 또 합니다. 여기서 한 소리를 다른 데서 또 하지요. 그런데 신기한 건 그럴 때마다 전혀 새로운 소리가 된다는 거예요. 갖고 있는 보따리를 다 풀어 보여주고 '이게 다예요. 이제 싸도 되겠어요?' 허락받으면 그제야 보따리를 싸요. 오늘도 보따리를 근근이 싸고 풀었구나, 최선을 다해 공헌했구나."

준비를 꼼꼼히 해도 어차피 무대에 서면 막막한 건 매한가지라고 했다. 막막한 대로 일단 소리를 던지면 반응이 오고, 그렇게 조금씩 액션과 리액션이 어우러지며 감정의 파도가 일어났다.

태주는 침묵 속에 몸을 던지고 그 말의 동심원이 퍼져나가는 것을 가만히 바라보았다.

그렇게 혼자 떨지 않고 함께 떠는 것, 서로의 에너지와 주파수를 느끼는 것을 소통이라 이름 지었다. 그래도 두려워 떨리는 날엔 '어차피 나는 변방의 마이너, 서툴고 작은 사람'이라는 튼튼한 진리를 기억해냈다.

"혼자 떨지 마세요. 함께 떨어야 외롭지 않습니다. 그게 공명이에요. 광장의 함성이지요. 여유가 있다면 삐딱하게 묻는 사람도 받아서 되물어 주세요."

어차피 시인은 비이성적인 존재라고 태주는 생각했다. 단번에 비약하고 먼저 흥분하는 울림통 하나로, 이렇게 오래 살아남았다.

사랑하는 마음을 아끼며 삽니다

성예는 태주를 위해 자신을 깎아 맞춘 성자였다. 있는데 없는 사람, 없는데 있는 사람. 8시에 눈 떠 옷을 입고도 한 시간을 더 침대에 누워, 태주가 깨어나길 숨죽이고 기다리는 사람. 피카소는 말년에 자클린을 만났지만, 태주는 하늘의 귀여움을 받아 20대에 성예를 만난 것을 과분하게 여겼다. 성예에게도 태주는 종교적인 존재와 다를 바 없었고, 그것은 태주의 어머니가 아버지를 바라보는 것과 같은 방식이었다.

비이성적이고 변덕스러운 시인의 마음을 성예만큼 잘 품어주는 사람은 없었다. 그것을 아는 태주는 가까운 사람에게는 섣불리 시 쓰는 유업遺業을 받아들이지 말라고 타일렀다. 함께 사는 동반자의 희생적 너그러움 없이는 지속 불가능한 업이기에. 장 설 때마다 큰 망둥이가 나오는 게 아니듯, 제 노력만으로 잘 써지는 게 시가 아니기에. 영감의 도움 없이, 시대의 도움 없이 유용한 시인이 나올 수는 없기에.

움직이는 마음을 꺼내 언어의 겉옷을 입히는 자신의 고단한 일은 아내의 종교적 헌신으로 순수함의 속옷을 입고 있다고 그는 믿었다.

한편 여러분도 짐작하다시피 순수함은 모든 예술에 깃들어 있기에 그림에도 글에도 작가의 운명이 숙명적으로 드러나게 마련이다. 턱없이 예민한 태주는 물감을 만지는 화가에게 동지애를 느꼈다. 화랑에 가면 작가의 훼손된 감정과 넘쳐흐르

는 생명선이 덩어리로 덮쳐 와 압도될 때가 많았다. 마크 로
스코가 그랬고, 피카소가 그랬다.

그림을 보면 이 사람이 오래 살지 짧게 살지가 단번에 들여
다보이는 게 늘 신기했다.

색채의 서늘한 기운에 "화가는 어디 있습니까?"라고 물어
보면 "죽었습니다"라는 대답을 듣고는 진땀을 뺄 때가 많았
다. 운명은 어떻게 예술에 스며드는가. 우리의 언어는 어떻게
우리의 운명을 예지하는가. 나는 과연 운명의 흐름에 관여할
수 있는가.

오랜 인터뷰어로서 '내가 쓰는 언어가 곧 나의 세계'라는
세계관을 터득한 지수는 태주의 언어에 스민 한계 없는 낙관
이 부러웠다.

"언젠가 다섯 명의 시인이 문학 심사를 한 적이 있었어요.
그중 K선생이 먼저 일어나 나가면서 이렇게 말했어요.

'나는 나이가 이렇게 많아도 나가서 수업을 해야 밥 먹고
삽니다.'

K선생은 아흔아홉 살까지 살았어요. 그런데 늘 삐딱했던 H
가 K선생의 삶과 죽음에 비수를 날렸어요.

'시를 대충 쓰면 저렇게 오래 사나?'

그건 말이 아니라 칼이었어요. 그 칼은 누구를 겨눴을까요?

H는 나보다 세 살이 어린데도 일찍 죽었어요. 내가 쓰는 말이 나의 운명이에요. 그 일이 있은 후 쓴 시가 「내상」이라는 시예요.

로마의 영웅 카이사르를 죽게 한 것은 적군이 아니었다. 세상에서 가장 가까웠던 사람, 가장 아꼈던 사람, 자식같이 믿었던 사람, 브루투스에 의해서였다.

(…)

나는 대체 누구의 브루투스였으며 나에겐 또 누가 브루투스였을까?

안에서 일어난 파열이 가장 무섭습니다. 내 오장육부가, 내 언어가 반란을 일으키면 죽을 만큼 감당하기 힘들어요. 밖에 있는 위험보다 내 안에서 나를 죽이려고 찢고 나오는 브루투스가 가장 힘이 셉니다."

지수는 문득 궁금했다.

"선생님은 과거에 내장이 썩어 들어가는 병에 걸렸을 때, 가족들은 장지葬地를 알아보러 다니고 지인들은 추도문까지 써두었는데, 선생님만 그걸 모른 적이 있다고 했지요?"

태주가 침착하게 받았다.

"맞아요. 그런데 그런 구체적인 상황은 몰랐어도 내가 죽을 거라는 건 짐작했어요. 그래서 살고 싶었어요."

지수는 추궁하듯 재차 물었다.

"선생님은 늙음도 죽음도 내가 부르지 않으면 오지 않는다고 했지요. 80이 되고도 그 말이 여전히 틀리지 않았다고 생각하세요?"

태주는 흔들리지 않았다.

"틀리지 않았어요. 늙음도 죽음도 내가 찾아가지 않으면 오지 않습니다."

"그 당시에 안 죽으려고 잠도 안 잤다는 게 사실인가요?"

"사실이에요. 자면 죽을 것 같았어요. 이 지구 안에서는 나를 살릴 사람이 없으니 지구 바깥에 있는 이에게 나를 살려달라고 간구했어요. 외계에서라도 나를 살려내라, 그게 나의 기도였어요. 그 말이 나의 운명을 갈랐어요."

"살고 싶은 마음을 포기하지 않으셨군요."

"그래서 살았어요. 기적이었지요. 사람에게는 자생력이 있어요. 살고자 하는 스스로의 힘. 나는 시 때문에 살고 싶었어요. 내가 쓴 시 때문에, 내가 써야 할 시 때문에."

그래서 신이 자신을 살린 거라고 태주는 믿었다. 너를 살린 시로 더 많은 너들을 살리라고. 자신의 시를 읽고 죽으려다 살아난 사람, 혼자 지내려다 결혼한 사람……을 볼 때마다 태주는 살아남아 계속 시를 쓰게 만드는 '너는 내 운명'이라는 팔자를 받아들였다. 태주는 결혼을 부르는 그의 시 한 편을 발라드의 황태자처럼 부드럽게 읊조렸다.

사랑하는 마음
내게 있어도
사랑한다는 말
차마 건네지 못하고 삽니다
사랑한다는 그 말끝까지
감당할 수 없기 때문

모진 마음
내게 있어도
모진 말
차마 하지 못하고 삽니다
나도 모진 말 남들에게 들으면
오래오래 잊히지 않기 때문

외롭고 슬픈 마음

내게 있어도
외롭고 슬프다는 말
차마 하지 못하고 삽니다
외롭고 슬픈 말 남들한테 들으면
나도 덩달아 외롭고 슬퍼지기 때문

사랑하는 마음을 아끼며
삽니다
모진 마음을 달래며
삽니다
될수록 외롭고 슬픈 마음을
숨기며 삽니다.

 ―나태주, 「사랑하는 마음 내게 있어도」

"이 시는 허술한 시예요. 그런데 이 시를 읽고 결혼했다는
사람을 나는 여럿 봤어요. 시의 바탕에 있는 겸손한 마음 덕
분이에요. 나는 늘 생각했어요. 겸손과 정직과 검소…… 이
세 가지는 세상 끝날 때까지 오롯이 지켜도 괜찮은 마음이라
고."

중요한 건 해야 할 것을 하는 것보다 하지 말아야 할 것을 안 하는 거라고 했다. 하지 말아야 할 것을 정확히 아는 것이 사랑의 기초라고.

　"논어에 봐도 부정어법이 많습니다. 기소불욕물시어인己所不欲 勿施於人은 '네가 하기 싫은 일은 남에게도 시키지 말라'예요. 부정은 사실 아름다운 긍정입니다. 세속적으로 봐도 하지 말아야 할 것을 안 할수록 자연스레 성공 가도가 열려요. 하지 말아야 할 것만 안 해도 인생이 나빠지지 않죠. 이를테면 대단한 뭔가를 하라는 게 아니라 놀고먹지는 말라는 겁니다."

　"맞아요. 최소한 놀고먹지는 않았으면……."

　지수가 맞장구를 쳤다.

　"그렇다고 모두가 엄청나게 열심히 할 건 없어요. 조금조금 살금살금 야금야금 하면 되는 됩니다. 어떤 출판사에서 낸 책 중에 『너무 잘하려고 애쓰지 마라』라는 책이 잘나간다면서요? 하하."

　보듬어 껴안아줄 일이다

　오늘을 믿고 기대한 것처럼

　내일을 또 믿고 기대해라

　오늘의 일은 오늘의 일로 충분하다

너, 너무도 잘하려고 애쓰지 마라.

　　　　—나태주, 「너무 잘하려고 애쓰지 마라」

　애쓰지 않으려고 애쓰는 지수를 태주는 놓치지 않고 칭찬했다.
　"충분히 잘 살고 있어요. 너무 잘하려고 애쓰지 마세요."
　그제야 지수는 이성적으로 생각했다. '진실로 내가 신이라고 가정해도, 당신의 핏값으로 구한 당신의 피조물이 고작 밥값을 걱정하며 한평생 애쓰다 죽는 걸 바라지는 않을 것 같다'고.

너무 멀리까지는 가지 말아라, 사랑아

　"선생님! 가끔 저는 제가 다른 우주에서 자유로운 히피나 대가족에 둘러싸여 한가롭게 살아가고 있을지도 모른다는 상상을 해요. 다른 선택을 해서 다른 삶을 사는 나태주를 상상해보셨어요?"
　"젊은 시절엔 있었어요. 최근에는 별로 없어요. 나는 나로서 족해요."

"일말의 아쉬움이 없으세요?"

"없어요. 억울할 것도 후회할 것도 없어요. 로버트 프로스트의 「가지 않은 길」처럼 결국은 다 만나게 될 테니까. 저 나무 이파리가 초록을 다 소진하듯 나는 내가 받은 에너지를 다 쏟으며 살았어요. 너무 잘하려고 애쓰진 않지만, 야금야금 살금살금 조심조심 마음을 쓰며 살았어요. 아내와의 사랑도, 다른 소중한 젊은이들과의 우정도 나는 그냥 그렇게 병행했어요."

"평행 우주가 아니라 병행 우주로군요."

"그렇죠. 분리하지 않고 함께 가는 거죠. 사랑하는 민이가 결혼할 때 주례도 서줬고 병풍도 두 쪽을 해줬어요. 두 쪽 병풍에 써준 시가 「부탁」이라는 시예요.

너무 멀리까지는 가지 말아라
사랑아

모습 보이는 곳까지만
목소리 들리는 곳까지만 가거라

돌아오는 길 잊을까 걱정이다
사랑아.

그런데 이 시는 내가 아내 김성예에게 처음 써준 시였어요. 내가 아는 한 사랑은 이런 거였어요. 사랑은 면전에서 크게 '사랑'이라 말도 못 하고, 그저 내 소원을 그쪽에 맡겨 들어주기를 바라는 마음 정도예요.

그저 너무 멀리 가지 않기를, 내 목소리 들리는 곳, 모습이 보이는 곳까지는 가서 멈췄으면 싶은 것."

"부모의 사랑처럼 느껴지네요."

"그 사랑은 내 아내가 나에게 보여준 사랑이었어요. 병원에 있을 때 내 아내가 옆에 있으면 내 염증 수치가 10에서 7로 떨어졌어요. 의사들에게 내가 「부탁」이라는 시를 들려줬더니, 다른 환자들도 그렇다고 해요. 가족이 곁에 있으면 염증 수치가 떨어진대요. 그때부터 시작돼서 나는 요즘도 전화하면 아내의 행방을 물어요.

'어디야? 너무 멀리 가지 말아라, 모습 보이는 곳까지, 목소리 들리는 곳까지만 가.'

부탁하는 거죠. 사랑이 별 게 아니에요. 내 말을 들어주는 귀가 사랑입니다."

태주가 결혼한 것도 귀 때문이었다. 태주는 1972년 첫 시집 『대숲 아래서』의 출간 기념회 다음 날 성예를 처음 만났다. 맞선 자리에 태주는 전날 선물 받은 고무나무 화분을 옆

구리에 끼고 아래위 색깔이 다른 양복을 입고 나타났다. 성예
는 언니 한복을 빌려 입고 나왔다. 두 사람은 별말 없이 중국
집에서 자장면만 먹고 헤어졌다.

며칠 후, 태주와 성예는 다방 근처 소나무산 아래 큰 너럭
바위에 나란히 앉았다.

태주가 말했다.

"나는 초등학교 선생이고 우리 집은 가난하고 나는 성질이
까다로운 사람인데다 몸까지 약합니다."

이만하니 포기해도 된다는 뜻이었다. 성예가 배시시 웃었다.

"그런 결점 없는 사람이 어디 있겠어요."

산을 내려가면서 태주는 성예의 뒷모습을 자세히 바라보았
다. 성예는 목덜미가 하얗고 귀가 참한 여자였다. 성예의 뽀
얗고 작은 귀를 보면서 태주는 결심했다.

'저렇게 어여쁜 귀를 가진 여자랑 한번 살아보는 것도 나쁘
지 않겠다.'

성예와 태주는 이듬해 박목월 선생의 주례로 결혼식을 올
렸다.

지수는 가만히 자신의 귀에 손을 대어보았다.

'듣는 게 사랑이구나. 들리는 게 사랑이구나. 귀가 사랑이

로구나.'

"부둥켜안고 뽀뽀하는 그것만이 사랑이 아닙니다. 입만 있고 귀가 없으면 얼마나 외롭습니까. 귀하고 입이 같이 있다는 것만으로 엄청나게 아름다운 세상이지요."

자식은 누구를 위해 낳는 걸까요?

"선생님에게 가족은 어떤 존재였나요?"

"가족은 최후의 보루였어요."

"혹 부양의 의무가 영혼을 짓누른 적은 없었습니까?"

"무겁죠. 부양의 의무는. 경제적인 것이든 심리적인 것이든, 어떤 의미이든 가장의 역할을 맡으면 힘이 드는 건 당연합니다. 대학원 다니며 논문 쓸 때, 아침마다 회식비를 빌려서 마련해갈 때, 그때 한 시절은 혼자 부양의 책임을 진다는게 정말 힘들었어요. 딱 한 번 '내 아내도 돈 버는 사람이었으면……' 하는 생각을 해본 적이 있어요."

"많은 젊은이들이 '부양의 의무'에 겁을 먹습니다. 저 또한 혼자 벌어 도우미 할머니까지 다섯 식구 살림을 꾸려야 했던 시절이 있었어요. 매일이 두려웠어요. 멈출 수 없는 트랙을 걷는 기분이었습니다."

231

"그랬을 거예요. 그런 느낌이 들었을 거예요. 엄청난 등짐을 지고 까마득하게 펼쳐진 사막을 건너야 할 것 같은 막막한 기분. 그런데 하다 보면 다 하게 됩니다. 인생이 그래요. 몰라서 지나갈 수 있어요. 미리 알고 겁먹으면 더 힘들죠."

"결혼은 꼭 해야 한다고 생각하세요?"

"글쎄요. 가족은 이뤄볼 만하지 않습니까? 무엇보다 자식을 키우는 건 그 무엇과도 바꿀 수 없는 경험이에요."

"자식은 누구를 위해 낳는 걸까요? 나를 위해서? 아이를 위해서?"

"(미소 지으며) 사랑을 위해서. 인류를 위해서. 생명을 위해서죠. 생명체는 번식과 보존을 위해서 항상 다음 세대에게 좋은 것을 주고자 해요. 언젠가 캐나다 연어 양식장에 연어가 알을 낳는 걸 보러 갔어요. 노인들이 잘못해서 바닥에 떨어진 연어알을 밟으니, 감독관이 엄청 화를 내더라고. 노인이 아기를 밟았다고. 모스크바의 유명한 박물관을 갔을 때도 노인들은 비 맞고 떨고 있어도 먼저 아기와 동행한 엄마 아빠를 들여보내요. 너무나 당연합니다. 아기가 중요해요. 자기를 완전히 헌신하고 망가뜨리기까지 하면서 연약한 존재를 키워내는 것은 아름다운 일입니다. 나를 곁에서 계속 지켜봐주는 존재를 갖는다는 건 엄청난 축복 아니겠어요?"

"하지만 선생님…… 태어났어도 적절한 돌봄을 받지 못하는 아이들도 많아요. 제 내면세계에 굴절이 일어난 연유를 파고들면 '내가 태어나도 괜찮은가'라는 의심 속에 유년기 청소년기를 보냈기 때문이거든요."

"그건 한편으론 매우 지적이고 치밀한 영성이 형성되는 과정처럼 들리는군요."

"사실 적지 않은 젊은이들이 아이가 태어나 불행해질까 그것을 염려해요. 저 또한 사랑에 대한 결핍이 구멍처럼 뚫려 오래 힘들었고요."

"그럴 땐 굳이 결핍이라고 하지 마세요. 요구라고 하면 어떨까요? 김지수라는 인물은 사랑의 요구가 많은 사람이었다……."

"결핍이라는 말을 쓰는 게 좋지 않은가요?"

"괜찮아요. 나쁘지 않습니다. 다만 본인이 그걸 지금까지도 문제 삼고 있다면, 이제는 '나는 더 많은 사랑을 갈구하는 사람이었다' 이렇게 봐도 좋지 않겠어요? 해결 못 한 과제로, 결함으로 계속 남겨두기보다는."

"아…… 저는 늘 그 상황을 결핍이라고 고정했는데 '사랑의 요구가 많은 사람이었다'고 바꾸어 부르니 숨통이 좀 트이는 느낌이네요."

"그래요. 더 많이 필요한 사람으로 태어났으니까, 요구를 한 거예요. 그렇죠?"

"네."

"그러면 앞으로 더 많은 사랑을 해보면 좋지 않겠어요?"

지수는 착한 초등학생처럼 고개를 끄덕였다.

나는 그 굶주림을 선용했어요

고등학교 3학년 때 '서울병'에 걸린 지수가 상경해서 홀로 서울에 정착한 지, 30년이 넘었다. 이곳에서 일을 하고 친구를 사귀고 가족을 만들었지만, 여전히 대도시의 삶은 녹록지 않았다.

서울은 세계에서 둘째 가라면 서러울 만큼 '신경 쓰기의 고수들'이 모여 사는 곳. 시간이 지날수록 '서울러'들의 시선은 온통 안으로 몰려서 어리석게도 서울 바깥은 허름한 변두리나 특이한 관광지일 거라고 착각하는 일이 많았다.

경이로운 K 콘텐츠 이면에서 위태로운 한국인의 정신 건강을 탐구하러 서울에 왔다는 미국 작가 마크 맨슨을 만났을 때, 지수는 물었다.

"당신의 작품 『신경 끄기의 기술』(갤리온, 2017)에서 신경 쓸

것과 신경 끌 것을 꼼꼼하게 고르는 일이 성숙이라고 했다. 성숙에 이르게 된 특별한 계기가 있었나?"

배우 매튜 맥커너히를 닮은 마크 맨슨은 고요한 청회색 눈동자를 빛내며 말했다.

"첫 번째 성숙의 계기는 미국 밖을 7년 동안 여행한 거다. 그 경험이 내 성격 형성의 기반이 됐다. 보통의 미국인은 다른 나라에서 배울 수 있다는 걸 인정하지 않는다. 다들 미국인처럼 살고 있거나, 살고 싶을 거라고 믿지. 외국을 떠돌아다니면서 시야가 넓어졌다. 이를테면 각 나라와 사회는 저마다 다른 가치를 선택하고 그에 따른 문제를 겪고 있더라. 미국인도 한국인도, 다 각자 그 사회가 선택한 가치와 그에 따른 고통을 안고 살지 않나?

두 번째 성숙의 계기는 친구의 죽음이었다. 친한 친구가 파티장에서 술에 취해 절벽 아래 호수로 뛰어내려 즉사했다. 내 인생에 엄청난 영향을 미쳤다. 어느 날 꿈에서 그 친구를 만나 '네가 죽어서 유감이야'라고 했더니, 일침을 가하더라. '신경 꺼. 그런 너는 사는 게 무서워서 벌벌 떨고 있잖니.'

세 번째 성숙의 계기는 아내를 만난 거다. 아내로 인해 이기심이 줄어들고 전념과 헌신의 가치를 알게 됐다. 수많은 선택지를 거부하고, 신경 쓸 대상을 좁히는 게 얼마나 안정감을 주는지 모른다(웃음)."

헤어지면서 마크 맨슨은 꼭 신경 써야 할 것도 신경을 꺼야 할 것도 타인이라는 미묘한 말을 남겼다. 지수가 보기에 신경 써야 할 타인과 신경 꺼야 할 타인을 식물적 육감으로 분별해서 성숙에 이른 이가 태주 같았다. 서울의 산 밑 카페에 앉아 수시로 흘러드는 낯선 공기를 감지하는 태주에게 지수가 물었다.

"선생님, 잘나가는 서울 문인들이 변두리 타지에서 시 쓴다고 인정을 안 해줄 때, 그때 어떤 기분이셨어요? 언론사도 출판사도 힘 있는 것들은 다 서울에 몰려 있잖아요. 그들의 천대가 신경 쓰이지 않으셨어요?"

태주가 가만히 한숨을 내쉬었다. 짧은 순간임에도 여러 감정이 지나가는 게 보였다. 오늘따라 이 다정한 노인의 눈썹은 진회색으로 바랬고, 자주 기침을 했다.

"신경을 안 쓸 수가 있나요. 화도 나고 잘되고 싶은 마음도 동시에 있었어요. 하지만 그 사람들을 시기하거나 질투한 건 아니었어요. 내가 괴로운 건 선망 때문이었어요. 그들 때문이 아니라 내가 그렇게 되지 못하는 것에 좀 화가 났던 것 같아요."

"나 자신에게요?"

"그렇죠. 시기 질투는 상대방을 낮추는 거죠. 상대가 원래 내 몫이었던 걸 뺏어 갔다고 여기는 거예요. 난 그렇진 않았어요. 그런 일은 문학 세계에선 있을 수 없는 일이에요. 그래서 까치발이라도 딛고 올라가서 그 사람들과 키가 같아지고 싶었어요. 나는 그 마음이 선망이라고 생각해요. 나는 태생적으로 선망이 굉장히 많은 사람이에요. 지금은 물론 다 내려놓았지만."

"선망은 더 좋은 것을 바라는 것이로군요?"

"바라고 노력하고 기다리는 거죠. 일종의 배고픔 같은 거예요. 어릴 때 나는 연필, 노트, 책, 장갑, 머플러…… 이런 것에 굶주림이 많았어요. 작은 소품들이죠. 지금 우리 집 장롱엔 장갑이 30~40켤레 돼요. 머플러도 몇 박스가 있을 거야."

"모자도 좋아하시잖아요."

"모자도 좋아해요. 신발과 양말은 없는데 장갑과 모자와 머플러는 넘쳐 나요. 여행 가도 모자, 장갑, 머플러를 사 와요. 한 번에 한 개도 아니고 두세 개를 사죠. 아내가 제발 그만 사라고 만류를 해도 안 돼요. 굶주림 때문에. 하하하. 책에 대한 굶주림도 있어서 책만 보면 사다 놔요. 같은 책을 여러 권씩 사요. 말하자면 나는 그 굶주림을 선용先用했어요."

"굶주림을 선용했다는 말이 참 좋습니다."

"그러니 그대의 결핍도 더 많은 사랑의 요구로 바꿔서 채워가세요. 채울 수 있는 걸로, 또 베풀 수 있는 걸로 잘 바꿔서 선용하세요. 살아보면 인생이 그렇게 나쁘지 않습니다. 일례로 나는 젊었을 때 여자한테 선택을 당해본 적이 없어요. 그런데 지금은 늙어서 선택을 당하잖아요."

"공평하네요."

"아니요. 더 낫지요. 젊어서 선택을 못 당하니 그 서러움이 시가 돼서 나왔고, 늙어서 선택당하니 보살핌으로 승화돼 사고 칠 일이 없잖아요."

휘파람 불듯 신달자 시인 이야기를 꺼냈다.

"신달자 선생 시집이 참 좋아요. 『전쟁과 평화가 있는 내 부엌』이라는 시집인데 아직도 시가 팽팽해요. 신달자라는 사람도 참 인생을 어렵게 살았어요. 그렇게 살아서 시가 남는 거예요. 유안진 씨 허영자 씨에 비하면 정말 그이가 고생을 많이 했어요. 교수도 정식으로 못 해봤을 거예요. 팔십인데도 시가 그렇게 팽팽할 수 있다는 데 놀랐습니다."

"팽팽하다는 게 중요하군요!"

"그럼요. 신달자 선생도 옮겨 심은 나무 같아요. 여러 번 옮겨 심은 나무 같습니다. 옮겨 심은 나무들은 비바람에, 새 땅에 단련돼서 대체 불가능해져요. 여자들 다이아몬드 좋아하지요? 그런데 다이아몬드와 연필심과 매연은 다 같은 탄소예요. 다 같은 탄소인데 다이아몬드의 탄소가 가장 불편하다고 해요. 더 조일 수 없을 만큼 단단하게 조여진 거죠. 제일 니나노로 자유롭게 노니는 탄소가 매연입니다. 매연의 탄소는 움직임이 편해서 다 흩어져버리잖아요. 세상에는 공짜가 없어요. 천재도 부자도, 나와 다른 타인은 질투의 대상이 아닙니다. 선망의 대상이지."

굶주림은 선용하고 타인은 선망하며 살아온 태주의 얼굴은 모가 난 곳 없이 둥글었다. 그저 매끈하고 둥글이 아닌 미세한 떨림이 연결된 팽팽한 둥긂. 태주의 몸에 밴 풀꽃 향기가 내내 향긋했다.

그냥, 살면 돼요

사람들이 나이 지긋한 어른들에게 바라는 건 어쩌면 대단한 지혜가 아니다.

'너무 잘하려고 애쓰지 마라.'

'꽃을 보듯 너를 본다.'

빡빡하게 간당간당하게 어려운 시절을 먼저 살아낸 노인들이 웃으며 전하는 한마디.

그 한마디에 살아도 될 것 같은 기분이 든다. 무너진 마음이 일어난다.

'그냥 살면 돼요'라는 태주의 말도 그런 힘이 있었다. 그게 뭐라고, 복권 당첨된 것도 아닌데 억센 힘이 빠지고 보드라운 새 기운이 일어날까. '그냥 살라'는 한마디가 대체 뭐라고.

"악을 쓰고 살지 않아도 될까요?"

"그럼요. 그냥 살면 됩니다. 너무 잘 먹고 잘살려고 하지도 말고 너무 겁먹고 도망가듯 살지도 마세요."

태주가 미소 지었다.

"가다 보면 오아시스나 우물도 만나고 목도 축일 수 있어요. 그냥 살아도 크게 억울하지 않습니다."

지수의 눈에 빛이 반짝였다.

"아까 제게 결핍이 큰 게 아니라 사랑의 요구가 더 많았던 거라고 하셨잖아요. 그때 문득 『어린 왕자』의 장미꽃이 생각났습니다. 어쩌면 내가 필요도 요구도 더 많았던 꽃……이었구나. 유리 덮개를 씌워달라고, 바람막이를 세워달라고."

"(코를 찡긋거리며) 『꽃을 보듯 너를 본다』라고 누가 낸 시집이 있을 거예요. 거기에 「11월」이라는 시가 있습니다.

돌아가기엔 이미 너무 많이 와버렸고

버리기에는 차마 아까운 시간입니다

어디선가 서리 맞은 어린 장미 한 송이
피를 문 입술로 이쪽을 보고 있을 것만 같습니다

낮이 조금 더 짧아졌습니다
더욱 그대를 사랑해야 하겠습니다.

　나는요, 그대가 사랑받고 싶어 하는 그 욕구를 그냥 좀 놔
둬도 된다고 생각해요. 꼭 그걸 이생에 다 받아야 셈이 끝난
다고 생각하지 마세요. 때가 되면 돌려주면 됩니다. 사랑을
흘려보내면 됩니다. 내 경험으로 그래요. 문학상을 받고 싶어
했는데, 주면서 그 맺힌 마음이 몇 배로 더 크게 보상 받았어
요. 정말 그랬어요."
　"돌려주는 것도 괜찮다……."
　"그럼요. 진짜로 행복한 사람은 누군가를 행복하게 해주고
그가 기뻐하는 모습을 보는 사람이에요."
　태주가 미소 지었다. 입꼬리가 한껏 올라가고 눈꼬리는 아
래로 축 처져서 입과 눈이 만날 것 같은 미소였다.
　오후가 깊어지고 붉은빛이 공기 속으로 풀어지자 태주의

마음은 점점 더 공주로 기울었다.

'지금쯤 정원의 꽃들은 낮잠에서 깨어나 저녁을 맞을 준비를 하겠지, 옮겨 심은 수선화 뿌리는 흙덩이 사이로 발가락을 뻗었겠지…….' 태주는 여럿이 있을 때도 느낌의 날개를 펴고 혼자 날아가곤 했다. 미간의 주름 때문에 심각한 꿈을 꾸는 것처럼 보였다.

지수는 태주가 서둘러 서울을 떠나려는 것이 서운했다. 평창동과 서촌, 북촌을 거닐며 태주와 느긋하게 서울의 정취를 나눌 수 없다는 것이.

"나는 늙은 시인이에요. 병든 사람이라고. 미안하지만 이게 최선이에요."

태주가 진심을 담은 엄살을 떨었다. 머리부터 발끝까지 모든 것이 다른 그들이 친구가 되어 동행했다는 것이 얼마나 대단한 일인지 그때는 몰랐었다. 이제 와 생각해보면 모든 것이 기적이었다.

7

삶에 작은 역경을 초대하고

"아까 봄맞이꽃 봤지요? 그걸 떠올려봐요.
아주 작은 식물이잖아. 너무너무 작으니까 바람에도 흔들리잖아요.
견디기 위해 흔드는 거예요. 가만히 있으면 바람에 부러지니까.
살기 위해 흔들리는 겁니다. 얼마나 놀라워요.
봄맞이꽃은…… 떨림이 꼭 삶이잖아요. 육감으로 충만하잖아요."

생명체가 다 떨림이니까

천지 사방에 꽃이 흐드러졌다. 태주가 정원 일에 심취해 있는 사이, 지수는 잠시 해외여행을 다녀왔다. 열 살 소년과의 두 번째 여행이었다. 여행지는 경기도 다낭시라고 불린다는 베트남 다낭이었다. 코로나 이후 저가 여행 산업은 막을 내릴 것이라는 예상과 달리 여행업은 프리미엄과 실속 투 트랙으로 일대 호황을 이뤘다. 공항엔 연일 만원 버스처럼 빽빽하게 채워진 전세기가 떴다. 밤 비행기에서 내려 다시 밤 비행기를 타고 떠나도록 설계된 관광 트랙에 오른 사람들은 옵션 관광과 쇼핑센터를 돌며 며칠간 부드럽게 지갑을 털렸다. '컴플레인'에 도가 튼 가이드들이 단호함과 나이스함을 오가며 국경을 넘어 들뜬 이들을 통솔했다.

낯선 문화에 몸을 던져 견문을 넓히는 '머무는 여행'과 달리 패키지 관광에는 효율을 기준으로 깎아 낸 표준의 체험, 평균의 쾌락이 있었다. 선택의 비용을 0에 가깝게 최적화한 빈틈없는 일정, 느슨한 소속감…… 그 속에 섞여 병아리가 어미 닭을 쫓듯 가이드를 쫓아 45인승 관광 버스에 시간 맞춰 오르내리는 것이, 지수는 싫지 않았다. 더 나은 선택을 위한 인지력을 발휘하지 않을 때 느껴지는 '수동적인 편안함'. 그럼에도 막간을 틈타 장롱 속에 처박힐 게 분명한 싸구려 생활 소품을 사는 소소한 기쁨과 여행비보다 비싼 양털 이불과 영양제 앞에서 홀린 듯 카드를 긁은 후 서로의 어리석음에 안도하는 어리둥절한 순간들.

여행지는 달라져도 도시를 즐기는 루트는 대개 비슷했다. 비치와 대자연, 케이블카와 테마파크, 성당과 불상, 잡화점과 야시장, 유람선과 야경, 그리고 베이스캠프 같은 한국 식당…… 상투적인 스케줄을 전투적으로 치르며 먹고 웃고 사진 찍다 보면 '여행을 해치운 것 같은' 기계적인 포만감과 동지애가 쌓여갔다.

한류는 동남아 곳곳에서 요란한 풍토병을 앓고 있었다. 온 시내가 쩌렁쩌렁하도록 노래방 기계를 틀어대던 한밤의 유람

선, '강남 스타일'에 맞춰 땡볕 아래서 신 들린듯 노를 저으며 바구니 배를 돌리던 호이안의 노란 셔츠 입은 사공들을 볼 때면 '난 누구 여긴 어디' 같은 초현실적인 신음이 흘러나왔다. 그럼에도 검게 그을린 순한 얼굴로 "괜찮아요?" 웃으며 인사하는 현지인 앞에서 덩달아 마음이 순해졌다.

어차피 길 위에선 모두가 나그네.

패키지 관광의 진짜 풍경은 사람이었다. 짧은 시간 동안 여행이라는 전투를 치른 30여 명의 연합군을, 지수는 경이에 찬 눈으로 바라보았다. 노모를 모시고 온 딸과 언니 부부, 자폐 스펙트럼 아이를 동행한 4인 가족, 중학생 아들과 커플룩으로 차려입은 젊은 아빠, 노부부, 중년 부부, 은발의 자매들······ 인구 통계학으로만 관찰하던 대한민국의 보통 가족, 보통의 행복이 거기 있었다.

남자들은 방어적인 수줍음으로 가족을 돌봤고, 여자들은 적당히 방심하며 경계를 풀었다.

"맥주 맛있죠?" "동유럽도 좋더라고요." "달러 좀 빌려드려요?"

이름도 나이도 직업도 출신도 모른 채 정처 없이 나누는 대화, 판단의 목적 없는 순전한 감탄으로 여행의 풍미는 깊어졌다. 그렇게 패키지의 1/n인 그들은 차별 대우도 특별 대우도 없어 평화로운 무리 속에서, 적당히 내어 주고 내어 받으며 서로 추억의 원경이 되어갔다.

비행기 여행에서 돌아온 후 다시 단출하게 공주로 떠났다. 최고의 행복 가이드 태주가 있는 곳.

풀꽃문학관은 눈에 그린 듯 익숙한 정물화가 펼쳐지고 있었다. 농사꾼 모자를 쓰고 전지가위를 든 태주의 큰 바위 얼굴이 꽃나무 사이로 사라졌다 다시 나타났다. 정원은 더 많은 색깔과 양감으로 풍성해졌다. 태주의 몸은 계절을 통과할 때마다 조금씩 더 삐걱거렸지만, 지수에게 그는 영원히 뿌리가 썩지 않을 떡갈나무처럼 보였다.

검은 털신을 신은 작은 노인이 일행에게 나뭇가지 같은 손을 뻗어 인사했다. 해를 향해 고개를 드는 해바라기처럼 지수의 안색에도 화색이 돌았다.

패키지여행과 '나태주의 행복 여행'은 공통점이 있었다. 더 나은 선택을 위한 인지력을 발휘하지 않을 때 느껴지는 '수동적인 편안함'……! 병아리가 어미 닭을 쫓듯 태주의 등 뒤를 졸졸 따라다니는 것만으로 지수는 마음이 놓였다.

"탱자나무 가시가 엄청난데요?"

태주의 등 뒤에 몸을 숨기며 지수가 물었다.

"가시가 많죠. 갈수록 더 굵고 **뺀질뺀질**해진다니까. 찔리면 굉장히 아파요."

"찔려보셨어요?"

태주가 짐짓 심각한 표정을 지었다.

"찔려봤다마다. 이게 그 상처예요. 많이 아파. 이렇게 큰 가시는 애밖에 없을걸."

"여기서 탱자가 열린다는 거예요?"

"그럼요. 9월에 노랗게 익으면서 열려요. 향이 참 좋아. 가을에 열매가 맺히면 또 와요. 얘는 기분 나쁘겠지만 잘 자라라고 나는 계속 가지를 잘라줘."

꽃과 나무를 사이에 두고 두런두런 나누는 이야기는 언제나 그 정처 없음으로 평화로웠다.

"헤르만 헤세도 정원을 가꾸며 살았어요. 1차 대전 와중에도 거주지를 옮길 때마다 정원을 가꾸고 몰두했어요. 헤세는 매우 자립적인 일꾼이었어요. 자기 우편물은 다 수레에 담아 직접 나르고 부쳤어. 정원에서 일하고 빗자루 들고 청소하기를 멈추지 않았습니다. 그게 다 자기를 위한 거예요. 박경리 선생도 호미를 들고 밭에서 일하는 모습이 얼마나 근사해 보이던지. 나도 그렇게 살고 싶다는 꿈을 꿨어요."

태주의 말을 들으며 지수는 기자 출신 작가 조지 오웰을 떠올렸다. 리베카 솔닛이 쓴『오웰의 장미』라는 책을 보면 조지 오웰도 장미 정원을 가꾼 정원사였다. 전쟁터와 가난한 이들의 삶의 현장을 누비며 현실을 고발하는 치열한 글을 쓰면서도 오웰은 그와 같은 열정으로 자기 집 마당에 장미 나무를 심고 정원 일에 몰두했다. 취재차 집을 떠나 있을 때도 오웰은 장미 나무를 걱정하며, 돌아와 꽃을 피운 장미를 한껏 칭찬했다.

"이리로 와봐요!"

태주가 두 손으로 호스를 붙잡고 소리쳤다.

"모란 옆에 이게 자란紫蘭이에요. 이게 자란의 난초인데, 두 뿌리인가 세 뿌리 심었는데 이렇게 많이 컸어요. 저기 옆에 있는 분홍 아이들이 금낭화."

"금낭화…… 꼭 고운 분홍 복주머니 같네요."

"조르르 매달린 주머니 꽃이지요. 한곳에 오래 살아야 하는 애들도 있지만, 적절한 시기에 옮겨 심어야 튼튼해져요."

"네. 이젠 확실히 이해했어요. 꽃들도 인간처럼 이사도 가고 이민도 가고 전학도 가고."

"그렇죠. 그래서 정원사는 부지런을 떨어요. 꽃이 질 때도 빨리 잘라줘야 합니다. 꽃이 진 채로 그냥 있으면 하찮아 보여요. 하찮게 보이면 깔보잖아. 그러면 또 함부로 하거든."

"시들어 매달려 있으면 사람들이 업신여기나요?"

"그럴 수 있죠…… 얘는 여름 꽃인데 벌써 피었어. 이게 여름 꽃이에요. 마가렛 꽃."

가리킨 손끝에 활짝 핀 계란 프라이 같은 작은 꽃송이가 보였다.

"어라? 생김새는 들국화 같은데요……."

"그렇죠? 박용래라는 시인이 「구절초」라는 시에서 노래했어요.

여학생이 부르면 마아가렛

여름 모자 차양이 숨었는 꽃

단추 구멍에 달아도 머리핀 대신 꽂아도 좋을 사랑아"

"제 눈엔 마가렛 꽃이나 들국화나 구절초나 다 비슷해 보여요."

"그런데 자세히 보면 아니야. 구절초는 가을에 피고 마가렛은 여름에 피어요. 구절초는 잎이 더 길게 뻗은 새 깃털 모양이고 마가렛은 하나의 잎에 얕은 톱니 모양이 있어요."

태주와 함께 하는 정원 관찰은 저해상도였던 인식의 입자감을 바꾸어놓았다. 노력을 기울이면 대상을 더 깊이 알아차릴 수 있다.

"얘는 주름잎이에요. 꽃 이름이 주름잎이야. 보라색 같기도 하고 분홍 같기도 하죠. 요건 아주가."

"아주 가?"

"'아주가'라는 꽃이에요. 조개 나무라고 부르는데, 아주가의 꽃말이 존경이에요."

"얘는 왜 이렇게 드드드드 떨고 있어요?"

"약하니까. 그 아이는 봄맞이꽃이에요."

"그냥 있는 게 떠는 거군요. 가여워라. 꼭 나 같다."

"그런데 또 가만 보면 재미있어요. 안 떠는데 쳐다보면 떨기 시작한다는 생각이 들어."

"지금 엄청 떨고 있어요!"

"맞아요. 자세히 보니까 엄청 떠는 거야."

"자세히 보면 다른 인간들도 다들 엄청 떨고 있을까요?"

"그럼요. 생명체가 다 떨림이니까."

담장엔 옆집 담벼락을 넘어서 타고 온 담쟁이가 세계 지도처럼 뻗어 있었다.

"얘는 뿌리가 저쪽 집에 있어요. 몸은 이쪽에, 뿌리는 저쪽에. 저쪽 집은 비어 있어서 사람의 온기가 없어요. 그러니 얘

들도 자꾸 담을 타 넘어. 시멘트 구멍을 뚫고도 기어이 이쪽
으로 와요."

사다리 타고 올라가서 헝클어진 담쟁이 머리를 손질해줘야
겠다고 태주는 중얼거렸다.

붓꽃, 뱀딸기 꽃, 하얀 할미꽃, 물망초, 꽃마리, 안개꽃……
태주가 이름을 불러주길 기다리며 꽃들은 서둘러 봉오리를
열었다. 혼자서는 사시나무 떨듯 경련하던 봄맞이꽃은 동무
들하고 어울려 핀 자리에서는 미동도 안 하고 새초롬했다.

어느새 바람의 숨소리도 잦아들었고, 땅의 체온으로 공기
가 더워졌다.

떨림이 곧 삶이잖아요

농모를 벗은 선생이 보라색 베레모를 쓰고 실내에 자리를
잡았다.

"김남조 선생이 그랬어요. 시는 질투심이 강해서 다른 집에
가서 놀다 오면 빗장을 걸고 열어주지 않는다……."

"시도 샘을 내는군요."

"(미소 지으며) 시샘을 많이 내죠. 김남조 선생은 나한테 그
말 해놓고 잊어버렸겠지만, 나는 그 말이 제일 좋았어요. 어

른들이 지나가듯 하는 말은 건질 게 참 많아요."

"또 기억나는 말이 있으세요?"

"우리 외할머니가 어릴 때 나한테 한 말은 평생 안 잊혀요.

'너는 머리가 좋은 애가 아니야. 열심히 노력하니까 그만큼
하는 거란다.'

이 말이 평생 지침이 돼서 이만큼이나 왔어요. 만약 나한테
'너는 머리 좋은 애야. 노력 안 해도 돼.' 그랬으면 나는 망했
을 거야. 엄마들이 이 말을 뼈아프게 들어야 된다고 봅니다.
자존감 살려준다고 '머리 좋다' '최고다' 하면 당장은 기분 맞
춰줄 수 있지만 동기 부여가 안 됩니다. 무식한 양반이었지만
외할머니는 세상을 보는 눈이 있었어요. 외할머니는 먹는 것
도 즐겨 하지 않았어요.

'많이 먹는 거 아니다. 새들을 봐라. 새들을 보면 가뿐하게
하늘을 날아다니잖니. 그건 많이 먹지 않기 때문이란다.'

가난한 집인데도 식탐을 조심했고 그래서 오래 살다 가셨
어요."

일희일비하지 않는 양육자의 자제력과 성실함은 자주 나부
끼고 흔들리는 태주에게 마음의 균형을 잡아주었다. 삶에 작
은 역경을 초대하고 절제하며 살았던 스토아학파의 뼈대가
느껴졌다.

"선망하며 글을 쓰는 것과 정원 일을 하는 것, 무엇이 더 힘이 듭니까?"

"더 힘들고 덜 힘든 게 어디 있어요? 다 정직한 육체노동인데. 모종 옮겨 심고 물 주는 것처럼 글 쓰는 것도 육체노동이에요. 그것도 아주 치열한 육체노동이지요. 편하게 갈 생각하면 안 됩니다. 젊은 친구들한테 내내 하는 이야기가 그거예요. 인생, 편하게 가려고 하지 마라. 절대로 안 편할 테니까. 오히려 '인생, 절대 안 편하다'고 생각하면 인생이 더 편해집니다. 살 만해지죠."

그러다 가끔 얻어걸리는 날도 있다고 했다.

"오늘 아침에 쓴 따끈따끈한 시가 있는데 한번 들어볼래요?"

"좋지요!"

태주의 시 낭송은 언제나 그렇듯 목구멍에서 나오는 소리가 아니라 배꼽 밑에서 울리는 소리라 단어들은 가슴뼈에 먼저 닿았다.

"꽃이 피기 시작하니 사람들 발걸음 소리가 달라졌다
빠르게 저벅저벅 발걸음 소리
느리게 자박자박 발걸음 소리로 바뀌었다
이쪽저쪽 꽃을 보기 위해

아무래도 발걸음이 느려지고 작아지나 보다

꽃들이 주는 축복

꽃들이 주는 여유

가끔은 이렇게 우리 마음 속에 피어난

꽃들을 살피기 위해

숨소리도 좀 낮추고 생각도 좀 부드럽게 해보면 어떨까.

저벅저벅 빠르게가 아니라 자박자박 천천히."

감았던 눈꺼풀을 천천히 들어 올리며 지수가 물었다.

"제목이 뭔가요?"

"「디딤돌」."

"의외의 제목이네요. 유추가 시의 풍미를 높이는군요."

"이건 핸드폰에 쓴 시예요. 요즘엔 핸드폰에 쓰면 더 간결해지고 간절해져요."

"느낌이 오면 바로 쓰세요?"

"느낌을 유지하면서 촉발의 순간을 기다려요. 그렇게 자세를 잡고 기다리는데, 문학관에서 일하는 여직원이 지나가듯 말하는 거예요.

'원장님, 꽃이 피니까 사람들 발걸음이 느려졌어요.'

그 말을 듣고 사악 훔쳐 왔어요."

"오호! 훔치셨구나!"

"훔쳤죠. 그 친구가 한 말은 내 시에 전혀 없어요. 그런데 내 나름대로 그 정황을 훔친 거예요. 나는 주변 사람들이 하는 말에서 영감을 많이 받아요. 사람들은 모르죠. 자기들이 시를 물어다 준다는 걸. 은연중에 시를 읊는다는 걸."

"시가 지나가는 순간을 잡아내려면 뭐가 필요해요? 순발력? 육감?"

"(골똘히 생각하며) 글쎄요. 어떤 시인들은 그런 육감이 있어요. 사냥감을 채는 동물적인 반사 신경이랄까…… 나는, 나는 그런 건 없어요. 있다면 오히려 식물적인 육감이겠지요."

"식물적인 육감이요?"

"아까 봄맞이꽃 봤지요? 그걸 떠올려봐요. 아주 작은 식물이잖아. 너무너무 작으니까 바람에도 흔들리잖아요. 견디기 위해 흔드는 거예요. 가만히 있으면 바람에 부러지니까. 살기 위해 흔들리는 겁니다. 얼마나 놀라워요. 봄맞이꽃은…… 떨림이 곧 삶이잖아요. 육감으로 충만하잖아요."

봄맞이꽃처럼

점심을 먹으러 온 금강변의 '시장 정육점 식당'은 이른 시간임에도 사람들로 북적거렸다. 사람이 많아도 소란스럽지는 않았다. 음식을 대접하는 주인과 음식을 먹는 손님 사이에 반듯한 감사의 질서가 잡혀 있었다.

"예전엔 고기가 흔치 않았어요. 퇴근길에 정육점에 들르면 돼지고기 반 근의 반을 달라고 했어요. 1/4이죠. 내가 이 집 아이 영이의 담임 선생이었어요. 영이 엄마는 돼지고기 반의 반 근을 달라고 하면, 늘 한 근 가까운 양을 썰어 줬어요. 아내가 몸이 안 좋으면 나는 이 집의 고깃국을 사다 줘요.

서울에 맛있는 집이 많겠지만, 나는 공주 사람들이 내는 음식이 제일 맛있어요. 자기가 발 딛고 있는 땅이 허술하고 좀 약한 구석이 있어도 나는 고향을 함부로 하면 안 된다고 생각해요. 거듭거듭 귀하게 봐줘야죠. 이 집 영이 엄마가 참 귀해요. 다른 사람이 행복해하는 모습을 보고 기뻐하는 사람이야. 손님들이 그릇 싹 비우고 나가는 걸 보면 너무너무 기쁘답니다.

'맛있게 먹었어요!'

'또 올게요!'

그 말 들으면 너무 짜릿하대. 이 집은 아침 8시부터 밤 8시까지 손님이 끊이지 않아요. 저기 주방과 홀 사이에서 분위기를 잡고 있는 분이 영이 엄마, 서빙하는 분이 영이 아빠예요."

자기 일에 자부심이 있는 사람 특유의 느긋하면서도 빈틈없는 움직임이 느껴졌다.

영이네 집의 육회 비빔밥은 과연 육감이 차고 넘치는 한 그릇이었다. 영이 아빠는 소문난 정육업자답게 직접 손질한 싱싱한 소고기를 썼는데, 채 썬 소고기 사이사이 찰진 밥과 다진 밤 알갱이가 씹혀 식감이 다채로웠다. 흔한 소고기와 배의 조합이 아니라 소고기와 밤의 조합이라니! 밤의 고밀도 식감으로 고기의 쫄깃함을 부추기는 방식이었다.

지수가 음식을 먹으며 감탄하는 동안 태주는 옆에서 봄맞이꽃을 그렸다. 서로 배려하되 겹치지 않는 아름다움에 대해 태주는 늘 생각했다. 그것은 동물의 생존 방식이라기보다 식물의 생존 방식에 더 가까웠다. 들꽃을 관찰하고 그것을 그림으로 그릴 때마다 태주는 놀라움에 손끝이 떨렸다고 했다.

"이거 보세요. 봄맞이꽃은 그렇게 작은 꽃이 또 이렇게 작게 다섯 개의 꽃으로 갈라져 있어요. 그 사이에 이파리도 있죠. 파리 개선문을 중심으로 갈라지듯 방사형 몸을 가진 거예요."

"민들레도 그렇지 않나요?"

"민들레는 좀 더 수수해요. 꽃마리라는 친구도 그려봤는데 그 안에 진짜 왕관 같은 선이 나오더라고요. 하나하나 얼마나

다 놀라워요? 방사형의 몸은 매우 공평하게 햇빛을 받고 서로의 영역도 침범하지 않아요. 그래서 더 멀리 가요. 나는 봄맞이꽃이 이 우주에 꼭 필요한 존재라고 생각해요."

태주의 설명대로 방사형이라는 것은 사방으로 뻗을 수 있다는 것이다.

지수는 출발! 하는 바람의 호루라기 소리에 맞춰 가늘고 튼튼한 다리를 퍼덕거리며 사방으로 날아가는 봄맞이꽃을 떠올렸다. 사람도 저럴 수 있다면 얼마나 좋을까. 힘차고 가볍게 결승선 없이 사방으로 뛰고 쉬고 싶은 곳에 머무를 수 있다면.

초등학교 때 지수는 육상 선수였다. 수업이 끝나면 주전자로 마른 목을 축이며 텅 빈 운동장을 달리고 또 달렸다. 여름빛이 사그라들 즈음 운동장에 색색깔 만국기가 걸리면, 아이들은 청색 백색 모자를 나눠 쓰고 패를 갈라 흙먼지를 일으키며 공을 던지고 트랙을 달렸다. 심장이 용수철처럼 튕겨져 나오도록 달렸으나, 성장판이 열려 무섭게 자라는 날쌘 친구들을 앞지를 수는 없었다. 넘치는 승부욕을 어쩌지 못하던 지수는, 마지막 계주에서 뒤처진 채 꺼이꺼이 눈물을 쏟았다. 6학년 언니가 등을 쓸어주며 말했다.

"잘했어! 너 치타처럼 빨랐어."

그때 멈추지 않았다면, 지수는 지금 인생의 어느 곳을 뛰고 있을까. 어니, 어쩌면 그때 진짜 멈추는 법을 배우지 못했기에, 오랫동안 쫓기듯 쫓아가듯 한 방향으로 뛰어갔던 것은 아닌지.

기억은 늘 예정된 방향, 예정된 추락으로 머리를 틀었다. 한 방향으로 달려 원하던 커리어의 정점을 이뤘을 때는 촉박하게도 가임 기간이 얼마 남지 않았을 때였다. 쫓기듯 결혼하고 아이를 낳았다. 누구의 탓도 할 수 없는 사나운 시간들을 보냈다. 만약 시간을 거꾸로 돌릴 수 있다면 윤과 견을 낳지 않는 쪽을 선택했을까? 그러나 그것은 선택의 영역이 아니었다. 똑같은 지점에 도달해도 오직 되돌릴 수 없는 시간에 감사해야 했다.

디즈니·픽사의 영화 〈소울〉에서 '태어나기 전 세상'을, 지수는 극장에서 윤과 견 남매의 손을 붙잡고 보았다. 수많은 아기 영혼들이 그곳에서 제각각의 기질과 재능을 장착한 채 방사형으로 지구에 떨어졌다. 매사 심드렁해서 '태어나길 거부했던' 영혼22는 멘토이자 재즈 뮤지션인 조 가드너와 지구를 여행한 뒤에 비로소 가슴의 불꽃을 켠다. 거창한 꿈이 없어도 삶은 작은 기쁨으로 출렁인다고, '그저 사는 것'만으로도 태어날 준비는 된 거라고, 우주의 카운슬러들은 가르쳤다.

영화 막바지에 우주의 에러였던 영혼22가 멘토 조 가드너의 손을 잡고 지구를 향해 흩날리는 눈송이처럼 가볍게 몸을 던지는 장면은 감동적이다. 그렇게 인생은 서로의 우연과 실수를 반전의 하모니로 이어받는 재즈 협연 같은 것이라고 태주와 함께 하는 시간들이 지수에게 다정히 속삭이고 있었다.

봄맞이꽃처럼 함께 떨며 나아가자고.
지구의 표면 위로 사뿐히 떨어지자고.

사랑하려면 피해줘야 한대요

어린아이에게 한글을 가르치듯, 꽃들은 태주에게 한 꺼풀한 꺼풀 감정과 매너를 가르쳤다.

식물과 시는 태주에게 대체 불가능한 스승이었다. 노인의목청이 한 옥타브 높아졌다.

"민들레 홀씨가 가볍다는 것도 내게는 유레카였어요!"

"눈송이도 가볍잖아요! 유레카!"

지수도 분위기를 띄웠다.

"가볍죠. 왜 가벼울까? 멀리 가기 위해서 가벼운 거예요. 시도 그렇죠. 멀리 가려면 가벼워야 해요. 그리고 작아야 해요. 작고 가벼워야 멀리 가요. 「풀꽃」 시도 가벼워서 멀리 갔어요. 대만도 가고 일본도 가고 미국도 가고 터키까지 날아갔어요. 얘가 나를 구원해줬어요. 봄맞이꽃은 내게 사랑도 가르쳤어요."

"어떻게 사랑해야 한대요? 봄맞이꽃이?"

"겹치지 말아야 한답니다. 현명하게 사랑하려면 피해줘야 한대요. 무슨 말인가 하면 아내가 좋아하는 건 내가 모르는 척 슬쩍 피해줘야 해요."

"그 반대 아닌가요? 서로 겹치는 부분이 많아야 관계가 시작되고 관심이 유지된다고 알고 있는데……."

"아니야. 난 다르게 생각해요. 부부가 취미 생활을 같이하는 건 별로예요. 테니스를 취미로 같이 쳐도 투닥투닥 다퉈요. 재밌게 사랑하려면 겹치지 않는 게 좋아요. 가령 내 아내는 철저한 리얼리스트고 나는 로맨티스트예요. 그래서 서로 안 겹쳐요. 보완을 해주지요.

내 아내는 아주 놀라운 사람이에요. 전쟁이 나서 피난을 가도 식구들 안 굶길 사람이야. 새치기도 삥땅도 무릎쓸 사람이라고. 하하. 기도할 때도 '하나님이 다 책임져달라'고 막무가 내로 생떼를 쓰는 사람이에요.

우기기는 또 얼마나 잘하는지…… LA에 갔을 때 울타리마다 심어놓은 부겐빌레아를 보고는 색종이꽃이라고 우기고, 팜트리를 보고는 코끼리발나무라고 우겨요."

험담인지 칭찬인지 모를 말이었지만, 태주는 입이 귀에 걸리도록 웃었다. 팜트리를 코끼리발나무라고 우기는 당차고 귀여운 할머니 얼굴에, 태주의 눈코입이 겹쳐졌다.

'안 겹쳐야 사랑이라더니, 겹치는구만.' 부러 떼어놓듯 지수가 물었다.

"한 번도 헤어질 결심은 안 해보셨어요?"

"왜 안 해? 살면서 나도 옷 싸 가지고 여러 번 나갔어요. 그런데 옷을 싸고 있으면서도 나는 곁눈으로 흘깃흘깃 아내를 쳐다봤어요. '이 사람이 잡아야 되는데……'"

"괜히 옷장에서 이 옷 저 옷 다 끄집어내면서 시간을 끌었지요?(웃음)"

"맞아요. 그래도 안 잡으면 가방을 닫고 한번 스윽 쳐다봐요. 기회를 주는 거지. 그런데 그래도 안 잡아…… 문 닫고 나가는데도 안 쫓아 나오면 '어, 이게 아닌데' 싶어서 초조해요."

"다 아는 거죠. 저 양반이 몇 발자국 못 걸어 나가서 틀림없이 돌아올 거라는 걸. 아내가 집을 나간 적은 없으세요?"

"왜 없겠어요? 그 사람도 멀리 안 가요. 아파트 구석에 딱 숨어서 나를 지켜보는 거야. 언제쯤 따라 나오나. '민애 엄마, 어디 갔어? 어디 숨었어? 어디 있는 거야?' 정신줄 놓고 허둥대는 모습을 우리 집사람은 숨어서 지켜보는 거예요. 보면서 또 우는 거예요. 나중에 못 이기는 척 슬쩍 발견돼서는 그래요.

'나, 화단 뒤에 숨어 있었는데 그것도 못 찾고 헤매더라~.'"

부부 싸움이 아니라 무슨 숨바꼭질 같아서, 지수는 빙그레 웃고 말았다.

"그렇게 살았어요. 박목월 선생님이 주례 설 때 건강을 잃어도 돈이 없어도 떨어지지 말라고 했는데, 우리는 돈이 없어서 아주 지겹게 힘들었어요. 부모도 형제도 다 가진 게 너무 없어서 힘들었습니다. 한국에서, 게다가 시골에서 결혼해서 일가를 이뤄 산다는 건 아주 고된 일이에요. 매우 뻔하고 매우 고된 일이에요. 정신 차리지 않으면 인생이 관혼상제로 끝납니다. 아이를 낳아 키워 혼인시키고, 부모 상 치르고, 그다음에 죽는 거죠. 별일 없이 살기도 어렵지만, 또 별일 없이 살기만 바라면, 자기도 모르게 별이 없어져요.

생각해보면 나는 관혼상제 무리에서 벗어나 나답게 살고 싶었던 것 같아. 나태주답게 살고 싶었어요. 마음 속에 별이 있는 사람하고, 별이 없는 사람은 달라요. 아주 많이 달라요."

"선생님, 저는 별이 있을까요?"

태주가 지수를 빤히 쳐다보았다.

"있어요. ……그 별 때문에 괴로운 거잖아. 자기가 찾는 별이 있는데 사라진 것 같고, 가리워진 것 같고…… 그러니까 괴로운 거잖아요? 고흐는 죽으면 별에 갈 거라고 동생인 테오한테 편지를 썼어요. 고흐가 그린 〈별이 빛나는 밤〉을 보면 실제 별하고 그 위치가 똑같아요. 나사에서 찍은 사진을 보면 하늘이 변하는 와중에도 북두칠성의 모습이 아주 정확하게 표현되었다고 해요. 별이 있는 사람은 그 별이 전광석화처럼 모습을 드러내기에, 태평하게 발 딛고 살진 못해요."

그래서 그랬구나. 지수는 늘 비몽사몽 떠다니는 기분이었다. 영화 〈에브리씽 에브리웨어 올 앳 원스〉에서 여러 우주의 '나'들이 충돌하다 베이글 가운데로 빨려 들어가는 것처럼.

"앉아 있어도 별들의 바닷속을 헤매는 것 같은 기분이 들었어요."

태주는 거울을 바라보듯 지수를 물끄러미 바라보았다.

"내가 공주에 사는 이유가 있어요. 서천 출신이지만 공주는 서천보다 지대가 높아요. 그래서 특히 가을이 되면 주변 산천이나 도시 위로 붕 뜨는 기분이 들어요. 하늘이 맑으면 산 넘어 저곳에 내가 모르는 현실이 겹쳐 들어오는 것 같아요. 환상이죠. 그래서 가을이면 자전거를 타고 제민천을 따라 달리면 기분이 너무 좋아요. 바람까지 불면 막 새처럼 날아가는 것 같애(웃음)."

물어보세요, 마음을. 아직도 너한테 내가 필요하니?

"선생님, 혹시 기분이 좋으면 춤도 추세요?"

"춤? 못 춰요."

"저도 못 춰요. 그런데 추고 싶었어요."

"그렇군! 그런데 춤추는 게 그렇게 많이 어렵나요? 삶은 도보고 시는 춤이니까, 시 쓰는 것도 백지 위에서 춤추는 거예요. 공간을 작게 잡고 그 안에서 움직이면 될 거예요. 시 쓰는 것처럼 과장과 점프를 살짝 곁들여서요. 걷는 건 무의식이지만, 춤은 숙련된 움직임이니 연습도 좀 많이 해야 되겠네요. 여러 편의 좋은 시를 외우듯이 여러 아름다운 동작을 익히면 춤이 나오지 않겠어요?"

"아하! 그렇네요. 그런데 시도 춤추듯 쓰려면, 외울 수 있는 문장이 많아야 할까요?"

"그럼요. 황순원 선생 아들인 황동규 선생이 「즐거운 편지」를 비롯해서 좋은 시를 많이 썼어요. 그 시들을 다 어떻게 써

냈느냐고 했더니, 비법을 말해줬어요. 늙어서 말씀하셨으니 아마 맞을 겁니다. 한용운 선생 시 50편을 외웠더니 그때부터 시가 나오더래요. 열여덟에 썼다는 황동규의 「즐거운 편지」를 보면 한용운 선생의 어법이 딱 들어와요."

내 그대를 생각함은 항상 그대가 앉아 있는 배경에서 해가 지고 바람이 부는 일처럼 사소한 일일 것이나 언젠가 그대가 한없이 괴로움 속을 헤매일 때에 오랫동안 전해오던 그 사소함으로 그대를 불러 보리라.

―황동규, 「즐거운 편지」

"시 창작도 외우는 게 먼저다?!"
"일단 외우는 게 먼저예요!"
"외우면 길이 터질까요?"
"외우지 못하더라도 시를 소리 내서 읽고 베껴 쓰고 또 소리 내서 읽으세요. 우직하게. 반복적으로. 그다음엔 물어야 해요. 서정주 선생이 말했어요. 어린 학생처럼 본 것을 빼고 모르면 모른다고 말해라. 그러고 나서 모르는 걸 물어라. 누구한테? 흰 구름한테. 너는 아직도 한 여자가 좋아서 울고 있느냐? 그럼 흰 구름이 말해주겠지요."

"구름이 없으면 누구한테 물어요?"

"나무한테도 물어도 보고 풀잎한테 물어도 보세요."

"자연이 스승이군요!"

"우리는 자연의 일부니까요. 자연이 다 알고 있어요. 그도 아니면 아끼는 사람에게 물어보세요."

"아끼는 사람에게…… 뭘 물어요?"

"물어보세요, 마음을. 아직도 너한테 내가 필요하냐?"

"……열 살 아들에게 물어봐도 될까요?"

"그럼요. '너한테 내가 필요하냐?' 눈물 나는 질문입니다.

아이한테 물었다

이담에 나 죽으면
찾아와 울어줄 거지?

대답 대신 아이는
눈물 고인 두 눈을 보여주었다.

내가 쓴 「꽃그늘」이라는 시예요. 이 시는 내가 민이와 나눴던 대화 내용을 적은 거예요. 어느 날 둘이 있다 멋쩍어서 내가 민이에게 물었어요.

'너 나중에 내가 죽었을 때 찾아와 울어줄 거야?' 그랬더니 씨익, 웃고선 가더라고. 나는 그 웃음을 눈물 고인 두 눈으로 본 거예요. 고등학교에 강연 가면 아이들이 '이 아이'가 진짜 있는 아이냐고 물어요. '선생님, 이거 사실이에요? 정말 그런 아이가 있었어요?' 그런데 말하면서 이미 울고 있어, 애들이. 시는 그런 거예요. 그러니까 아이한테 물어보세요. 위대한 시인은 훔치고 졸렬한 시인은 빌리는 법이니까."

매미소리 쏴-
아이는 구급차를
못 쫓아왔네.

—이시바시 히데노의 하이쿠

우리는 계속 서투른 존재예요

"나는 배운 사람도 아니고 무식한 사람이에요. 내가 생각하는 무식은 다른 사람의 식識이 들어오지 않은 상태예요. 유식이란 것도 어쩌면 남의 것을 이용해서 면피免避하는 행위야. 나는 무식해서 다른 사람의 식이 안 들어왔으니 나만의 식이 나와요.

가령 누군가 '보이즈 비 앰비셔스!'(소년들이여 야망을 가져라)라고 떠들면, 나는 그게 무슨 개떡 같은 소리냐고 해요. 야망은 사람을 병들게 하니까. 그냥 조금씩 야금야금 하면 된다고. 몰라요, 살아보니 그래. 사막을 한 번에 날아서 갈 생각은 안 하는 게 좋아. 그냥 한 발자국씩 터벅터벅 타박타박 가는 거예요. 낙타가 선한 눈을 껌뻑이면서 힘 빼고 걸어가듯이. 그게 인생이에요.

우리나라 말이 참 재밌어요. 젊은이는 사막을 앞두고 있기 때문에 막막하고, 늙은 사람은 사막을 지나와서 적막해요. 그러니까 애들한테 너무 뭐라고 하면 안 돼요. 모르니까 막막해요. 우리는 계속 서투른 존재예요. 다 아는 척 말할 필요 없어요. 눈 밝은 윤여정 선생이 '나도 일흔이 처음이라 서툴다'고 했을 때 다들 무릎을 치며 기뻐했잖아."

"그랬죠. 하지만 다르게 사는 것, 서툴게 사는 건 어쨌든 힘든 거잖아요. 가장 가까이 있는 내 뿌리인 원가족과도 몇 광년 떨어져 있는 것 같을 때, 저는 제 존재가 공허하게 느껴졌어요. 선생님도 그럴 때가 있으셨나요?"

"그럴 수 있죠. 그런데 나는 내 원가족, 어머니 아버지의 세계, 부부의 세계를 완전히 이해했어요. 한여름에도 한 이불 덮고 주무시는 두 분의 세계를 인정하고, 선을 그었어요. 바깥에서 바라보며 절대 그 세계로 문지방을 건너가지 않았어요.

우리 집이 무당 집이었는데, 나는 한 번도 친할머니의 신당에 가서 절하지 않았어요. 스스로를 외할머니의 자식이라고 생각한 거예요. 거기에서 받은 저주와 축복을 나는 알고 있어요.

아내가 외할머니의 자리를 인계받았으니까, 김성예는 할머니이기도 하고 누이이기도 하고 이젠 다 늙었으니 그냥 남자 동무이기도 해요. 관계의 운명도 다 참 오묘합니다."

무당집 장손이 외갓집 피난처로 옮겨져 '심연'이 자랐다. 결국 정신적 아버지로 박목월을 맞았고 영혼의 아버지로 하나님을 받아들였다.

절반의 운명, 절반의 의지.

"그렇게 독특한 자립의 과정을 거치면서, 완전히 떠나보낸 사람은 없는지요?"

"없어요. 나는 없어요. 정말 없어요."

막다른 길에서 후진 기어를 넣듯 태주의 호흡이 커브를 돌았다.

"그런데 그대는 잠시 잊어야 할 사람이 있어요."

"제가요?"

"네."

"누구요?"

"이제 이어령 선생을 보내드리세요."

"(놀라며) 네……?"

당황한 지수가 뒤죽박죽 희한한 물음표를 던졌다.

"이어령 선생이 이 여행에 동행하길 원한 건, 정작 나태주 선생님 아니셨어요?"

"……모르겠어. 그런데 왠지 이쯤에서 잠시 거리를 두어야 할 것 같아요. 그대를 위해서."

'시는 시샘이 많아 다른 곳에서 놀다 오면 곁을 주지 않는다'고 했던가.

태주는 이어령의 정반대 지점에 서 있는 어른이었다. 이어령 선생이 지수에게 고통, 죽음, 이야기, 꿈, 단독자의 기개를 알려주려 했다면 태주는 지수에게 꽃과 향기, 바람과 돈, 부끄러움과 포기를 가르쳐주었다. 그건 처음 듣는 노래 같았다. 태주는 누구나 알고 있는 멜로디를 전혀 다른 방식으로 바꿔

부르는 어른이었다.

"(빙긋이 웃으며) 그냥 이렇게 말해보세요. 이어령 선생님! 잠시 계세요, 저는 좀 놀다 올게요……."

"……놀다 올게요."

"네. 놀다 올게요. 그러면 아마 허허 기분 좋게 웃으실 거예요."

태주는 잠시나마 지수가 '이어령이라는 생각의 우산'에서 빠져나와 온전히 쏟아지는 감정의 비에 젖기를 바랐다. 생각의 물꼬가 아니라 느낌의 물길에서 물고기처럼 헤엄치기를. 더 보드라와지고 더 풀어지고 더 자유로워지고 더 거침없이 흘러가기를.

'놀다 올게요.' 명랑한 인사와 함께.

좋은 일에 우세요, 꽃 보고 울고 구름 보고 우세요

살아온 날에 실수와 부끄러움을 헤아려보면 고개를 들고 하늘을 바로 보기가 민망하다. 잡지사 에디터로 일할 때, 지수는 후배들을 가혹하게 대하는 것으로 유명했다. 후배들의 여리고 고운 문장에 빨간 줄로 가차 없이 X자를 그어대며, 글쓰기 대장 노릇을 했다. 너의 발전과 읽는 독자를 위해서라고 했지만, 정작 후배의 글이 너무 좋으면, 자신을 뛰어넘을까 겁이 나서 원고를 책상 서랍에 넣어두고 며칠을 돌려주지 않았다. 유치하고 못난 짓이었다. 밤하늘의 별만큼 무수한 세계관, 무수한 스타일의 글이 있다는 것을 그때는 몰랐다.

태주도 선생님으로 살면서 부끄러울 때가 많았다. 혈기왕성한 젊은 시절, 돈에서 자유롭지 못할 때 특히 그러했다.

"나는 술도 잘 먹지 못했어요. 저녁에 술 먹는 대신 공부하고 책을 봐야 했는데, 내 위에서 나를 평가하던 교감 선생은 술을 좋아해서 나를 끌고 다니길 좋아했어요. 이러다 안 되겠다 싶어서 꾀를 냈어요. 방석을 두 개 깔고 거기다 몰래 술을 부었어요.

1차에서도 2차, 3차에서도 나 대신 방석에게 술을 먹였어요. 그렇게 몇 차를 넘기니 그다음부터는 날 보고 피하더라고. 그렇게 비굴함을 굴절로 비껴가며 살았어요. 빡빡하게, 간당간당하게.

유항산有恒産이면 유항심有恒心, 얼마간의 재산이 있어야 마음도 항상성이 있다고…… 나에겐 그 얼마간의 돈이 부족했어요. 그 시절 학부형들이 건네는 봉투도 나는 거절하지 못했어요. 그 영향을 안 받을 수 없었어요. 공부 잘하는 애들, 잘 봐달라는 애들을 나는 크게 못 혼냈어. 반면 공부 못하고 빽

없는 애들은 가차 없이 나무랐어요. 지금 생각하면 괴롭고 부끄러워요."

태주가 두 손으로 마른세수하듯 얼굴을 부볐다.

"'하늘을 우러러 한 점 부끄럼 없기를 잎새에 이는 바람에도 나는 괴로워했다'고 노래한 윤동주는 예수의 사람이기도 했지만, 맹자의 사람이기도 했어요. 윤동주는 맹자를 만 번 읽었다는 유학자 김약연 선생의 조카였어요. 한용운 시를 50편만 외워도 시가 써지는데, 맹자를 만 번 읽으면 어떻겠어요?

윤동주는 북간도에서 김약연 선생과 기독교 공동체로부터 뼈에 사무치도록 배웠어요. 그게 시에 그대로 배어 나와요. '의에 주리고 목마른 자는 복이 있나니'라는 예수의 가르침, 맹자의 '수오지심' '측은지심'이 「서시」에 그대로 나오죠.

수오지심이 뭡니까? '의롭지 못함을 부끄러워하고 착하지 못함을 미워하는 마음'이에요. '별을 노래하는 마음으로 모든 죽어가는 것을 사랑해야지'라는 구절에도 측은지심이 그대로 느껴지잖아요."

깨치지 못하면 외우라고 했다. 외우다 보면 어느새 진실이 마음판에 스며든다고.

"그런데요, 선생님. 살다보면 부끄러움도 가여움도, 수중에 돈 있고 없고에 따라 들락날락하더이다."

"맞아요. 정말 궁할 땐 나도 딸 책상 서랍을 뒤져서 돈을 가져갔어요. 12월에서 1월로 넘어갈 땐 너무 많이 죽고 너무 많이들 결혼했어요. 도리를 다하려니 그게 다 돈이었지. 아이고, 징그러워. 그놈의 돈……."

태주가 신음했다.

지수도 태주도 보통 사람들도 '청년 윤동주'보다 오래 살았으므로, 부끄럽고 가여운 상태를 다 겪고 나서야 수오지심과 측은지심을 몸으로 알아갔다.

지수도 청담동 패션 잡지에서 으스대며 다니다 내쳐진 후에, 울면서 수많은 길을 걸었다.

"통장 잔고는 바닥나고 그때 땅바닥만 보고 걸었는데, 그 길에서 내가 함부로 했던 후배들 얼굴이 하나씩 떠올랐어요. 부끄러워서 눈물을 주먹으로 훔치며 걸었어요."

"울지 마세요. 좋은 일에 우세요. 꽃 보고 울고 구름 보고 우세요."

"부끄럽던 시절의 제자들은 혹시 만나셨어요?"

"내가 첫해 스무 살에 가르친 아이들이 동창회를 해요. 그 아이들 최종 학력이 중졸이야. 나하고 대여섯 살 차이 나는 아이들이라 70대가 훌쩍 넘었고, 벌써 늙어 죽은 아이들도 많아요. 그 아이들 어릴 때 내가 많이 때려줬는데, 이제 다 늙어서 나와 아내를 차로 모셔다가 밥을 사 줘요. 그 애들이 50만 원 갖고 오면 나는 100만 원을 줘. 다음 날 문자가 날아와요.

'감사합니다. 선생님이 주신 밥을 이렇게 저희가 잘 먹었습니다.'

제자들에게 잘못했기 때문에 나는 밥을 사 줘야 합니다. 갚아야죠.

그런데 공무원 집 아들이라 안 혼냈던 C군은 내가 잘못 가르쳤어요. 유일하게 상급 학교를 간 녀석인데, 어느 날 동창회 회식 노래방에서 노래를 부르다 지갑에서 5만 원짜리 지폐를 꺼내 나와 아내에게 던지듯 한 장씩 주더라고.

'선생님, 돈 받아요. 사모님도 이 돈 받으셔.'

그 뒤로 나는 C군을 보지 않습니다. 뻐기는 마음이 앞서면 측은지심도 결초보은結草報恩도 자라지 않아요."

애쓰지는 말라던 태주와 억지로 하라는 태주

"가여워하는 마음의 바탕을 저는 외할머니에게 배웠어요. 시시때때로 조용히 꾸짖었어요. '감나무 집 아들 가난하고 코흘린다고 놀리고 함부로 하면 안 된다.'

유년기에 측은지심惻隱之心이 자리 잡고, 청년기에는 사양하며 예의를 지키는 사양지심辭讓之心이 자리 잡아요. 중년기에는 의를 행하지 못함을 부끄러워하는 수오지심羞惡之心이, 노년기에 옳고 그름을 아는 시비지심是非之心이 자리 잡죠."

"밑에서부터 층층이 쌓이는 건가요?"

"쌓이는 게 아니라 도는 거예요. 태양이 원을 그리며 돌듯이. 동남서북東南西北으로. 동쪽에서 태어나 측은지심으로 돌봄을 받고, 남쪽에서 청년이 되어 겸손과 예의를 익히고 서쪽에서 어른으로 여물어 부끄러움을 알고, 북쪽에 이르면 후대를 생각하며 지혜를 남기는 거죠."

"저는 지금 중년이니 서쪽에 있네요. 감사하게도 이제야 부끄러움을 아는 나이가 됐습니다."

"(지그시 바라보며) 안심하면 안 되지. 나이가 서쪽에 왔다고 자연스럽게 깨달아지는 건 아닙니다. 억지로 노력해야 깨달아져요. 나이 들어도 후안무치厚顔無恥한 사람이 얼마나 많아요. 염치 없는 사람이 일상의 지옥을 만들잖아.

측은지심도 어린 시절부터 부모가 가르쳐야 합니다. 예의도, 부끄러움도, 옳고 그름도 억지로 배우고 외우고 연습해야지, 저절로 알아지지 않아요. 그래서 저는 뭐든 일단 '외우고' 일단 '억지로 하라'고 해요. 사는 게 그렇습니다. 공부도 시도 정신의 성장도 저절로 되는 건 없으니까."

'너무 잘하려고 애쓰지는 말라'던 태주와 '억지로 하라'는 태주는 알고 보면 한통속이었다. '억지로 해야 한다'는 태주의 말이 '기꺼이 하지 못하는 나약한 우리'를 부드럽게 격려한다.

　지수는 맥스 비어봄의 소설 『행복한 위선자』를 기억해냈다. 소설에 나오는 주인공 조지 헬은 사악하고 후안무치한 쾌락주의자였다. 그는 어느 날 아름다운 한 여성에게 반해 청혼하기 위해 본모습을 감추고 '착한 척' 연기를 시작한다. 성자처럼 보이는 얼굴 가면을 구해서 쓰고 구애한 끝에 헬은 여성과 결혼한다. 어느 날 질투에 눈먼 한 남자가 헬을 공격해서 얼굴에 붙어 있던 성자 가면을 벗겨버린다. 사악한 실제 얼굴이 만천하에 드러날 줄 알았으나, 놀랍게도 헬의 얼굴은 이미 가면과 똑같은 성자로 변해 있었다.
　어떻게 된 일일까? 작가인 비어봄은 위선도 미덕이라고 한다. 억지로라도 '착한 척'을 반복하면서 실제로 선한 사람이 된다는 것. 되고 싶은 사람이 되기 위해 가면을 쓰고 반복된 행동을 통해 변화를 이룰 수 있다는 것. 현명함과 선함의 특징은 '더 나은 사람인 척'하다가 얻어진 경우가 많다는 것. 그렇기에 어떤 사람이 되고 싶은지 열망하는 건 얼마나 중요한가.

특별히 태주가 발화한 '동남서북'이라는 시계 방향의 조어가 지수의 귀에 산뜻하게 꽂혔다. 마치 성장의 방향을 제시하는 나침반처럼.

연민에서 예의로,

예의에서 부끄러움을 앎으로,

부끄러움을 앎에서 분별의 지혜로……

'우리는 진정 부끄러움을 아는 나이에 이르렀는가.'

결정적인 순간에 항상 다른 세계로 도움닫기를 하듯 태주가 서정주의 시 한 편을 읊어주었다.

한 송이의 국화꽃을 피우기 위해

봄부터 소쩍새는

그렇게 울었나 보다.

한 송이의 국화꽃을 피우기 위해

천둥은 먹구름 속에서

또 그렇게 울었나 보다.

그립고 아쉬움에 가슴 조이던

머언 먼 젊음의 뒤안길에서

인제는 돌아와 거울 앞에 선
내 누님같이 생긴 꽃이여.

노오란 네 꽃잎이 피려고
간밤에 무서리가 저리 내리고
내게는 잠도 오지 않았나 보다.

—서정주,「국화 옆에서」

"이 시가 '동남서북'과 무슨 관계가 있습니까? 선생님!"
"찬찬히 읽어보면 이 시가 '동남서북'의 전형이라는 걸 알
거예요. '한 송이 국화꽃을 피우기 위해 봄부터 소쩍새는 그
렇게 울었나 보다.' 여기까지가 유년의 동東.

'한 송이 국화꽃을 피우기 위해 천둥은 먹구름 속에서 또
그렇게 울었나 보다.' 여기까지가 청년의 남南. 가만 보면 청
년기는 유년기의 확장입니다.

여기서 딱 갈라지면서 장년의 서西로 접어들어요. 가을이
오는 거야. 자연 만물이 여물어서 이별을 준비하는 거죠. '그
립고 아쉬움에 가슴 조이던 머언 먼 젊음의 뒤안길에서 인제
는 돌아와 거울 앞에 선 내 누님같이 생긴 꽃이여……'

서정주 선생이 여기까지 쓰고 다음을 못 썼다고 해요. 그런데 초겨울 흑석동 하숙집에서 자다가 추워서 열린 문을 닫으러 나왔더니, 그 집 담장 밑에 국화꽃이 피었더랍니다. 그 꽃잎에 앉은 서리를 본 거예요. 하얗게 내려앉은 물 서리를.

'저거로구나!'

그래서 바로 적어 내려갔어요. '노오란 네 꽃잎이 피려고 간밤에 무서리가 저리 내리고 내게는 잠도 오지 않았나 보다.' 그게 북北이죠. 그렇게 인생 유소년, 청년, 장년, 노년이 완성된 거예요."

"인제는 돌아와 거울 앞에 선 내 누님같이 생긴 꽃…… 저는 거울을 볼 때마다 이 대목을 떠올려요."

"중요하죠. 매우 중요한 시절입니다."

"그런데, 선생님…… 아세요? 우리 인터뷰도 이제 노년으로 접어들고 있어요."

"그렇군요."

"아까워요."

"뭐가요?"

"선생님이랑 있는 시간이, 너무 아까워요."

태주는 한동안 멋쩍어서 아무 말이 없었다.

"아깝다고 생각하면 마음 아프죠. 충분하다고, 생각하면 되

는 거예요. 김 선생과 내가 서로 동무가 된 것으로 충분하다
고 생각해주면……."

내가 세상에 나와 꼭 해야 할 일은 '억지로라도 행복하기'

"선생님, 우리는 서로의 영혼의 쓰레기통을 보았을까요?"
"보았지. 나는 다 보여줬어요.
그대는 이미 보고도 못 본 척 다 용서했을 테고.
나의 패덕과 결점, 죄악과 졸렬, 실수와 거짓말……
이런 것을 눈감아주고 덮어주고 참아주고
기다려주는 사람들 덕에 우리는 다시 태어나는 겁니다.
포기해도 완전히 포기하지 않고, 망가져도 완전히 망가지지 않으면서.
그 옆에 시가 태어나는 걸 지켜보면서요."

키 작은 정원사

"선생님 담벼락은 왜 다 희게 칠하셨어요?"

"그림을 다시 그리려고요. 시도 다시 쓰고."

"혼자 다 하시게요?"

"혼자 해요. 작은 곳이라도 질서가 있거든. 도와준다고 나섰다가 망치는 사람을 여럿 봤어요."

문학관 직원 몇몇이 멀리서 입을 가리고 눈으로 웃었다.

"저 꽃은 원래 저렇게 얼굴이 큰가요?"

"함박꽃이니까."

태주가 소방대원처럼 호스를 잡고 들어 올리자 물줄기가 포물선을 그리며 시원하게 뻗었다. 조갈 난 풀과 나무들이 벌

컥벌컥 급하게 물을 들이켰다.

"꽃들이 정말 목이 말랐나 봐요."

"5월에 산불이 왜 많이 나게요?"

"산들이 목이 말라서……?"

"정답입니다. 나무들이 땅속에 있는 물을 다 먹어요. 공기 중에 습기가 없죠. 바싹 말라 있으니 불나기 쉽습니다. 그런데 가을에는 마신 물을 다 토해요. 비가 안 오면 놀랍게도 이 식물들이 먹었던 물을 다 뱉어 내죠."

"봄에 마신 물을 가을에 뱉어 낸다……."

"살기 위해서 그래요. 봄여름에 한껏 물로 배를 채워서 몸을 키우고 씨앗을 옮기는 거예요."

물을 마신 나그네가 천 리 길을 가듯, 물을 마신 씨앗은 힘이 세다. 흙 묻은 폐지 덩어리에서도 어딘가에서 날아든 연한 싹이 돋아나고 있었다. 정원에는 매일 새 소식이 날아들었다. 새가 황매화꽃 수풀 안에 새끼를 쳤고, 탱자나무에 작은 노란 열매가 맺혔다. 단풍나무 시과翅果도 군데군데 보였다. 평평한 섬유질 날개를 단 씨앗은 바람을 타고 날아가 씨를 어미 나무에서 멀리 보낸다.

"비행기처럼 날아가요. 바람개비처럼 팔랑팔랑 날아갑니다. 잠자리 날개 같죠. 정말 놀라워요. 날개 달린 씨앗의 힘이 얼마나 센데."

꽃은 만발하고 시과도 날 준비를 하는데, 나비가 보이지 않는 게 이상했다.

"나비는요?"

태주가 한숨을 쉬었다.

"작년에는 벌이 오지 않았는데 올해는 나비가 오지 않아요. 애벌레들이 다 죽었어. 겨울을 나지 못하고 죽은 거야. 기후가 바뀌면서 생물의 생활이 비참합니다. 조치원에서 복숭아 농사짓던 내 지인 하나는 울면서 전화를 해요. '농장 그만할까 봐요. 복숭아가 하나도 안 열렸어요.'

날씨가 오락가락하잖아요. 이른 봄 따뜻해져서 일찍 핀 꽃들이, 또 갑작스러운 이상 한파에 봉오리째 얼어버렸어요.

늦게 핀 꽃들도 열매를 못 맺습니다. 벌이 있어야 수정이 되는데, 벌들이 날아오지 않거든. 우리는 이불 덮고 집에서 자니까 모르지. 나비, 벌은 이불이 어딨어요? 얼어 죽고 기운 빠져 죽고, 큰일이에요."

40도 고열에 경기를 일으키는 아이를 안고 응급실로 달려갔던 지수는, 지구의 고열로 벌과 나비가 죽어간다는 사실에 '현타'가 왔다.

"이파리가 넓은 모란은 햇빛을 못 견뎌서 타버려요. 옥잠화

도 여름이면 이지러져 죽어. 오존층이 얇아져서 막 뚫고 오는
거예요. 봄가을이 점점 짧아져요. 완충기가 있어야 하는
데…… 저 꽃 하나가 견디기 어려우면 사람도 마찬가지예요.
다들 신경이 예민해지고 자기를 괴롭히게 돼.”

식물과 시를 가까이하는 것 말고는 답이 없다고 혀를 찼다.

“나비가 안 오니까 너무 쓸쓸하네요.”

“어제는 벌 한 마리가 물을 먹으러 와서 빠졌어요. 버둥거
리는 아이를 겨우 살려서 날려 보냈어요. 배추 애벌레 한 마
리도 휘적거리길래 얼른 숲에 던져줬지. 이젠 논길을 걸어가
도 개구리가 없어요.”

“여름이면 매미 소리만 사납고요.”

‘쉿!’

불현듯 태주가 검지 손가락을 입술에 가져다 댔다. 꽃들이
듣고 기죽을까 염려된다고.

“나는 나비가 오기를 기다립니다.”

키 작은 정원사가 장화를 벗어 흙을 씻어 내고 장갑을 깨끗
이 빨아 처마 밑 빨랫줄에 단정하게 널었다.

오늘은 태주와 만나기로 한 마지막 날

태주는 실내에서도 모자를 벗지 않았다. 두 해 전, 무더운 여름에 처음 만났을 때도 태주는 코끼리를 삼킨 보아 뱀 같은 모자를 쓴 채였다. 자신은 아무리 더워도 땀 흘리지 않는 '불한당'이라고 소개하며, 불한당처럼 부러 껄껄 웃었다.

모자 없는 태주의 얼굴은 앙꼬 없는 찐빵처럼 상상하기 어려웠다. 오늘은 태주와 만나기로 한 마지막 날이라 지수는 깜짝 선물로 모자를 준비했다. 주중에 짬을 내 강남의 백화점 잡화 코너를 돌고, 동대문 상가의 모자 상점을 두루 살폈다. 버섯처럼 둥근 베레모, 멋지게 각이 잡힌 펠트 소재의 중절모, 사냥꾼들이 썼다는 헌팅캡, 검은색 테를 단정하게 두른 밀짚 챙 모자…… 거울을 보고 이것저것 써보며 태주의 머리 모양을 가늠해보았다. 다소 전위적인 블랙 뉴스보이캡과 작아 보이지만 예쁘게 각이 잡힌 밀짚모자를 골랐다.

가는 날이 장날이라고 마침 '스승의 날'이었다.

"선생님…… 제가 모자를 준비했어요. 마침 '스승의 날'이고 또 마지막 뵙는 날이라."

지수가 말끝을 흐리며 종이 상자를 내밀었다. 태주가 로봇 상자를 앞에 둔 아이처럼 환하게 웃었다.

"하하. 모자는 아무리 많아도 항상 모자라지. 아무렴. 어디 보자. 나는 머리통이 크니까 무조건 크면 돼. 그런데 '스승의 날'은 우리 사이에 좀 진부하지 않은가? 그냥 '친구의 날' '우정의 날'로 합시다."

태주가 익숙한 솜씨로 골상에 모자의 핏을 맞췄다.

"딱 맞다. 아, 좋아요. 이거 쓰고 대만 강연에 가야겠다. 대만 갈 때 쓰면 폼 나겠어. 하하."

꽃 위에 날아든 나비처럼 또 하나의 모자가 태주의 머리에 앉았다.

"선생님, 꽃을 모시는 사람들은 다 마음에 어린아이가 사는 것 같아요."

"맑아지려고…… 애를 쓰는 거죠. 그러면 꽃이 도와줍니다."

"꽃의 도움이 필요하군요!"

"그럼요. 집집마다 똥통이 있는 것처럼 사람마다 다 똥통이 있어요. 나도 있고 그대도 있어요. 형편없이 구린 똥통이죠. 꽃을 돌보고 나서부터 그 똥통이 더 선명하게 느껴져요. 반대로 세상에 대한 원망은 옅어지더라고."

"손에 든 꽃물이 마음의 핏물을 씻어주나 봐요."

"그대도 시인이 다 됐구만. 하하. 어여 쑥떡 하나 먹어요."

어느새 공주에서 활동하는 시 낭송가 한 명이 들어와 서울 손님들 앞에서 시 한 편을 읽을 준비를 했다. 한 손을 가슴에 얹은 새초롬한 자태로 그녀는 태주의 시를 읊었다.

"배회, 나태주

사랑하는 사람아, 너는 모를 것이다.
이렇게 멀리 떨어진 변방의 둘레를 돌면서
내가 얼마나 너를 생각하고 있는가를.

사랑하는 사람아, 너는 까마득 짐작도 못할 것이다.
겨울 저수지의 외곽길을 돌면서
맑은 물낯에 산을 한 채 비쳐보고
겨울 흰 구름 몇 송이 띄워보고
볼우물 곱게 웃음 웃는 너의 얼굴 또한
그 물낯에 비춰보기도 하다가
이내 싱거워 돌멩이 하나 던져 깨뜨리고 마는
슬픈 나의 장난을.

(…)

사랑하는 사람아,

내가 너를 사랑하는 이 마음조차 그만

눈물 비린내에 스미고 만다면

어찌겠느냐 어찌겠느냐.

…… 여기까지 하겠습니다. 참 슬프죠?"

낭송가의 목소리가 비음이 고운 트로트 가수와 애끓게 '사
랑가'를 부르는 판소리꾼 사이 어딘가에 있다, 고 지수는 생
각했다.

태주는 자신의 시가 어쩌면 한 곡의 트로트 가요 같다고 했
다. 가수 임영웅이 콘서트 무대에서 태주의 시 「들길을 걸으
며」를 낭송하거나, 시집 『사막에서는 길을 묻지 마라』에서 받
은 영감으로 신곡을 만들었다고 할 때마다 태주는 이 젊고 반
듯한 트로트 가수에게 동지애를 느꼈다.

지수도 트로트에 대해 애착이 남달랐다. 몇 년 전 기타 하
나로 단출하게 〈테스형!〉과 〈무시로〉를 넘나들던 가수 나훈
아의 공연을 보고 크게 감동받은 이후로 더욱.

삶이 노래가 되도록 오래 수련한 자의 긍지, 무엇보다 청중
을 향해 '네 마음 내가 안다'는 위무의 의지가 깨끗하고 결연

했다. 허리 굽었던 할머니가 일어나 춤추는 건 흥 때문만이
아니었다. 슬픔은 슬픔대로 받아주고 기쁨은 기쁨대로 말아
주는 다정한 화법이 창법이 되니, 청년이나 노인이나 '살아
있음'으로 한껏 고양되었다.

'꽃피는 동백 섬에 봄이 왔건만, 형제 떠난 부산항엔 갈매
기만 슬피 우네……'

지수의 아버지도 면도하거나 구두를 닦을 때마다 〈돌아와
요 부산항에〉를 흥얼거렸다.

육 형제 중 홀로 서울 살이를 했던 당신의 정한情恨이 노래
에 실려 구슬펐다. 턱수염이 파랗게 젊었던 아버지는 가수가
꿈이었지만, 〈전국노래자랑〉 한 번 나가보지 못하고 팔순을
맞았다. 그래선지 조용필의 〈돌아와요 부산항에〉가 울려 퍼
지면, 그 쿵작거리는 반주가 뱃고동처럼 심장에 감겨 지수는
사춘기 시절, 방구석을 나와 울산 방어진 밤바다를 하릴없이
헤매 다니곤 했다.

한때 관광버스용 '위락 음악'이라는 조롱을 받으면서도 정
통 트로트는 우리 삶 속에서 잡초처럼 꿋꿋이 살아남았다. 각
이 진 채로 선명하게 요동치는 한글의 자음과 모음은, 슬픔과
기쁨을 담는 감정의 그릇으로 얼마나 출중한가.

'아야 뛰지 마라 배 꺼질라, 가슴 시린 보릿고개 길'로 이어

지는 진성의 〈보릿고개〉는 가슴뼈를 눌러 내는 한 소년의 청 아한 음성만으로도 절창絶唱이 됐다. 정동원이 부동자세로 '이 풍진 세상을 만났으니 너의 소원이 무엇이냐' 베틀에 무 명 짜듯 가만히 자음을 밀어낼 때, 이찬원이 '울지 마 울긴 왜 울어, 그까짓 것 사랑 때문에' 칼칼하게 내지르다 싹둑 잘라 능을 칠 때, 영탁이 노동요 부르듯 '막걸리 한 잔'을 걸지게 권할 때, 임영웅이 당겨진 활시위 같은 몸으로 '행복했던 장 미 인생, 비바람에 꺾이니, 나는 한 떨기 슬픈 민들레야' 비단 같은 어근과 조사를 뽑아낼 때…… 봄버들 같은 목젖에서 흘 러나오는 그 명사와 동사, 부사와 형용사는 만인의 심금을 울 렸다.

어쩌면 태주의 시도 트로트와 비슷한 길을 걸었다. 불의에 저항하거나 세계 평화를 웅변하기보다 직설적인 개인의 언어 로 눈물과 땀과 사랑과 그늘을 위로하며.

그렇게 멜로디 없이 부르는 태주의 사랑 노래 '사랑하는 사 람아, 너는 모를 것이다'가 실내에 깊은 감정의 이랑을 만들 었다.

태주가 지그시 감았던 눈을 떴다.

"시인은 희극 배우이자 '감정의 서비스 맨'입니다. 임영웅도 그 역할을 하고 있어요. 임영웅 팬들에게는 노래가 한 편의 시고 청춘의 문장이죠. 젊은 시절 시를 쓸 때면, 나도 그 시절 마음에 담아둔 여인들에게 엽서로 시를 부치곤 했어요. 영등포에 살았던 손이 예쁜 여인 이기옥한테는 내가 쓴 시를 책 한 권으로 만들어서 보내줬어요. 나중에 그 여자는 장사하는 사람에게 시집을 갔어요. 남자가 따뜻하게 대해줬던가 봐. 이기옥이 내가 만들어준 시집을 갖고 다니면서 사람들한테 자랑을 했답니다. 그때 그 여자한테 써준 시가 「배회」예요. 나중에야 들었어요. 그 여자가 죽었다고."

쑥떡이 가슴께에 걸려 묵직했다.

"차 들어요. 맛있어요."

오늘이 마지막 시간인데, 답을 찾았어요?

앞장서는 태주를 따라 시장통에 들어섰다. 알록달록 실내복을 걸어놓은 상점, 농기구를 늘어놓고 파는 상점, 알밤을 가득히 쌓아놓은 상점, 국숫집과 닭집을 지나 국밥집에 이르렀다. 여름이 시작되지도 않았는데 벌써부터 선풍기가 돌아가고 있었다.

"성예는 갔나요?"

태주가 Y에게 물었다.

"네. 청양분식에서 식사하셨어요. 우리 청솔식당 옆이요."

"옆에서 먹었대요?"

"얼굴 봤으면 좋았을 것을요……."

지수가 호기심에 끼어들었다.

"딱 보면 알아요. 순하고 넓적하고 귀가 작은 사람이 김성예예요. 성예는 여기로 오라고 해도 딱 오지 않아요."

팔순 남편이 부르는 아내의 이름 석 자가 어쩌면 저렇게 입에 착 감길까. '적당한 거리'를 지켰기에, 귀여운 텐션이 유지되는 것이리라.

"오늘 만나는 이가 여자냐? 남자냐?" 집을 나설 때마다 버릇처럼 묻는 성예의 질문에, 태주는 한 번도 시원하게 대답해주지 않았다. 그러면 성예는 태주가 다니는 식당 근처를 순찰 돌듯 배회하며, 숨바꼭질을 하는 것이다. 모든 것이 성예를 위한 태주의 그림이었다.

"적당한 거리…… 그것만 지키면 평생 동안 연정과 우정 사이를 오갈 수 있어요. 그게 내가 젊은이들과도 즐겁게 사귀는 비결이에요. 다 내가 잘나지 못하고 졸렬했기에 가능했지. 하하.

그게 진실입니다. 나는 매우 취약했고 부끄러울 정도로 작왔고 마이너였고 후발 주자였고, 끝까지 버텼고, 그렇게 살아보니 생각보다 나쁘지 않다는 걸 알게 됐어요.

김지수 선생. 그대를 처음 만났을 때 나는 그대가 매우 어려웠어요. 이어령 선생이 돌아가시기 전에 지목한 인터뷰어고, 『이어령의 마지막 수업』 책을 쓴 사람이라, 부담스러웠습니다. 지금에서 고백하자면 그래요."

"제가 얼마나 연약한 사람인지 이젠 다 아셨잖아요. 그래서 고맙습니다."

"고마워요. 약해서 함께 왔어요. 서로의 약함을 알기에. 그런데 아마 약하기로 따지면 내가 그대보다 훨씬 더할걸?"

약함으로 지지 않겠다는 의지가 결연했다.

"어느 정도인가 하면 나는 교실 같은 데 강연하러 들어가면 내가 들어온 입구부터 딱 봐요."

"도망가시려고?"

"그럼. 도망가야지. 나는 그게 체질화되어 있어요. 저기가 문이다, 저기가 출구다, 저기로 튀자. 그걸 몸이 알아요. 그 정도로 약했기에 자주 체면을 구겼고, 체면을 지키기 위해 울다 살아남았죠. 몸을 낮춰 살다 보니 나보다 크고 강했던 사람이 다 죽고, 이젠 적막해요.

물론 어리고 젊고 약한 청춘들을 새로운 '지음知音'으로 맞을 수 있으니 천운이죠. 아침이 오면 나는 이제 몸 일으키기도 힘든 약골이에요. 그런데 이렇게 나와 밥 한술 뜨고 이야기를 하면 또 살 만하네."

"기운이 나신다니, 제 마음이 좋습니다."

"그대는 나한테 여러 번 행복을 물었어요. 우리의 우정은 행복 찾기에 있다면서."

"그랬지요."

"오늘이 마지막 시간인데, 답을 찾았어요?"

"행복은 몰입의 순간에 있고, 고군분투하는 과정 그 자체에 있다고 하셨잖아요."

태주가 흡족한 미소를 지으며 뜨거운 국밥을 먹는 사람들을 둘러보았다.

"맞아요. 배고프기에 밥을 찾고 목마르기에 물을 찾지요. 인생 그 자체는 고통입니다. 그래서 역설적으로 행복을 찾는 거예요. 예수 시대에는 긍휼矜恤이 없었고 석가 시대에는 자비慈悲가 없었고, 공자 시대에는 인仁이 없었어요. 없기에 찾는 겁니다. 그래서 나는 사람들이 잊을까, 계속 얘기해요. 억지로라도 행복해지라고. 에리히 프롬Erich Fromm이 '사랑이 학습'이라고 한 것처럼 행복도 학습이에요. 노력해서 억지로, 한 번에 안 돼도 또 한 번 억지로, 행복해질 필요가 있어요.

그렇게 작은 기쁨들로 큰 고통을 메우다 보면 조금씩 살 만해지고 평안해지는 것, 그게 우리가 부르는 행복입니다."

나는 고물 장사예요

태주의 단골 카페 '루치아의 뜰'은 기분 좋을 정도로 손님들이 들어차 있었다. 여주인 루치아가 돋보기안경을 쓰고 코바늘로 자주색 꽃잎을 뜨다가 태주 일행을 보고 바람을 일으키며 달려 나왔다. 실크 스카프로 머리를 동여맨 루치아의 갈색 머리카락이 귀밑에 나풀거렸다. 무성한 담쟁이 넝쿨, 큰 덩어리로 흔들리는 수국과 군데군데 앉아 쉬는 길고양이들, 테이블마다 놓인 영국식 찻주전자가 어우러져 이곳만의 완벽한 분위기를 만들어 내고 있었다.

루치아의 뜰에 올 때마다 태주가 설레하는 기분이 일행에게 고스란히 느껴졌다. 그곳은 태주만의 작은 사치, 가까운 천국이었다.

"이곳에 오면 행복하시죠?"

지수가 웃으며 물었다.

"이곳에 오면 느껴요. 끝없이 잘하려고 하는 주인의 노력이. 정성껏 준비하고 기다리는 마음이. 행복은 자꾸 읊어야 해요. 행복이 별건가. 기다리는 사람이 오면 반가운 거야."

"감정 보따리를 계속 풀어헤쳐줘야 하는군요."

"그럼요. 행복은 다락에 숨겨둔 꿀단지가 아니에요. 가까운 데서 계속 찾아야 합니다. 나는 아침에 일어나서 김성예에게 '안녕!' 인사할 때 얼마나 행복한지 몰라. 아내도 부스스하고, 나도 부스스해. 둘 다 골골거리고 상태도 나빠. 상태가 나빠도 이름 불러 인사할 사람 있으면 행복한 거예요. 안녕 김성예, 안녕!"

"저희 아이도 가끔 그래요. '안녕, 김지수 엄마.' 이름을 불러주면, 왜 그렇게 좋을까요?"

"부르는 사람이 사랑을 담아 부르니까 좋지. 선생 할 때 난 아이 이름을 정성을 다해 불렀어요.

'임지선, 왔냐? 이영철, 감기 괜찮냐?'"

"이름 부르고 걱정해주면, 그걸로 반은 나아요."

"그럼요. 서로의 안부를 챙기는 게 행복입니다. 늙음도 죽음도 내가 찾아가야 오는 거라고 했지요? 사랑도 행복도 내가 찾아가야 옵니다. 아끼는 마음이 쌓여서 사랑이 되고 웬만해선 무너지지 않는 행복이 돼요. 나는 그런 사소한 것, 낡은 것, 익숙한 것들을 수집하는 고물 장사예요."

"그런데 선생님. 평온을 유지하다가도 무례한 사람을 만나면 순식간에 멘탈이 흔들려요."

"무례한 사람은 공자님 말씀대로 하세요."

"공자님은 어떻게 하셨는데요?"

"무례한 사람은 피하세요. 상대하지 않는 게 좋아요."

"도망쳐야 할까요……?"

"도망치세요. 왜냐하면 고쳐지지 않아요. 고쳐지지 않는데 자꾸 그 자리에 가 있으면 내가 찔리고 상합니다. 엮이지 마세요. 유유상종입니다. 그래서 자발적 고독이 필요해요. 혼자 있을 줄 알아야 내면이 강해집니다. 그럴 때 글이 써지죠."

인생의 마지막 순간에 남을 행복한 풍경 세 가지를 꼽아보라고 하자 태주는 생각에 잠겼다. 처마 밑에 풍경 소리가 차향에 번져 은은했다.

"첫 번째 행복의 순간은 결혼 후 첫 아이를 낳았을 때예요. 성예가 내출혈을 일으켜 나팔관을 하나 자른 후 4년 만에 태어난 아들이었어요. 아들은 지금도 제 아픈 손가락이에요.

두 번째 행복의 순간은 신춘문예에 당선된 것."

「대숲 아래서」라는 시가 박목월 선생의 눈에 들어, 태주는 1971년 서울신문 신춘문예로 등단이란 걸 했다. 그전까지 시름시름 앓는 폐기 직전의 인생이었으나, 비빌 언덕이 생겼다.

상금은 5만 원. 1천 원짜리 종이돈 한 묶음이었다.

　세 번째 행복의 순간은 「풀꽃」을 쓰고 사랑받은 것이라고 했다. 「풀꽃」은 2002년 5월 9일 공주 상서초등학교 풀밭에서 태어났다. 풀꽃을 관찰해서 종이에 그리라는 교장 선생님 태주의 말에 아이들은 "그런 게 어딨냐?" 볼멘소리를 했다. 몸을 비트는 어린 제자들을 달래다 튀어나온 말이 그대로 종이에 번져 시가 됐다.

　"애들아! 풀꽃은 자세히 보아야 예쁘다. 오래 봐야 사랑스럽다. 너희들도 그래."

　아이들이 태주에게 준 선물 「풀꽃」이 2012년 봄, 광화문 교보빌딩 현판에 오르며 태주의 후반전이 열렸다. 스스로가 시가 되어 나왔다는 것을 아는지 모르는지, 아이들은 첫 시로 나태주의 「풀꽃」을 외워서 세상에 퍼뜨렸다.

　유튜브 세상에는 풀꽃을 노래하는 어여쁜 어린이들이 많았다.

　'(유튜브 동영상에서) 안녕하세요. 저는 ○○학교 3학년 ○○○입니다. 나태주. 자세히 보아야 예쁘다. 오래 보아야 사랑스럽다. 너도 그렇다. 여러분 감사합니다.'

"이 아이는 너무 사랑스러워서 내가 책을 가지고 직접 부산의 아이 학교에 찾아갔어요. 초등학생 아이들이 요즘도 부모 손을 붙잡고 끊임없이 풀꽃문학관으로 옵니다."

가만 보면「풀꽃」은 아이가 쓴 것인지 어른이 쓴 것인지 노인이 쓴 것인지 알 수 없는 시였다.

"괴테가 그랬어요. '어린이에게는 노래가 되고 청년에게는 철학이 되고 노인에게는 인생이 되는 시가 좋은 시'라고."

돈이 예뻐질 때

한들한들한 시가 멀리 가듯, 한들한들 사는 사람이 제일 즐겁게 사는 사람이다. Y선생처럼. Y선생을 보면 사는 게 코스모스 같았다.

"반면 한들한들해 보여도 선생님은 은근히 행동이 빠르고 욕망도 있는 편이시죠?"

"욕망, 있죠. 나는 사실 한가한 사람이 아니에요. 생명이 다할 때까지 부지런히 돈을 써야 합니다. 돈 쓰느라 바빠. 내 돈이 내 돈이 아니라 쓴 돈이 내 돈이거든."

사람들이 하는 가장 어리석은 착각이 있다고 했다.

"많이 가진 사람이 부자가 아니에요. 많이 쓰는 사람이 부자입니다. 부자의 삶은 생각날 때마다 바로바로 주는 삶이에요. 돈을 잘 쓰려면 버는 것 이상으로 머리도 부지런히 써야 돼요."

태주는 매년 1월이면 공주문학상, 풀꽃문학상, 해외풀꽃시인상, 신석초문학상 등 여러 문학상에 줄 상금을 분배하느라 바쁘다. 지역의 글쟁이들을 불러 목적 없는 용돈도 준다. 자신의 계좌가 빨리 바닥을 드러내지 않으면 큰일이라도 날 것처럼. 돈을 준 후엔 싹 잊어버린다.

시 팔아 번 돈은 모두 사회에 뿌리고 가겠노라고, 책 내서 번 돈 다 남 주고, 태주는 지금 8천만 원짜리 집에 산다.

'시 같지도 않은 시 써서 책만 많이 판다'고 그를 불편해하는 사람들에게도 웃으며 시로 응대한다. '예쁘지 않은 걸 예쁘게 보는 게 사랑'이라고. 그 자신, 연애편지 쓰듯 독자의 마음을 얻기 위해 애를 쓴다고.

"내가 문학관에 돈 들여서 해놓고 싶은 게 하나 있어요. 받은 편지를 다 모아 넣을 수 있는 커다란 우체통이 하나 있으면 좋겠어. 나는 쪽지도 편지도 다 보관해요. 매일 사진도 정리하지요."

"날마다 정리하신다니, 대단하세요! 정리하면 뭐가 제일 좋습니까?"

통장도 책상도 붕괴 직전인 지수가 머쓱하게 물었다.

"매일의 해상도가 높아집니다. 매일을 분명히 기억할 수 있죠. 그리고 나는 소중한 사람은 꼭 사진을 찍어 보관해요. 사진을 찍어서 나눠 갖죠. 그건 매우 중요한 리추얼ritual(의식)입니다. 하나의 약속이랄까. 너와의 시간이 소중했다, 아무도 너를 함부로 할 수 없다……. 작은 의식을 치르면 그 사실이 더 명확해져요. 찍히는 순간 나는 기도합니다. 부디, 작은 것이 큰 것인 것을 날마다 깨닫게 하소서."

태주가 두 손을 모았다.

지수도 엉겁결에 따라서 두 손을 모았다.

'작은 것이 큰 것인 것을 날마다 깨닫게 하소서.'

어떤 삶을 동경하셨어요?

태주의 리추얼대로 일행은 문구점 옆 작은 사진관 Studio & mom으로 갔다. 빛이 투과되는 대나무 중절모와 낡은 검은색 운동화를 신은 태주와 회색 카디건에 흰 운동화를 신은 지수는, 적당히 낡아서 서로 어울렸다. 사진관 여주인이 익숙한 솜씨로 조명을 설치하는 동안 그들은 어색하게 먹색 배경 천

앞 나무 벤치에 앉아 모서리를 만지작거렸다.

"선생님, 누가 보면 억지로 끌려오신 줄 알겠어요. 두 주먹을 양팔 겨드랑이에 꽁꽁 숨겨놓으시고……."

지수가 웃으며 태주의 한쪽 팔을 당겼다.

"하하. 나 긴장해서 그럽니다."

처음엔 둘이서, 나중엔 Y선생까지 불러서 와자지껄하게 기념 촬영을 했다. 어깨를 붙이고 같은 곳을 보았던 수많은 순간, 마주 보며 파안대소破顔大笑했던 순간들이 맑은 흑백 사진으로 남았다. 나란히 놓인 흰 운동화, 검은 운동화 끄트머리에 2023년 5월 15일이라는 날짜가 박혔다. 단출하고 흐뭇한 졸업식이었다.

사진관을 나와 제민천을 걸었다. 노랗게 피어난 붓꽃과 마가렛이 바람에 한들거렸고 개울물 흘러가는 소리가 청량했다. 아이들이 찬물에 발을 담그고 찰박거리는 소리, 오리가 털을 흔드는 소리까지 모두 들렸다. 머리 위에선 한껏 물을 빨아들인 구름이 갖가지 우윳빛 작품을 만들어 내고 있었다. 나무와 풀과 이끼 낀 넓적한 계단, 골목마다 그려진 시와 그림들이 그들을 흐뭇하게 내려다보고 있었다.

지수가 물었다.

"선생님, 우리는 서로의 영혼의 쓰레기통을 보았을까요?"

"보았지. 나는 다 보여줬어요. 그대는 이미 보고도 못 본 척 다 용서했을 테고(웃음). 나의 패덕悖德과 결점, 죄악과 졸렬, 실수와 거짓말…… 이런 것을 눈감아주고 덮어주고 참아주고 기다려주는 사람들 덕에 우리는 다시 태어나는 겁니다. 포기해도 완전히 포기하지 않고, 망가져도 완전히 망가지지 않으면서. 그 옆에 시가 태어나는 걸 지켜보면서요."

"어떤 삶을 동경憧憬하셨어요?"

"미래를 소망하는 마음, 그 자체가 동경이었어요. 이미 벌어진 일은 크게 후회하지 않았어요. 나는 늘 할 일이 있었으니까. 당장 할 일에 집중하면 어려운 일도 다 지나갔어요. 내가 하는 일은 아주 작은 겁니다. 여기 있는 꽃이 잘못 자리를 잡았으면, 그걸 옮겨놓는 것, 그 정도가 나의 할 일이에요. 너무 뜨거우면 해 가리개도 만들어주고요."

"밟지 말라고 울타리도 쳐주고."

"그렇죠. 수돗가에 있는 건 그냥 제멋대로 자라게 두고, 물에 빠진 벌은 건져서 날려 보내고."

"그런 걸 누가 다 가르쳐주셨어요?"

"나는 삶의 모든 영감을 외할머니에게 받았어요. 여전히 외할머니는 나한테 살아 계세요."

"함자가 어떻게 되시나요?"

"김순옥. 순할 순順에 구슬 옥玉이에요."

외할머니가 늘 자애로운 건 아니었다고 했다. 패덕과 죄악에 빠진 그를 몇 번 정신 번쩍 들게도 만들었다.

"외할머니의 전 재산이 논 네 마지기였는데, 내가 대학 가고 싶다고 그걸 팔아달라고 했어요. 그때 어두운 얼굴로 외할머니가 그러셨어요. '애야, 외갓집 재산 가지고 가서 잘 된 사람을 내가 본 적이 없다.' 안 돼, 가 아니라 우회적으로 거절하셨어요."

"서운하지 않으셨어요?"

"섭섭했지만 정신을 차렸어요. 그게 당신의 생명줄인데, 그걸 팔아달라고 했으니 내가 나쁜 놈이었어요. 눈이 멀었던 거야. 비통하셨을 텐데, 부드럽게 돌려서 깨달음을 주셨어요."

"사랑은 브레이크가 필요하군요."

"그럼요. '너는 머리 좋은 애가 아니야, 노력하니까 그만큼 하는 거야'라는 말이 내 평생의 교훈이 됐다고 했잖아요. 성정이 순한 분이었는데, 한번은 부엌칼을 가지고 와서 '내가 네 앞에서 죽겠다'고 하셨어요. 5학년 여름이었나…… 너무 만화책만 보니까 '네가 공부 안 하면 내가 죽겠다'고 칼끝을 가슴에 겨누셨어. 그 뒤로 정말 공부하기 싫은데 억지로 했어요. 내가 공부하는 게 할머니가 죽는 것보다 나으니까. 어린

애가 그런 결심을 한 거예요.

나, 지금까지 책 180권 냈지만, 지금도 책 읽기가 고역이에요. 어떻게 읽을까요? 억지로. 착한 일, 어떻게 하겠어요? 억지로 합니다. 억지로 해요. 외할머니가 뒤에서 보고 계시니까. 어젯밤 『총 균 쇠』도 억지로 간신히 몇 장 읽었다니까. 하하."

"겨우, 근근이…… 졸렬하게…… 그렇죠?"

그가 명랑하게 말을 받았다.

"그렇습니다. 사랑하는 외할머니가 죽는다니까."

시가 아니면 밥으로도, 밥이 아니면 돈으로도

외할머니 덕분에 간신히, 어쩌다 태주는 깊어지고 엉뚱해졌다.

"'자발적인 억지로'가 내가 타협한 자유였어요. 억지로, 자유롭게. 선생과 시인으로 43년을 살았고, 다시 시인으로만 17년 살았습니다. '노력하니까 그만큼 하는 거야…….' 외할머니 말씀처럼, 그걸 일찍 받아들였더니 뒤로 갈수록 인생이 좋아지더군요."

"혹시 더 해결할 일이 남아 있으세요?"

"풀꽃문학관이 지금보다 좀 더 크게 확장될 거예요. 풀꽃문학관은 공주시의 것이니까, 그건 공주시의 일이에요. 그 과정에서 내가 아끼는 꽃을 잘 옮겨놓는 거예요. 그것 말고는 없어요. 그냥 이대로 만족해요. 더 크게 바랄 게 없어요.「행복」이라는 시가 내 마음 그대로를 쓴 겁니다.

저녁 때
돌아갈 집이 있다는 것

힘들 때
마음속으로 생각할 사람 있다는 것

외로울 때
혼자서 부를 노래 있다는 것.

─나태주,「행복」

나는 이것으로 만족해요. 그대가 사 준 이 모자를 오래 쓰고 다니면 좋겠어요…… 집을 옮긴다거나 차를 산다거나 그럴 일 없이."

어느덧 재킷을 벗어야 할 정도로 가벼운 더위가 느껴졌다.

돌아갈 집이 있고, 사람이 있고, 노래가 있는 '행복한' 태주와 함께하면서, 지수는 힘겨운 오후를 버티고 어두운 밤도 잘 견뎌냈다.

그렇게 봄의 시작과 끝을 함께 건너오면서 지수의 마음도 조금씩 능글능글해졌다.

"선생님. 더 넓은 집으로 옮기거나 더 좋은 차를 사는 것 말고, 인생이 좋아지는 비밀이 있다면 마지막으로 하나만 알려주세요."

어깨를 으쓱하며 태주가 말을 이었다.

"음…… 그건 말입니다. 당장은 조금 손해 보며 사는 겁니다. 적당히 손해 보고 넘어가야 큰 손해를 안 봅니다. 손해 보는 것이 멀리 보면 득을 보는 거예요. 우리 외할머니는 38세부터 72세까지 나한테 계속 손해를 봤어요. 그런데 여전히 내 옆에서 살아 계시거든. 동행이죠. 외할머니는 내가 죽지 않으면 안 죽어요."

"불멸不滅이시군요."

"불멸이 아니라 나와 함께 멸滅이 되는 거죠. 좀 손해 보며 살아야, 끝이 점점 좋아져요. 할머니는 내 생명만큼만 더 사시겠지만, 윤동주 같은 시인은 시간이 지나도 계속 10대 아이들 마음속에서 살아나고 자라나요. 타인의 마음속에 계속 살아남는다는 건, 중요합니다."

지수는 떨어져 사는 딸 윤을 생각했다.

"부모가 되고부터는 아이들의 추억으로 남을 일만 남았습니다.

"영화 〈코코〉를 보세요. 죽은 자들의 세상조차 '산 자들의 기억'에 의존해 소멸되려다 살아나잖아요. 할머니 앞에서 부르는 소년의 노래 〈기억해 줘〉가 얼마나 눈물겨워요. 나는 내가 사라진 다음에도 시가 남아 내가 살지 못한 생을 이어서 살기 바라는 마음으로 시를 써요. 시는 누구를 향해야 합니까? 타인의 마음이지요. 인생이 진짜 좋아지려면 남한테 잘하는 것밖에는 답이 없어요. 시가 아니면 밥으로도. 밥이 아니면 돈으로도."

자전거를 탄 연인이 그들 곁을 스쳐 지나갔다. 물 냄새가 코끝에 청량했다.

서울로 가서도 너무 잘하려고 애쓰지 마세요

"선생님. 혹시 다시 태어나면 무엇으로 태어나고 싶으세요?"

태주가 걸음을 멈추고 지수를 돌아보았다.

"그대는 뭘로 태어나고 싶은가요?"

"저는 다시 태어난다면 가수가 되고 싶어요. 깨어짐도 헤어짐도 다 감당하며 흐르듯 노래하는 가수요."

"별이 있는 사람이니까 잘할 거예요. 나는 가능하면 다시 태어나고 싶지 않아요. 누구 아들, 누구 아버지, 누구 선생…… 아이구 지겨워. 마음을 갖고 사는 건 힘든 거예요. 가난하고 무명한 시절에 서울의 메이저 출판사에서 시집들 다 '빠꾸' 맞을 땐 나도 마음을 얼마나 다쳤는지 몰라요. 그래서 내가 부처를 따라다니지 않아요."

"환생할까 봐?"

"그렇죠. 그래도 다시 태어나야 한다면 나는 나무로 태어나고 싶어요. 나무! 나무가 가장 선량한 생명체예요. 무엇 하나 나쁠 게 없어요. 낙엽도 열매도. 뿌리도 썩어서 다 거름으로 돌아가는, 보잘것없고 유용한 한 그루 나무. 나무로 태어나면 충분할 것 같아요. 생각해보면 나는 다 충분했어요. 그대와의 만남도 충분했고, 이 세상에서 내가 쓴 글도 충분했어요.

김수환 추기경이 그러셨어요.

세상에 가장 강한 사람은 자기와의 약속을 지키는 사람이고, 가장 부자인 사람은 자기 것에 만족하는 사람이고, 가장 현명한 사람은 늘 배우는 사람이라고. 나는 조건이 좋지 않았지만, 그걸 좋지 않다고 생각하지 않았어요. 내 생 자체에 감사해요. 그대도 그러면 좋겠어요. 이제 가야 할 시간이지요?"

"네."

"서울로 가서도 너무 잘하려고 애쓰지 마세요. 그대가 행복하면 나는 그걸로 족합니다. 힘이 들면 공주로 와요. 살금살금 야금야금 또 봅시다. 혹 내가 없어도 문학관의 꽃들이 맞아줄 거예요. 때가 되면 나도 모든 걸 탁 놓을 겁니다. 최선을 다해 숨 쉬고 마지막 말은 딱 한마디면 족해요.

'됐어!'"

'됐어!'

살면서 들어본 가장 짧은 시였다.

반쯤은 나무가 될 준비를 마친 친구가 함박 웃으며 말했다.

"묘비에 쓸 말도 정해졌어요.

많이 보고 싶겠지만 조금만 참자!"

울다가 웃다가 정말로 끝났다. '됐어!' 서운했지만 그 이상으로 개운했다.

돌아오는 기차 안에서 지수는 나태주의 시 「버킷 리스트」를 펼쳐서 읽었다.

내가 세상에 나와

해보지 못한 일은

스키 타기, 요트 운전하기, 우주선 타기,

바둑 두기, 그리고 자동차 운전하기

(그런 건 별로 해보고 싶지 않고)

내가 세상에 와서

제일 많이 해본 일은

책 읽기와 글쓰기, 사람들 앞에서 말하기.

컴퓨터 자판 두드리기, 자전거 타기,

연필그림 그리기, 마누라 앞에서 주정하기,

그리고 실연당하기

(이런 일들은 이제 그만해도 좋을 듯하고)

내가 세상에 나와

꼭 해보고 싶은 일은

사막에서 천막 치고 일주일 정도 지내며 잠을 자기,

전영애 교수 번역본 『말테의 수기』 끝까지 읽기,

너한테 사랑한다는 말을 듣기.

(그런 일들을 끝까지 나는 이룰 수 있을는지……)

석양이 지는 창밖을 내다보며 지수는 태주의 말에 자신의 말을 겹쳐보았다.

"내가 세상에 나와 꼭 해야 할 일은 '억지로라도 행복하기.'"

흘러서 바다에 닿거라

— 나태주

   겨우 1장을 읽었을 뿐이다. 그런데 내가 먼저 무너져 내리고 말았다. 이러면 안 되는데, 이러면 안 되는데, 다짐하며 읽었는데도 그렇게 되고 말았다. 내 이야기를 쓴 글. 민망한 이야기들. 그런데 남의 이야기처럼 신선하고 새로웠다. 오로지 글쓴이의 공덕이요 실력이다.

   나는 사실 어려서, 청춘 시절, 주목받지 못한 변두리 인간이었고 쓸쓸한 분위기 그 자체로 살아온 사람이다. 그러나 늙어서 생각해보니 그 대목에서 내가 상당 부분 보살핌을 받았고 용서함을 받았고 심지어는 알고서도 모른 척 짐짓 넘어가주는 인자함까지 입었다는 걸 알게 되었다.

그래서 약간은 원망하고 투정하기도 했던 내 인생에게 미안한 마음이기도 했고 이제는 세상에서 숨을 쉬지 않는 많은 과거의 인물들에게 송구함과 감사함을 더불어 갖기도 했다. 이것이 진정 나의 나이 먹음이라면 나름 좋은 것이라는 생각이 들었다.

이러한 차제此際에 이 책의 저자 김지수 가인佳人을 만났다. 처음엔 서울 사람이라 했고 기자라 하고 또 그 유명한 이어령 선생의 대담자라 해서 약간은 긴장했고 거리감을 느끼고 이질감을 가졌던 것도 사실이다. 그렇게 1년을 두고 만났다.

그러면서 우리는 천천히 서로를 알게 되었고 서로를 길들였고 서로를 바꾸어나갔다. 공주에서, 내 고향 서천에서, 한번인가는 서울에서 만나면서 우리는 친구가 되었고 마음의 이웃이 되었고 인생의 동행이 되었다. 그렇다. 네 마음을 내 마음같이 알아주는 사람, 지음知音이 되었다.

좋은 친구는 한 사람도 많다. 친구란 내 슬픔을 대신 지고 가주는 사람이다. 그런 좋은 말을 나는 알고 있다. 드디어 김지수 씨와 나의 만남이 그렇게 되었다. 이야말로 축복이요 감사요 더없이 좋은 인생의 원융圓融이 아닐 수 없겠다.

내가 그동안 글을 써오면서 받은 가장 좋은 평가는 문학 평론가 이숭원 교수의 칭찬과 충고였다. 그 글들을 대하면서 내가 얼마나 떨었고 감사했고 눈물겨워했고 앞으로의 일들을 다짐했는지 모른다. 이번에 김지수 기자의 글도 마찬가지다.

한마디로 감사요 기쁨이다. 이럴 수가 없지, 이럴 수가 없지, 그런 마음으로 글을 읽었다. 내 마음을 나보다 더 속속들이 아는 사람이 아니면 이런 글을 낳기가 어렵다. 사물이든 사람의 표정이나 말이든 그 본질과 배경을 꿰뚫지 않고서는 가능하지 않은 문장이다. 그러니 지음이 아닐 수 없는 일이다.

이러고 보면 지레 내가 먼저 호들갑을 떠는 게 아닌지 모르겠다. 하지만 나는 그것이 호들갑이라고 해도 좋다고 생각한다. 호들갑 또한 나의 진심이고 결함인 대로 나의 본질임을 내가 알고, 믿기에 그렇다.

다만 이 세상에 사람으로 태어나고 한글을 배워서 글을 쓰는 사람으로 살아온 가냘픈 나의 인생에 감사한다. 다시금 한글을 창제해주신 세종 임금께 감사하는 마음을 갖고 또 책을 위해 공을 들인 열림원 정중모 대표님과 김현정 주간님에게 감사의 인사를 더불어 드린다.

김지수 기자님에게 드리는 나의 마음은 또 무엇으로 표현해야 할까! 하늘만 들판만 강물만 하다가 다시 무엇이 될까. 흘러서 부디 태평양, 바다에 닿거라.

나태주의 행복수업

초판 1쇄 발행 2024년 4월 22일
초판 2쇄 발행 2024년 5월 1일

지은이 김지수
펴낸이 정중모
펴낸곳 도서출판 열림원

출판등록 1980년 5월 19일 제406-2000-000204호
주소 경기도 파주시 회동길 152
전화 031-955-0700
팩스 031-955-0661   페이스북 /yolimwon
홈페이지 www.yolimwon.com   트위터 @yolimwon
이메일 editor@yolimwon.com   인스타그램 @yolimwon

주간 김현정   책임편집 김혜원   마케팅 홍보 김선규 최은서 고다희
편집 박지혜 김민지   온라인사업 서명희
디자인 강희철   제작 관리 윤준수 고은정 구지영 홍수진

ⓒ 김지수·나태주, 2024

ISBN 979-11-7040-260-2 03810